蛮族娘の異大陸漂流記
barbarian girl adrift on a different continent
Author
霜月十日
Illustration
市丸きすけ
～お嬢様と仔豹と一緒に魔物狩り放題を楽しむ～
蛮族とお嬢様と一匹の交流
「……私も撫でていいかしら」
「レヴィン、お
掻いて

宵闇鷲の襲撃
顔を上げたシルティの視界を占有する襲撃者の影。近い。
命の危機を目前にして、シルティの心臓が大きく脈打つ。
蛮性を帯びた血は燃え、時間感覚が著しく引き伸ばされた。
鈍間な主観の中、シルティの眼球は襲撃者の姿を克明に捉える。

刃物愛好家《マニア》
「んひひひ……
はぁぁ、綺麗だなぁ……」
シルティは〈玄耀〉を恍惚とした
表情でじっくりと鑑賞し、
やたらと艶っぽい吐息を吐いた。
自画自賛になるが、本当に綺麗で、格好良い。

～お嬢様と
仔豹と一緒に
魔物狩り放題を
楽しむ～
蛮族娘の異大陸漂流記
barbarian girl adrift on
a different continent
Author
霜月十日
Illustration
市丸きすけ

生物。

この世界に存在する、生命現象を示す自然物の総称。動物・植物・菌類など。

外部からなんらかを体内に取り込み、肉体に備わった代謝機能により生命力へと変換して活用する。成長し、生殖を行《おこ》なって、自らの子孫を残そうとするものたち。


魔物。

この世界に生息する生物のうち、魔法と呼ばれる超常をその身に宿す種を指す呼称。


魔法。

魔物を魔物たらしめている、種特有の能力。

自らの肉体構造を装置とし、自らの生命力を動力源として、特定の超常現象を引き起こす理外の能力のこと。

嚼人《グラトン》。

魔物に分類される四肢動物の一種。

幼年期を除き、基本的に後肢だけを使って直立し歩行する。

頭部の見事な鬣《たてがみ》——つまり頭髪と、瞼《まぶた》の縁《ふち》に生える睫毛《まつげ》、目の上で弧を描く眉毛、鼻の穴に密生する鼻毛、の四か所を除いて、他の部分には体毛が一切生えておらず、肌が露出しているのが特徴的。

頭部は卵形に近く、耳は頭の横にあり、鼻が前に突き出していて、歯牙は比較的短い。四肢は細長く、それぞれに五本の指が生えており、鉤爪《かぎづめ》ではなく扁爪《ひらづめ》を備える。尾は完全にない。

優れた知性を備えていることに加えて発達した声帯を持つため、明確な言語を操ることができ、多くの場合大規模な群れを作って文明を構築する。

別名、究極の雑食動物。

彼らは、どんな場所にでも住み付き、なんでも食べ、飢えることがない。

世界でも最も繁栄した生物の一つに数えられている。

プロローグ　生存

barbarian girl adrift on a different continent

とある小さな入り江の砂浜、波打ち際に、二人の嚼人《グラトン》が倒れていた。

片方は若い娘。もう片方は女児。

若い娘の背中に、女児が漁網《ぎょもう》で縛り付けられている。まさしく濡《ぬ》れ鼠《ねずみ》といった姿で、両者とも意識はないようだが、胴が規則的に上下していた。呼吸はあるようだ。

不幸にも海原へ放り出された者たちが、幸運にも陸地に漂着した、といった様相である。

「……ぅ、……ん……」

そのうちの片方、若い娘が、呻《うめ》き声と共に身じろぎをした。薄《う》っすらと目を開け、そのままぼんやりと視線を彷徨《さまよ》わせる。

次の瞬間、意識がはっきりしたのか、彼女は凄《すさ》まじい勢いで跳び起きた。

状況を理解するよりも早く、戦闘に備える。獣のような警戒心を露《あら》わに、鋭い視線を周囲に飛ばしながら、両手を速やかに左の太腿《ふともも》へ。

その手が、虚《むな》しくも空振《からぶ》った。

「んぇっ!?」

間抜けな声を上げ、彼女は自らの左腰に目を向ける。

彼女の視界に、無残に千切れた剣帯《けんたい》が映った。

あるべきものが、なかった。

寝るとき以外はほぼ常にそこに吊《つ》るしている、彼女の得物が、なかった。

「んあぁっ!?」

血の気が引く。生涯で味わったことのない心胆を寒からしめる絶望。彼女は大慌てで駆け出そうとしたが、

(うおっと、そ、そうだった!)

寸前で守らねばならない存在を背負っていることを思い出し、なんとか踏《ふ》み止《とど》まった。焦る指先で漁網を解《ほど》き、背中の女児を波の届かない砂浜へ下ろして生死を確認。意識はないが、心臓の拍動は力強く、呼吸も安定している。

(よかった。生きてる。……〈虹石火《にじのせっか》〉!!)

安心で気が抜けそうになる身体《からだ》を叱咤《しった》して立ち上がり、彼女は駆け出した。

小一時間、全力で入り江の中を探し続け、だがしかし。

「……な、い」

表情を失い、カクンと、膝から崩れ落ちる。

砂浜に膝と両手を突いて失意に暮れる彼女の名はシルティ・フェリス。ここより遥《はる》か遠方、とある狩猟採集民族の出身の少女だ。

シルティの故郷の集落《むら》は周囲を深い森に囲まれており、同時に険しい山に寄り添っている。生きる災害として名高い竜を始めとする、世にも強大な魔物たちの坩堝《るつぼ》だった。殺さねば殺される、そんな環境で、平和に存続する狩猟採集民族とは。

つまるところ、強さをなによりも尊ぶという暴力的道徳が深く根付いた、極め付きの蛮族である。

この蛮族の集落には、十二歳を迎えた子供の中で特に技量に優れると認められた者は、伴侶探しを兼ねて見識を広める遍歴の旅に出るという慣習がある。毎年該当者が選出されるわけではない。ある水準を超えた者だけに許される、名誉の旅路だ。

幼少期から訓練に明け暮れていたシルティは、実に五年ぶりの技量優秀者として認められ、迷わず故郷の集落を出た。

街から街へと流れながら、早くも四年。今では幼児の頃から培ってきた暴力によって狩りなどを行ない、日々の糧を得る生活だ。

何度も何度も死にかけたが、シルティはより逞《たくま》しく、より強くなった。

そんな彼女がなぜ、海水塗《まみ》れで砂浜に倒れ伏していたのかというと。

なんのことはない。そろそろ別の大陸にも向かってみようと乗り込んだ船が沈没したのだ。航路の途中で、牙鯨《きばクジラ》という巨大な海棲《かいせい》動物に襲われて。

巨大な船が力ずくで圧潰させられる音を内部から聞く、という非常に貴重な体験ののち、気が付けばシルティは広大な海原に浮かんでいた。圧死しなかったのはただの偶然だ。奇跡というほかない。


シルティは海原に漂い空を仰ぎながら、船に乗る前に『この航路は完全に安全ではない。三十年か四十年に一度ぐらいは牙鯨が船を襲うことがあるらしい。それでもいいか』と念入りに確認されたことを思い出した。

いやいやまさかそんな珍事が自らの身に降りかかるわけないだろう、とシルティは楽観的に考えていたのだが……そのまさかである。

今更ながら冷静に考えれば、おそらく、牙鯨はもっと頻繁に船を襲っているのだ。だが、その全てを陸地の人々が把握できるはずもない。海原で襲われた者たちの一部でも陸地まで無事に生還し、牙鯨にやられたと証言できるのが、三十年か四十年に一度、ということなのだろう。

牙鯨の咀嚼《そしゃく》からの生き残りは、シルティを除いて五人。

船乗りの男性が三人と、乗客の男性が一人、そして女児が一人。

不幸中の僅かな幸いは、生き残った六名が全て『嚼人《グラトン》』だったことか。

嚼人《グラトン》は『究極の雑食動物』とも呼ばれる魔物だ。誇張でも比喩でもなく、ど﹅ん﹅な﹅も﹅の﹅を﹅食﹅べ﹅て﹅い﹅て﹅も﹅、すこぶる健康に生きていける。

それこそが、噛人《グラトン》という魔物がその身に宿す、種族特有の『魔法』。

『完全摂食《かんぜんせっしょく》』と呼ばれる、超常的食性である。

この魔法は、肉でも植物でも、土石《どせき》でも金属でも、腐肉でも毒物でも溶岩でも、経口摂取して体内に取り込んだありとあらゆる全てを、完全に安全に分解し、生命力そのものに変換して、一切無害に、かつ速やかに吸収する。

味覚自体は非常に鋭敏なものを備えているので、個人個人によって食べ物の好き嫌いはあるのだが、種族的に言えば噛人《グラトン》が摂食して吸収できない物質はこの世界に存在しない、とされていた。

口腔《こうこう》に入るサイズであれば、至金《アダマンタイト》のような不滅に近い金属ですら問題なく咀嚼し、分解して己の糧《かて》とする雑食動物の極致。

それが、この世界に広く生息する噛人《グラトン》という魔物である。


要するに。

海上に身一つで取り残されたとしても、少なくとも噛人《グラトン》が餓死することはないのだ。周囲にほぼ無限に存在する海水をぐびぐび飲んでいれば、それだけで健康に生きていられる。

海水など決して美味《おい》しいものではないが、そんなことを気にしていられるような状況ではなかった。海原は陸上生物にとって過酷な環境である。船の上では頼もしかった屈強な船乗りたちですら、水に浮かんでいては悲しくなるほどに弱そうだ。女児に至ってはショックで自失しているのか、呼びかけてみても曖昧な反応しか返さない。

凶暴な肉食魚にでも襲われれば、自分以外の五名は確実に死ぬだろう。

自分が守らねばならないと、シルティは気合いを滾《たぎ》らせた。

『強者たるもの、すべからく弱者を守るべき』は蛮族の戦士の常識である。

シルティたち蛮族は、自分よりか弱いものが傍《かたわ》らに居れば、それだけで少しばかり強くなる生態の動物だ。

シルティは船の残骸から浮きになりそうな破片を見繕い、生き残りたちに配って励ましながら、航路と日数から逆算し、おそらく陸地が近いであろう南へ向かって泳ぐことにした。太陽や星空からある程度の方角を割り出すのは、シルティや船乗りにとっては簡単なことである。

自失した女児は自発的な行動が取れなかったので、船に積まれていたと思われる漁網《ぎょもう》を波間から回収して適当に切断、これで女児を包《くる》み、シルティと背中合わせに縛り付けた。

この女児は間違いなく生き残りの中で最弱の存在だ。

彼女を無事に助けてこそ、シルティは自らの強さを世界に誇れる。


一日が経《た》ち、二日が経つ。

食事面での心配はないとはいえ、海に浮かびながらではまともな睡眠を取れるはずもない。いくら経口で生命力を補給できても、眠らなければ疲労は溜《た》まり、精神は摩耗する。

シルティはただでさえ体力が有り余っていたし、漂流生活を送るうちに海上で仮眠を取るコツを習得して多少は休めるようになったのだが、他の生き残りたちはそうもいかなかった。

船乗り三人は泳ぎも巧《うま》かったが、睡眠不足により消耗する体力はどうにもならない。比較的暖かいとはいえ、海水に浸《つ》かったままでは体温も奪われ、失った体温を補おうとさらに体力は消耗する。

次々と限界に達し、一人、二人と海中へ沈んでいく。

七日目を迎える頃には、生き残りは二人となった。

シルティと、シルティが背中に縛り付けていた女児だけだ。


彼らを救えなかった無力感に苛《さいな》まれながら、せめて女児だけはと気力を振り絞り、泳ぎ続け、十二度目の朝日を見たことまではシルティも覚えている。

そこからは……いつ、気を失ったかもわからない。

薄っすらと残る記憶と感覚としては、十日や二十日どころではなく、もっと遥かに長く漂っていたような気もする。断続的に気絶と半覚醒、そして曖昧な意識のまま食事を繰り返していた。正確な漂流期間を知る術《すべ》は無さそうだ。

そんな状況からこうして陸地まで流れ着いたのだから、正真正銘の奇跡といっていいだろう。

だが。

類まれなる幸運に恵まれたシルティは、現状に歓喜することもなく、深く深く項垂《うなだ》れていた。

就寝時以外は常に剣帯《けんたい》に吊るしていた、命よりも大切に思っていたシルティ愛用の太刀が……ない。

(どこで失《な》くした……思い出せ、私……)

漂流開始から数えて九日目までは腰にあった。

九日目に鮫《サメ》に襲われ、太刀で斬り殺したから、これは確実だ。立ち泳ぎしながら鞘《さや》に納めたのも覚えている。

それ以降となると。

駄目だ。

思い出せない。

いやそもそも、思い出したところで、今は大して意味がない。

場所がわかったところで、今のシルティでは引き上げられない。

「だぁあぁ……やっちゃったぁあぁ……」

シルティは悔恨の唸《うな》り声を漏らしながら、砂浜に頭を勢いよく打ち付けた。ズドン、凄まじい重低音が鳴り響く。

蛮族の少女はそのまま蹲《うずくま》り、頭を抱えて盛大に身悶《みもだ》え始める。


シルティが失くしてしまったのは単なる太刀ではない。

稀少《きしょう》な稀少な金属『輝黒鉄《ガルヴォルン》』を鍛え上げて作られた、筆舌に尽くしがたい価値ある一振りだった。

優美な先反りの弧を描く刀身は素材由来の漆黒色を宿しており、光の差し込む角度によって表面に無数の色彩が浮かび上がる。遊色効果に似たその輝きは、まるで磨き上げられたブラック・オパールのように美しい。

身幅は驚くほど広く。重ねは笑えるほどに分厚く。柄《つか》もまたそれに見合う長大なもの。冗談のような威容を誇る大振りの太刀。決して折れず、決して曲がらず、あらゆる魔物の体表をすぱりと斬り裂いてきた、シルティが心の底から愛する湾刀《わんとう》。

銘を、〈虹石火《にじのせっか》〉という。

単純に太刀としても至極の一振りであり、近接武器としてはほとんど極限といってもいい逸品である。正直に言えば、今のシルティには分不相応過ぎる刀だ。素材が稀少なため金銭的な価値も計り知れない。千倍の重さの金塊でも到底釣り合いはしないだろう。

実際、これの存在を知った強盗の類に狙われ、返り討ちにした過去は数知れず。

だが、シルティにとって、あれの価値はそんなところにはなかった。

〈虹石火〉はかつて、シルティの父ヤレック・フェリスが振るっていた太刀である。

ヤレックの前には、ヤレックの父であるボリス・フェリスが振るっていた。

さらにその前には、ボリスの父であるテオドル・フェリスが振るっていた。

遡れるだけでも六代前まで、直系がこれを愛用していたと伝えられている。

つまるところ、それはフェリス家に代々伝わるただ一つの家宝。

正真正銘、文字通りの伝家の宝刀なのである。

それを、失くしてしまった。

「あああぁあぁ……もぉおぉお……」

ほとんど死が確定していたような海上漂流から抜け出した喜びよりも、家宝を失ってしまった喪心の方が、今のシルティにとってはずっと大きかった。

船に乗る前から、革製の剣帯にガタが来ていたのはわかっていたのだ。そろそろ新調しようと考えていたが、船賃のせいもあって手持ちが心許《こころもと》なかったので、後回しにしてしまった。まさか、船が沈没し、しかも剣帯が千切れるとは。

どれだけ後悔してもし切れない。

シルティは、豪快に泣いた。

第一話　出発

barbarian girl adrift on a different continent

ひたすらに泣いて。

やっちゃったもんはしょうがない、とシルティは自らに強く言い聞かせ、なんとか涙を引っ込ませた。泣いている暇はないのだ。今後について考えなければならない。

シルティは砂浜に寝かせていた女児の元へと戻った。

陸地に辿《たど》り着《つ》くことはできたが、この状況を『無事に生還した』と表現することはできない。周囲を見回して視界に入るのは、海原、砂浜、そして鬱蒼《うっそう》と茂る深い森。どこを見ても人工物の香りが全くしない。現状、遭難の現場が海から陸地に変わっただけである。

この遭難は、女児を人里まで無事に送り届けて、そこでようやくシルティの武勇伝となるのだ。

（んー……）

シルティは指の背で女児の頬を撫《な》でた。呼吸こそ安定しているが、まだ起きる気配はなさそうだ。

無意識というのは健康に良くない。意識がなければ明確な意志というものを持ち得ず、ひいては身体を弱らせることに繋《つな》がるからだ。

ここに倒れているのが同郷の蛮族ならば、シルティは迷うことなく頬を五六発《ごろっぱつ》ぶっ叩《たた》き、無理やり覚醒させていただろう。だがこの女児は、どう見ても非戦闘員だ。身体は華奢《きゃしゃ》で、軽く触っただけでも筋肉が薄い。

（髪も服も綺麗《きれい》だし……もしかして、いいとこのお嬢様かな？）

青みがかった黒い髪は長く伸ばされていて、着用した衣類もどことなく洗練された、上流階級を思わせる意匠である。シルティの鎧下《衣類》の何倍もの値段がしそうな質の良さだ。

（うぅーん……めちゃくちゃ弱そう……）

軽くぶっ叩いただけで首が捻《ね》じ折《お》れるかもしれない、シルティにはその女児がそれぐらい貧弱に見えたので、大人しく自然に目が覚めるのを待つことにした。せっかく陸地まで辿り着いたというのに、揺り起こそうと思ったら捻《ね》じ殺《ころ》してしまった、では笑い話にもならない。

（さて、この子はいいとして……。〈虹石火《にじのせっか》〉をどうにか探さないと……）

家宝〈虹石火〉の素材である輝黒鉄《ガルヴォルン》という金属は、それはもうとにかく重い。めちゃくちゃに重い。鞘に収まったまま海流を真《ま》っ直《す》ぐに貫き、海底まで到達したに違いない。腐食にも強く、ほぼ朽ちることのない金属である。少なくともシルティが生きている間くらいは海底で健在だろう。

状況は絶望的だが、完全な絶望ではない。この砂浜を中心として海原を虱潰《しらみつぶ》しに探し回ることができれば、いつかはきっと見つかる。

問題は。

「海って……水が多いなー……」

砂浜に胡坐《あぐら》をかきながら、シルティはしみじみと呟《つぶや》いた。

目前に広がる穏やかな大海原。この無限にも思える海水こそが、シルティに立ち塞がる巨大な壁である。心肺機能と身体能力に任せた潜水では海底を浚《さら》うことなど到底不可能。砂漠の中から一粒の砂金を探す方がよっぽど簡単だ。

この海水をどうにかしなければ。

思いつく手段は、一つだけだった。

(精霊術《せいれいじゅつ》しか、ない……かなー……)

『精霊術』と呼ばれる特殊技能、あるいは取引形態が存在する。

端的に言えば、精霊種と呼ばれる魔物になんらかの対価を支払い、少しばかりの仕事を熟《こな》してもらう、というもの。

精霊種たちは物質的な肉体を持っておらず、存在そのものが大きく超常に踏み込んでいる。そのためか、肉体を持つ魔物よりもずっと本質的で、かつ、応用が利く魔法をその身に宿しているのだ。

精霊種の一種、水精霊《ウンディーネ》たちがその身に宿す魔法『冷湿掌握《れいしつしょうあく》』を借りることができれば、〈虹石火〉が沈んでいる場所をある程度まで絞り込むことも可能だろう。

絞り込んだ地点に行く手段にも当てがある。かつてシルティは、水精霊《ウンディーネ》と風精霊《シルフ》を協調させれば、水中での呼吸を確保することもできると聞いたことがあった。かなり繊細で困難な技術らしいが、今は不可能ではないというだけでもありがたい。

とはいえ。

「はぁぁぁぁ……」

シルティは大きく溜《た》め息《いき》を吐《つ》いた。

シルティが精霊術の恩恵を受ける手段は二つ。

今から努力して、シルティ自身が精霊術を習得するか。

精霊術を行使することのできる者——霊術士《れいじゅつし》の助力を請うかだ。

(覚えるか雇うかなら覚えたいけど……)

精霊術は努力と研鑽《けんさん》によって後天的に身に付ける技能であるが、気の合う精霊の個体と出会えるかどうかという運の要素も大きく絡む。そもそも精霊種の個体数が少ないということもあり、完全な意味での習得の難度は非常に高かった。天から才能を与えられた人物が、血の滲《にじ》むような努力をしていても、最終的には気の合う相手《精霊》と出会って契約を結ばなければ使えないのだ。

仮にシルティが独力で〈虹石火〉を回収しようとするならば、まず師匠を見つけ出して教えを請い、精霊術の前提となる諸々《もろもろ》の技能を身に付け、さらに水精霊《ウンディーネ》と風精霊《シルフ》、二匹の精霊種と仲良くならなければならない。

(そんなの、何年かかるかわかんないな……)

かといって、専門家に助力を請うという手段にも、一つの大きな問題がある。

霊術士は得てして高給取りなのだ。

習得難度の高さもあって、霊術士の数はとても少ない。大きな都市にも一人二人いれば良い方だ。需要に対して供給が全く追い付いておらず、当然ながら彼らの技には高値が付けられる。ほとんど当てもなく海の底を浚うなどという馬鹿げた仕事に、果たしてどれほどの報酬が必要なのか。シルティには見当もつかなかった。

　もしかしたら、新しく輝黒鉄製《ガルヴォルンせい》の太刀を打たせる方が安上がりかもしれない。


　だが、それでも。

　シルティは先祖伝来の〈虹石火〉を諦めるつもりなどさらさらなかった。

　どれほどの時間がかかっても、絶対に回収してみせる。

（お金、稼ごう）

　とりあえず、運が大いに絡む精霊術の習得よりも、確実に積み上げられる金銭に狙いを定めた。

仮に後《のち》ほど習得へ舵《かじ》を切るにしても、精霊術の勉強にはお金がかかると聞くから、資金はいくらあってもいいはずだ。

　金銭への欲望を滾《たぎ》らせながら、シルティは改めて自分の身体を確認した。

　船に乗り込んだ当時は諸々の所持品を詰め込んだ雑嚢《ざつのう》を背負っていたのだが、沈没時には客室に置いていたため、今頃は海を漂っているだろう。

　現時点でシルティの財産と呼べるものは、身に着けた革鎧《かわよろい》、鎧下《よろいした》……つまり上下の服と、そして肌着のみ。靴は、ただ浮いているだけならばともかく長い距離を泳ぐには邪魔だったので、途中で脱ぎ捨ててしまった。素足だ。

　誇張抜きで着の身着のままである。

（鎧はー……もうだめかぁ……）

シルティが装備している革鎧は跳貂熊《とびクズリ》という魔物の革で作られている。船に乗る少し前、自身が狩って解体した跳貂熊の革で発注したオーダーメイドだ。

異常なほどに軽く、それでいて頑丈というお気に入りの逸品だったのだが、少なくとも十日以上は海水漬け。日光にも曝《さら》しっぱなし。鮫との戦闘も熟した。表面には醜い斑模様《まだらもよう》が浮かび、全体的にふやけ、縫い目が千切れてしまっている箇所がいくつもある。

これではただのゴミ寸前の革だ、本来の性能を発揮することなど夢のまた夢。補修したとしても焼け石に水だろう。

(作ったばっかりだったのになー……高かったのになぁ……)

シルティはうっすらと涙を浮かべつつ、鎧を可及的速やかに乾かすことにした。こんなものでも無いよりはマシ。引き続き着用するべきだ。

鎧を外し、鎧下と肌着を脱ぎ、豊かな乳房や瑞々《みずみず》しい尻を惜しげもなく曝して全裸になる。シルティも蛮族なりに若い娘ではあるので、こうして肌を曝すのには抵抗があるのだが、さすがにそんなことを気にしている場合ではない。

鎧下をしっかりと絞り、幾分水気の抜けた鎧下《それ》で鎧を丹念に拭った。できれば真水で拭いたいところだが、今は海水しかない。現状で可能な限り水分を取り除いた革鎧を、適当な日陰で干した。

水分を含んだ鎧下を改めて絞り、波打ち際から離れた砂浜に広げる。粗末すぎるが、女児用の寝床だ。砂浜というのは寝転がると意外と硬いうえ、体温をぐんぐん奪っていく。か弱い女児のために、僅かなりとも寝心地を向上させておきたいところ。

続いて女児の服を脱がし、ギュッと絞って、また着せる。随分と身体を揺り動かすことになったが、女児は目覚めない。

寝床の上に女児をそっと寝かせ、シルティは溜め息を吐いた。

（……。お腹空《なかす》いた）

腹が減っていては気分も落ち込むというもの。

シルティにせよ女児にせよ、嚼人《グラトン》はその身に魔法『完全摂食《かんぜんせっしょく》』を宿しているので、腹を満たすだけならば足元の砂をごぐんごぐんと呑《の》み込《こ》めば事足りる。

事足りるのだが、砂はとても不味《まず》い。

どうせ食べるなら美味しいものの方がいい。

例えば、魚だ。凪《な》いだ海面にはいくつも魚影が見える。狭い入り江のためか魚の密度が高いようだ。絶好の漁場である。

シルティは砂浜から海へ踏み込み、海面が肩を超えて顎下の辺りになるまで足を進めると、海中で両の手を握り込み、強固な拳を作った。身体の動きを完全に止め、しばし待つ。周囲の魚がシルティという異物に慣れ、身体の至近に寄ってきたのを見計らい。

「おラッ!!」

雄々しい気合いと共に、拳同士を勢いよく打ち合わせた。

音源が水中にあるため、耳に聞こえるようなはっきりとした音はない。だが、空気中での静かさとは裏腹に、海面下では甚大な衝撃《暴力》がそこに棲《す》む者たちを蹂躙《じゅうりん》した。至近距離を泳いでいた魚たちが気絶し、ぷかりと浮かび上がってくる。

変則的な石打漁《いしうちりょう》とも呼べるこのやり方は、道具を使わずに手っ取り早く魚を得られるので、シルティの故郷では一般的な手法だった。

（美味しいかなー？）

魚の首を次々と圧《へ》し折《お》り、砂浜へ投げる。血抜きも海中でやっておきたい所だが、もたもたしていると気絶から覚めてしまうので後回しだ。手の届く範囲に浮いていた魚を素早く締め、砂浜へ戻った。

（一、二、三、……七匹か）

浅瀬に棲むような小さな魚ばかりとはいえ、七匹も獲《と》れた。軽食としては充分だろう。

シルティは砂浜に散らばる漁獲物《ぎょかくぶつ》を拾い集め、波打ち際へ運び、砂浜を適当に掘って雑な潮溜まりを作ると、ぼちゃぼちゃと魚を放り込んだ。傍《かたわ》らに胡坐《あぐら》をかいて座り込み、魚の下処理を始める。

まず、圧し折っておいた頭部を改めて捻じ切る。ヒレを根本から引き千切る。海水に浸しながら鱗《うろこ》を掻《か》き落《お》とす。肛門《こうもん》に指を突っ込んで腹を裂き、内臓を砂浜に捨てる。最後に腹腔《ふくこう》の中を良く洗い、爪で腹膜をできるだけ削り落として、完成だ。

「んふふ」

一匹目、手のひらに収まるほどの小さな魚の処理を終えたシルティは、己の仕事の出来栄えに満足げな笑みを浮かべた。彼女はよほどのことがない限り、調理に関する手間は惜しまないようにしている。食べるために殺したのだから美味しくなるように尽力するべきだ。自分が魔物との殺し合いで死んだ時も、できれば美味しく食べて貰《もら》いたい。

口を大きく開け、そのままばくんと食べる。

（おっ？　この魚、結構美味しいな）

脂は少ないが臭みはなく、身は硬めでコリコリとした食感が心地よい。中骨も柔らかく、ボリボリと容易に噛《か》み砕《くだ》ける。海水だけでも生きていける嚼人《グラトン》だが、やはり固形物は満足度が違った。心の奥底から震えるような活力が湧いてくる。

次の魚の下処理を進めながら、シルティは空を見上げた。

ほぼ真上にある太陽の位置からして、現時刻は真昼だろうか。

（……ここ、どの辺なんだろう……）

今後の方針は決まっている。

人里に女児を送り届け、そこで霊術士を雇い、この海原から〈虹石火〉を捜索する。

そのために、積極的に金を稼ぎに行く。

だが、そもそもここがどこかすらわからない。

果たして、近くに人里はあるだろうか。

◆

生魚を全て貪って腹が膨れたシルティは、改めて周囲を見回した。シルティたちが漂着したこの入り江は、砂浜を背にすると正面に森が広がっている。

(海《塩水》の近くなのに、木がおっきいな。立派な森……広いだろうなぁ……)

シルティは故郷のある『ノスブラ大陸』を出て、南方にある『サウレド大陸』へ向かう船に乗っていた。目的地まで間もなくというところで船が牙鯨《きばクジラ》に齧《かじ》られ沈没。そこから天体を頼りにずっと南を目指して泳いできたのだ。潮に流された距離もとんでもないことになっているだろうが、おそらく現在地は目的としていたサウレド大陸か、もしくはサウレド大陸の付近に浮かぶ島だと思われる。


さすがに別の大陸まで流されたとは思えない、というか、思いたくない。

(いろんな魔物が居そうだ)

シルティは大陸を渡ることを決めた際、事前に現地生物の情報を可能な限り仕入れている。だがやはり、海を隔てた土地の情報などそう多くはなかった。得られたのは、めちゃくちゃ数が多くてしかも生息域がアホみたいに広いだとか、死骸が引くほど高く取引されるだとか、単純に死ぬほど危険だとか、そういった諸々の理由で特に有名な数十種の情報だけだ。

森という環境は得てして視界が悪いもの。どんな生物がいるかもわからない環境を歩くという場面で、この視界の悪さはとてもまずい。しかも今のシルティは完全な丸腰である。

せめて、なにか武器が欲しい。

故郷では徒手空拳も叩き込まれたが、それらは基本的に対人技能であって、屈強な鳥獣の類を相手取るためのものではないのだ。

（……久々に、作ろっかな）

シルティは周囲の木から手頃な枝を一本強奪することにした。

砂浜から土に切り替わる境目で地面を探る。握り拳大で組成が緻密そうな石を適当に二つ見繕い、打ち合わせて割ると、鈍《にぶ》い刃角《エッジ》を持つ原始のナイフが出来上がった。

森の入口付近に立つ木々を物色し、登る。狙いを付けた枝の根元に石器ナイフを当て、ゴリゴリと一周分の切れ込みを入れてから一息に圧し折った。

確保した枝を持って砂浜に戻る。

未《いま》だ目覚めない女児の傍《そば》に胡坐《あぐら》をかいて座り込み、枝に石器ナイフを押し当て、枝の表皮を剝がしていく。

蛮族の戦士《シルティたち》は、暇さえあれば戦士同士で模擬戦を繰り返す生態の動物だった。木を削って模擬戦用の武器を作るのはお手の物なのである。

（さて、どうしよっかなー……）

悩むのは、木刀のサイズについて。

彼女の父ヤレック・フェリスは見上げるほどの巨軀《きょく》を誇る偉丈夫であるが、彼女の母ノイア・フェリスは対照的に驚くほど小柄な女性である。そして、どうやら母の血の方が強かったらしい。シルティは体格も顔つきも母にそっくり似て、嚼人《グラトン》の女性としてはかなり小柄な身体を授かった。

まだまだ身長は伸びてくれるはず、と当人は願っているが、ともかく。

剣帯も鞘もない今、木刀を佩《は》くなら腰のベルトに直接差すしかない。となると、あまり長大なものでは持ち運びと抜刀に難が出る。元々、〈虹石火《にじのせっか》〉はシルティの骨格からすると少し大きすぎる太刀であったため、剣帯で太腿の高さに吊り下げることで抜刀の幅を稼いでいたのだ。

仮に〈虹石火〉と同じ寸法の木刀を作ったとして、剣帯がないと咄嗟《とっさ》に抜ける気がしない。

だがこの状況で、得物の長さを使い慣れたものから変えるというのも怖い。

（……よし）

悩んだ結果、シルティは結局〈虹石火〉を可能な限り模すことに決めた。自らの間合いの感覚が狂うのを厭《いと》ったのだ。抜刀動作がぎこちなくなるのは死活問題なので、潔く木刀は腰に差さないことに決めた。どうせ荷物などないのだから、常に手で持っておけば問題ない。

虚空に想像上の〈虹石火〉を描きながら、枝をひたすらに削る。全体が緩く滑らかな弧を描くように、かつできる限り先反《さきぞ》り、先重心《さきじゅうしん》に仕上げていく。

（こんなもんか）

シルティは手首を返して完成した木刀の刃を上に向け、そのまま柄頭《つかがしら》を目元に近付けると、刃元側から切先を見て形状を確認し……チッ、と盛大な舌打ちをぶちかました。

（ゴミ……）

適当に割った石刃で適当に折った枝からまともな木刀を削り出すのはさすがに無理があったようだ。枝の元々の形もあってか刀身はかなり蛇行しているし、反りもいびつで、美しさの欠片《かけら》もない。

すこぶる格好悪い。

すこぶる格好悪いが、贅沢《ぜいたく》を言っている場合ではないので、諦めるしかない。どうせ間に合わせだ。これでも無手《むて》より万倍はマシになった。

シルティは出来上がったばかりの木刀で何度か空を斬り、感覚を確かめる。まぁ、扱えないこともないだろう。

立ち上がって上段に構え、真っ直ぐに降ろす唐竹割り。間髪入れず左逆袈裟《ひだりぎゃくけさ》に移行し、一歩踏み込んで逆胴、水平《左薙ぎ》、突き。

「……うべぇ……」

シルティは不快げな唸り声をあげ、目線を真下に下ろした。暖かな陽光を受け、瑞々しく張りのある乳房が存在を主張している。

（ほんと、邪魔だなぁ……）

出来上がった木刀の振り心地も酷《ひど》いものなのだが、それ以上に、動作に伴ってばるんばるん揺れる乳房が心底煩わしい。シルティは潔く肌着を身に着けることにした。まだ乾いていないが、仕方がない。

シルティの肌着は戦闘仕様の頑丈なブラジャーだ。形状としてはハーフトップに近いが、激しい運動《戦闘》に際しても乳房を充分に支えられるよう、身体にぴったりと合わせて立体縫製されているため、これだけでもかなり快適になる。

再び上段に構え、唐竹割り。左逆袈裟、逆胴、水平、突き。

揺れは大分抑えられている。

（よし。いける）

魔物を斬り殺すためには、この粗末な木刀を自らの腕の延長と見做《みな》せるようにならなければならない。

せっかくなので、敵として父を想定しよう。シルティは無心で素振りを続けた。

腰を落とした左袈裟。
砂浜を踏み締めた反動を綺麗に流し込み、逆水平《右薙ぎ》。
踏み込みつつ刀身を翻し、水平。
右手を離し、左腕だけで放つ右袈裟。
右足で砂を蹴り上げ、目潰し。
同時に踏み込み、胴。
体重を前へ。脚を酷使。
砂浜を爆発させるような急加速で、想像上の父へ追《お》い縋《すが》る。

ああ。当たらない。
お父さん、やっぱり強い。
すっごく楽しい。

◆

「ぅ。……ん……うる、さぃ……」

女児が顔を顰《しか》めながら呻き声を上げた。

まだ眠い。もっと眠りたい。俯《うつぶ》せになろうと寝返りを打ったところで、女児は寝床の硬さに強い不満を覚え、なにこのベッド、と目を開けた。

「ぅ……？」

ベッドではない。

見覚えのない衣服が身体の下に敷かれている。

「……なに、これ？」

状況を把握できない女児は、とりあえず、喧《やかま》しい騒音の方向へと目を向けた。

そして。

「ひッ」

か細い喉が、引《ひ》き攣《つ》ったような悲鳴を漏らした。

視界に飛び込んできたのは、汗と砂に塗《まみ》れ、粗雑な細長い棍棒《こんぼう》をひたすらに振り回す、満面の笑みを浮かべた下着姿の女である。

どう見ても、ヤバい。

本能的な恐怖に襲われた女児は、身体を小さく縮こまらせ、尻餅をついたような姿勢で後ずさりをした。

「んっ？」

女児のお尻が砂を擦《す》った音を聞き逃さず、ヤバい女が振り返る。

「おっ！」

その女は、腰の抜けた女児を見て、暴力的な笑みを浮かべた。

戦いの興奮に濡《ぬ》れた捕食者の眼光が、女児の柔らかく脆弱《ぜいじゃく》な精神をあっさりと貫き、粉々に打ち砕く。

「よし。ご飯にしよっか」

耳に飛び込んできた言葉を脳で咀嚼し、意味を理解して、女児は絶望した。

ご飯にされる。

「ひっ……ひふぅ……ぁ……」

女児の思考は致死の予感に染め上げられ、さめざめと落涙した。

泣き出した女児を見て、ヤバい女は物凄《ものすご》い勢いで駆け寄ってきた。

「嫌ぁっ……！」

ヤバい女は砂浜に膝を突くと、逃げようとする女児を胸に抱え込み、片手で後頭部を摑《つか》んだ。

その女の身体は、やたらと熱くて、汗でぐっしょりと湿っていて、全体的にジャリジャリしてて、あと、頭を摑む力がすっごく強い。

このままぐちゃって潰されそう。

「よしよし、もう大丈夫……」

大丈夫なわけがない。めちゃくちゃ怖い。

女児は泣きながら失神した。

「あれっ？　また寝ちゃった……ていうか、なんか、私のこと怖がってたような……」

◆

およそ一時間後、女児は再び目を覚ました。

まだ意識が曖昧なのか、寝転がったまま欠伸《あくび》をする。

どうやら自分は女児を怯《おび》えさせていたらしいと理解したシルティは、適度な間隔を空《あ》け、可能な限り柔らかい笑顔を浮かべて、穏やかな響きを心がけて優しく声をかけた。

「おはよ」

「ひっ」

寝転がったままの女児がびくりと肩を跳ね上げ、恐る恐るといった様子でシルティの方へ顔を向ける。やはり怯えた様子を見せたが、さすがに今度は気絶することはなかった。

「怖くないよー？」

「……」

「身体、痛いとこはある？」

「……。背中、と、肩」

「あー。硬いとこで寝てたからかな……少し身体を動かしたらすぐ良くなるよ」

「ん……うん」

会話が成立したことで安心したのか、女児の緊張が見るからに緩んだ。シルティはゆっくりとした動きで女児に近寄り、すぐ横にしゃがみ込む。

「私はシルティ。シルティ・フェリスっていうの。きみの名前も教えてくれる？」

海原を漂っていた間、女児はほとんど意識を失っていたような状態だったので、お互いに名前も知らない。

「……パトリシア・ダウンズ」

「パトリシアちゃんか。よろしくね」

女児改めパトリシアちゃん改めパトリシア・ダウンズは、地面に手を突いて身体を起こすと、何より先にシルティの身体をじっと見つめた。なぜか、その両目は鋭く吊り上がっている。

「……あなた、なんで裸なの？」

「はだっ……いや、肌着は着けてるから。裸じゃないでしょ？」

「普通それは裸って言うのよ」

「え……そ、そうかな？」

「そうよ」

幼い見た目を大いに裏切る、随分と大人びた口調であった。

「女の子がおっぱいとかお腹を見せていいのは将来の良人《おっと》だけってお母様が言ってたわ」

「ええっ……？　それは、あの、ほら、女同士だし……お風呂とかもあるしさ」

「ここはお風呂じゃないわよ。お外《そと》でしょ」

目覚めたばかりで現状を理解できていない、というのもあるだろうが、まさかこの場面で女性としての意識を咎《とが》められるとは。この子意外と図太いな、とシルティは笑ってしまった。パトリシアのお母様は随分しっかりとした貞操観念を娘に叩き込んだようだ。

「いや、あの、私も別に好きで服脱いでるわけじゃなくてね？」

シルティが笑いながらパトリシアの尻の下を指で示す。

「私の鎧下《服》、そこにあるんだ」

「えっ？　……あっ。こ、これ？　ご、ごめんなさい」

「いいのいいの。気にしないで」

パトリシアが慌てて退《ど》いたので、シルティはくすくすと笑いながら鎧下を摘《つ》まみ上げ、適当に振り回して砂を払った。まだ少し湿っているが、そのうちに乾くだろう。もう着てしまうことにする。

「……」

パトリシアは申し訳なさそうにシルティの着衣を眺めていたが、やがて唐突に感動したような表情を浮かべ、ぽつりと呟いた。

「あなたって……」

「うん？」

「おっぱいがすごいおっきいのね……」

「えっ」

思いもよらぬ言葉を受け、シルティが動きを止める。

純然たる客観的事実として、シルティの胸の発育は平均を大きく超えていた。

「……いや、これは、まぁ……私のお母さんが結構でっかくて。その血が強くてね……」

ごにょごにょと言い訳のようなことを垂れ流すシルティ。彼女はあまり自分の胸が好きではない。

するとパトリシアの視線がシルティの胸部からシルティの頭頂部へと移った。

「背は、そんなに小さいのに……」

「ぐうっ」

悪意のない謗《そし》りを受け、シルティが呻き声を上げる。

純然たる客観的事実として、シルティの上背は平均をかなり下回っていた。

「……私の、お母さんが……すっごくちっちゃくて……その血が強くてね……。お父さんはめちゃくちゃでっかいし筋肉ムキムキなんだけど……」

「そう……お母様似なのね。私と一緒だわ」

共通項を発見して親近感を覚えたのか、パトリシアはようやく笑みを見せる。

「私のお母様も背がとても小さくて。それで私、もう十歳なのに、背が全然伸びなくて……」

「あー……年下の子に身長抜かれると、結構ぐさっと来るよね……」

「ええ、本当にね……」

シルティは慰めの表情を浮かべつつ、内心では少し驚いていた。体格から、パトリシアのことを七歳か八歳くらいだと思っていたからだ。十歳で七八歳《しちはっさい》相当の体格。パトリシアの上背もシルティ同様、平均をかなり下回っていると言わざるを得ないだろう。シルティはパトリシアに強い親近感を抱いた。

「でも、私のお母様はあなたのお母様と違って」

パトリシアが切なそうに目を細め、自らの胸部に手のひらを当てる。

「おっぱいもとても小さいの……本当に、とても小さい……だからきっと、私も大きくならないわ……」

「……。いや、あの……おっぱいちっちゃい方が、ほら……強いよ？」

「強い……？」

「えっと、その……動《うご》き易《やす》いし、武器も構え易いし、裸絞《はだかじ》めとかもやり易いし……ねっ」

「……意味がわからないわ」

遭難から生還して最初の話題がまさか胸への言及とは思いもよらなかったシルティは、しどろもどろになりながらパトリシアの身体をちらりと見た。どうやらパトリシアは自身の体形に強い悩みがあり、そして母君は小柄でスレンダーな体形だったらしい。まだ十歳だというのに、自らの将来を悲観してしまっているようだ。

己の体形《おっぱい》は母親の血が強いせいだと説明した手前、シルティはなんと言って良いのか全くわからず。

「……あ。そうだ。私は十六歳です。へへ……」

ただ、情けない笑みを浮かべることしかできなかった。


「んンッ」

鎧下をしっかり着込んだシルティは、わざとらしく咳払《せきばら》いをして気を取り直し、改めてパトリシアと向かい合う。

「さて、パトリシアちゃん。真面目な話をしよっか。……船が沈んじゃったの、覚えてる？」

「えっ？」

シルティの問いかけに、パトリシアは困惑の表情を浮かべて首を傾《かし》げた。

「……船に乗っていたのは、覚えてるわ」

「んん。海をずーっと泳いだのは？」

「……知ら、ない」

「んー……」

嘘《うそ》を吐いている様子はない。どうやら直近の記憶が失われているようだ。漂流中は意識が曖昧な様子だったから、そうなっても仕方がない。

シルティはパトリシアの記憶を補完するように、船が嚙み砕かれてからここに流れ着くまでの漂流の日々を大雑把に語った。

「……あの船、沈んじゃったの？」

「うん」

「お父様とお母様は……死んじゃったの？」

漏れ出た言葉から察するに、パトリシアは両親と共にあの船に乗っていたらしい。シルティの知る限り、残念ながら生き残ったのはこの二人だけである。伝えないわけにもいかないし、後回しにするのも嫌だ。

「うん」

シルティの簡潔な答えを聞き、パトリシアは絶句して固まった。

徐々に目線が下がり、背中を丸めて項垂《うなだ》れ、嗚咽《おえつ》を漏らし始める。

（んん……やっぱり、泣いちゃったか……参ったな……）

両親との船旅を楽しんでいたと思ったら、気が付けば砂浜で寝ていて、唐突に両親の死を告げられたのだ。しかも、つい先ほどまで母親のことを話題に挙げていた。その心情は察するに余りある。十歳の女児が即座に受け入れられるような衝撃ではないだろう。

こういった相手をどう慰めていいのか、シルティには全くわからない。

シルティにできるのは、ただ傍に寄り添い、柔らかく抱き締めて、パトリシアが泣き止《な》《や》むのを待つことだけだった。

空が赤く染まり始めた頃。

泣き疲れたのか、パトリシアは糸が切れたように眠ってしまった。

シルティはパトリシアを胸に抱《いだ》いたまま仰向けに寝転がり、自分の身体をベッドとして提供する。

細く柔らかい髪を撫でつけながら目を閉じた。

いろいろとやるべきことはあるが。

今はこのか弱い女の子を守ることを第一としなければ。

◆

翌日、早朝。

起床して身体を解《ほぐ》したシルティは、再び全裸になって海に入った。魚を捕って朝食とするためだ。

昨日と同じく拳式石打漁で魚を乱獲し、二人分の魚肉を確保する。

魚の下処理をしていると、パトリシアが目を覚ました。小さく呻き声を上げながら肩や腰を手で揉《も》み解《ほぐ》している。物心ついた頃から山林に分け入っていたシルティと違い、パトリシアは地面で休息を取ることに慣れていないようだ。

「おはよ！」

意図的に明るい声をかける。

「……おはよう。……あなた、また裸に……」

顔を見ると、真っ赤に腫れた目をしていたが、意外と鬱《ふさ》いでいるような様子はない。疲れて眠るまで号泣したおかげですっきりしたのか、あるいは、生まれ持った心の強さか。なんにせよ、好ましい。

「裸になりたがってるみたいに言わないでよー。仕方なくだってば」

けらけらと笑いながら弁明するシルティ。鱗やら血やら粘液やらが飛び散るため、下処理を終えるまでは全裸である。今の状況なら、衣類が汚れるより身体が汚れる方がマシだ。

「朝ご飯だよー」

「お魚、捕まえたの？」

「うん。食欲はある？」

「ん……うん」

「よしよし。偉いぞ。おいで」

噬人《グラトン》は『何かを食べていればとりあえず死なない』と言えるほどにしぶとい魔物である。食欲があるならひとまず安心できるだろう。

「はい。どうぞ」

シルティは近付いてきたパトリシアに、ちょうど下処理の終わった魚を差し出した。今回の漁獲物の中では最も立派な体格をした一匹だ。

「……えっ？」

パトリシアが驚愕《きょうがく》の表情で魚を見て、シルティの顔を見て、再度魚を見る。

「こっ……これ、焼いたり、しないのかしら？」

「えっ？　うん。美味しいよ？」

「うぇっ……嘘《しか》でしょぉ……」

盛大に顔を顰めるパトリシア。口角がぐにゃりと下がり、幼く可愛《かわい》らしい眉間に深い皺《しわ》が刻まれる。その表情を見て、シルティは思わず苦笑した。

「パトリシアちゃん、生魚食べたことない？」

「ないわよぉ……」

生肉だろうと生魚だろうと、嚼人《グラトン》の魔法『完全摂食』の前には完全に無害だ。寄生虫を躍り食いしてもなんら問題はない。当然、古い時代の嚼人《グラトン》たちは生肉生魚生野菜を美味しくモリモリ食べていた。

だが昨今、嚼人《グラトン》の中でも特に文明的な方々は、生の肉や魚を食すことに強い抵抗を覚えるようになっている。長い年月を経て嚼人《グラトン》以外の種族との交流が深まり、生食《なましょく》は次第に非文明的行為と見られるようになってしまったのだ。

もちろんシルティにそんな好き嫌いは無い。むしろ、生《なま》、大好きである。初めて食べる動物はまず生で食べるようにしているほどだ。

「焼きましょうよぉ……」

対照的に、パトリシアは生食に耐えがたい忌避感を覚えているらしい。その唇から漏れるのは庇《ひ》護欲《ごよく》を掻き立てるような涙声である。

「うーん……火はちょっとなー……目立っちゃうから……」

今の状況では火を使った調理は避けた方がいい、とシルティは判断していた。

火の臭《にお》いというのは想像以上に遠くまで届くし、立ち昇る煙も厄介になる。全ての獣が火を恐れるわけではない。賢く経験豊富な魔物たちは、火の近くには大抵の場合人類種《じんるいしゅ》（嚼人《グラトン》、森人《エルフ》、鉱人《ドワーフ》など、近しい特徴を持った数種類の魔物の総称）が居るのだと理解しているのだ。臆病で慎重な動物ならば近付かないが、人類種を食料と認識してしまえるような強大な魔物は、むしろ寄ってきてしまうだろう。

もし仮に、万が一、竜でも惹《ひ》き寄《よ》せてしまったら、シルティとパトリシアは死ぬほかない。

「ほら、大丈夫だから。美味しいから。食べてみて？　ね？」

「ううぅ……」

パトリシアは恐る恐るといった様子で手を伸ばした。シルティが手のひらの上に魚を置くと、その瞬間、びくりと肩を跳ねさせ、動きを止める。どうやら魚に触れたことすらほとんど無いようだ。

パトリシアに料理の技能は期待できそうにない。

「好き嫌いはよくないぞっ」

「う、うううぅ……」

何度も何度も魚をひっくり返し、表面に砂粒が付いていないことを確認して、パトリシアは小さな口を小さく開けた。口に近付け、動きを止め、齧《かじ》らずに離す。再び口に近付け、やはり動きを止め、目に涙を浮かべながら齧らずに離す。可愛らしい口は開きっぱなしで、わなわなと震えていた。

（そんなに嫌かー……？）

つい笑ってしまいそうになったシルティだが、食べなくていいとは言わない。今後のことを考えると、生魚くらいバクバク食べられるようにならなければ。

パトリシアはたっぷり五分間も躊躇《ちゅうちょ》していたが、とうとう踏ん切りがついたのか、目を閉じて魚に歯を立て、小さく齧り取った。細い顎を動かし、魚肉を咀嚼する。

「美味しいでしょ？」

「美味し……く、ないわ……」

「えっ……」

シルティとしては充分に美味しいと思える魚も、パトリシアには微妙な味わいだったようだ。だが、一度口を付けたことで枷《かせ》が外れたのか、あるいは観念したのか、手に持った魚をちまちまと齧り始めた。

「……まぁ、砂食べるよりは良《い》いでしょ？」

「砂……うん……砂よりは……うん……」

甚《はなは》だ不本意そうに、パトリシアが同意する。まぁ、食べてくれるならそれでいい。シルティは苦笑しながら二匹目の魚の下処理を進めることにした。

「朝ご飯食べたら出発するからね」

「え。どこかに行くの？」

「うん。ここにずっと居るわけにもいかないからね。とりあえずあっち行ってみよっか」

シルティは腕を伸ばし、入り江の反対側に広がる森を指で示した。

パトリシアがシルティの指の向けられた方へと視線を飛ばし、そして、背の高い樹木たちが作り出す仄暗《ほのぐら》さに身を竦《すく》める。

「暗い……」

「薄暗いのってわくわくするよね」

「しないわよ……」

「えっ。嘘。しない？」

シルティは虚を突かれたような表情で首を傾げた。蛮族、特に蛮族の子供は、薄暗い森や洞窟に侵入するとなれば自動的にテンションが上がる動物なのだが。シルティも、完全な真っ暗闇は嫌いなのだが、森の中のような薄暗さにはじんわりと興奮する性質《たち》である。

「もしかしてパトリシアちゃん、暗いの怖い？」

「……うん」

「んふ。そっかそっか。でも、大丈夫だよ」

シルティが手に持った魚をバクンと齧り取った。中骨をボリボリと豪快に嚙み砕き、ごくりと嚥《えん》下《げ》してから、自信に満《み》ち溢《あふ》れた威圧的な笑みを浮かべる。

「私、結構強いから。ちゃんと守ってみせるよ」

「……う、ん」

このヒト笑った顔が凄い怖い、とパトリシアは思った。

第二話　襲撃

barbarian girl adrift on a different continent

森を進むに際し、シルティはパトリシアに『自分の少し後ろを歩くこと』『疲れたら遠慮せずに言うこと』『よくわからないものには触らないこと』の三点を指示した。

本来であれば、『移動中は静かにすること』を追加したいところだ。どんな動物が生息しているのかもわからない森を移動するのだから隠密《おんみつ》を心掛けるべきである。

だが、今のパトリシアに薄暗い森の中を黙って歩けと指示するのは少し酷だろう、とシルティは判断した。

敵に襲われるリスクは増えるだろうが、まぁ、襲われたら斬ればいいのだ。たとえ得物が木刀であっても、身に着けているのがゴミ寸前の革鎧だったとしても、シルティは自らの強さを疑わない。

「じゃああなた、十二歳から一人なのね？」

「うん。四年ぐらいいろんなところ見て回ったから、今度はサウレド大陸に行ってみようかなって思ってさ」

「……船が沈んじゃうなんてね」

「まさかだよね。んふふ……貴重な経験だったなぁ」

シルティはノスブラ大陸北東端の出身であることや、十二歳から旅をしていることなど、自身の過去を適当に掻《か》い摘《つ》まんで語っていた。当然、雑談中も周囲への警戒は怠らない。己の感覚を最大限に駆使しつつ、追従するパトリシアが歩き易いように下生《したば》えを払いながら、森を慎重に進んでいく。

しばらく進むと、ある時から森を構成する木の種類がガラリと変わった。海水《塩分》から離れたことで植生が移り変わったのだろう。この辺りに生える木はまるで竜巻のように捩《ねじ》くれて伸びる樹幹が特徴的だった。入り江で木刀の材料とした木とは明らかに別種で、比較的広い間隔を空けて立ち並んでいる。

樹皮は赤みを帯びた白色で鱗状。斜面に生えた個体も綺麗に鉛直に伸び、径はあまり太くないが、背が高い。手を軽く握りノックしてみると、コンコンと非常に澄んだ音が響いた。かなり硬そうな木だ。

「面白い形だなぁ。竜巻みたい。パトリシアちゃん、これなんの木かわかる？」

パトリシアが捩《ねじ》れた樹木に近寄り、その幹を手のひらで撫でた。細い指先で鱗状の樹皮を少量剥がし、鼻に近付けて匂いを確認。そして、小さく頷《うなず》く。

「……。捩れて伸びる、甘い匂いのする木。多分、捩栄樹《ねじれエイジュ》ね」

「おっ？」

シルティとしては雑談のつもりで聞いたのだが、予想外にも樹木を同定できたらしい。

「わかるんだ？」

「これ、喫煙具《パイプ》の材料として高く売れる木なのよ。……見たのは初めてだけど」

「へぇー？　喫煙具《パイプ》？」

「ええ。これで煙草《たばこ》を吸うと、甘い香りがして美味しいらしいわ」

「ふうん。煙草か。私はあんまり好きじゃないな。……というかパトリシアちゃん、物知りだね？」

「……別に。お父様が教えてくれただけよ」

パトリシアは澄まし顔をしているが、頬が僅かに紅潮している。自慢に思っているのが隠せていない。

シルティは微笑《ほほえ》ましく思いながら、パトリシアに倣《なら》って捩栄樹とやらの樹皮を剝がした。指先でぐっと潰してから鼻に近付け、匂いを確認。

「おー。なるほど。確かに甘い匂いがするね、これ」

香ばしいような甘いような複雑な香り。察するに、喫煙の際には炙《あぶ》られた喫煙具《パイプ》の火皿《チャンバー》からこの匂いが揮発し、心地の良い風味となるのだろう。

鼻が鈍るので煙草の煙を好まないシルティだが、この樹皮自体はなんだか美味しそうだ。早速口内へ放り込み、ガヂリと噛んでみた。

「グッ」

色気のない悲鳴を漏らして動きを止めたシルティを、パトリシアが半笑いの表情で見上げる。

「……美味しくなさそうね」

「めっちゃ渋い……」

甘いのは匂いだけだった。パトリシアは小さく溜め息を吐き、摘まんでいた樹皮を放り捨てる。

「甘い木の実とか、生《な》ってないかしら」

「じゃあ、私は上の方を見てるから下の方を探してくれる？　木苺《きいちご》とかあるかもしれないし」

「木苺！　わかったわっ！」

弾んだ声で了承し、瞳を爛々《らんらん》と輝かせながら足元をきょろきょろと見回し始めるパトリシア。朝食の生魚が口に合わなかったせいか、パトリシアは殊更に『美味』に飢えているらしい。

「パトリシアちゃん。この、振栄樹？　って、サウレド大陸の木？」

「え？　ええ、そうね。ノスブラ《あっち》には生えてないんじゃないかしら」

「そっか。じゃあここ、やっぱりサウレドっぽいね。よかったよかった」

海流に流されている間の記憶が曖昧なので不安だったが、やはり現在地はサウレド大陸の可能性が高そうだ。最低でも、サウレド大陸付近に浮かぶ島、ぐらいのものだろう。

（大陸じゃなかったとしても、せめてでっかい島であって欲しいなぁ……）

足を進めつつ、シルティは真摯に祈った。

家宝〈虹石火《にじのせっか》〉を引き上げるために大金が必要なのだ。大陸か、一定以上の人口がある大きな島であって欲しい。稼ぎ口があるのであれば、シルティは魔物や動物を狩って稼ぐ自信があるし、実績もある。故郷を出て四年、これまでもそうしてきたのだから。

ただ、これまでと違うのは、この手に〈虹石火〉がないことか。

（まともな得物を調達しないとなー……それと、最低限、ナイフが欲しい……）

これまでは〈虹石火〉という絶対の存在があったため、この四年間で己の武器について悩むことはなかったが、これからはそうもいかないだろう。刀剣なり長柄《ながえ》なり、なんらかの武器を手に入れなければ。

（武器……武器、かぁ……）

シルティのように魔物を殺すことを生業《なりわい》とする者たちは、得てして大型かつ切断系の武器を好む。

なぜなら、『刺し傷』は魔物に対して致命傷になり難《にく》いからだ。

物質的に存在しておらず、通常は目視することもできない、だが確かに存在する『生命力』というものの作用について、現代でも全てが解明されているとは言いがたい。だが、生成者の意志を強く帯びた生命力は、帯びた意志を世界に容認させる超常の力と化すことがわかっている。

そして魔物たちは、魔物ではない生物に比べ、途方もないほど多量の生命力をその身に内包していた。

多くの場合、負傷した生物が抱く最も強い意志は『生存したい』という本能的欲求だ。傷の無い身体に戻りたいという安楽への渇望である。強烈な生存本能を帯びた生命力は、生成者が『自己の生存を妨げている』と認識した要因……つまり負傷を無かったことにするために、その超常を発揮する。

要するに。

魔物と呼ばれる生物たちは、漏れなく超常的な再生力を持っているのだ。

意識さえあれば多少の傷などすぐに塞がってしまうし、単純な骨折などは安静にしていれば半日ほどで真っ直ぐ繋がる。多くの日数をかければ根元から欠損した肢《あし》ですら綺麗に生えるし、後遺症も残らない。

さすがに心臓や頭部を潰されたりすれば死ぬが、消化器《はらわた》に少し穴が開いた程度は軽傷のカテゴリである。たとえ身体を完全に貫通するような深い傷であっても、それが小さければ簡単に治癒されてしまうのだ。

では、どうやって殺すのか。

生命力の巡りは血潮の巡りに似ている。心臓を要として全身を巡っている。その巡りから切り離してしまえば、その部位が即座に再生されることはない。

つまり、切り飛ばすのが有効だ。

魔物狩りにおいて最善とされるのは、一撃で首を刎《は》ねること。

ゆえに魔物を狩る者たちは、魔物の肉体を両断できるほどに大きな切断系武器を好むのである。

(どんなのにしよっかなー……森の中にいると、斧《おの》もいいなって気になってくるなー……)

シルティは道なき道を進みつつ、進路上に立ち塞がる藪《やぶ》を木刀でスパスパと切《き》り拓《ひら》きながら、新調する武器に思いを馳《は》せ。

「……んふ、んふふふ」

つい、頬を緩めた。

パトリシアがびくりと肩を跳ね上げ、怯えたように足を止める。

「ど、どうかしたの？」

「んー？　んふふふ。都市《まち》についたら、武器を買わなきゃなーって思って」

「武器？」

「私、刃物が大好きなんだよね。だから、嬉《うれ》しくなっちゃって」

「刃物……？」

物心ついた頃から、シルティは刃物がとにかく好きだった。

理由は当人にも説明できないのだが、刀剣、槍《やり》、斧、包丁、ナイフ、鏃《やじり》、鋏《はさみ》や爪切りに至るまで、およそ刃物に分類されるあらゆる全てが、幼少の頃から堪《たま》らなく好きなのだ。愛している、と言い換えてもいい。

刃物を使うのが好き。手入れすることも大好き。眺めているだけでもこの上なく幸せになれる。

ゆえに、世界中の刃物を蒐集《しゅうしゅう》したいと常々思っていた。しかし、残念ながら旅の身空のため、荷物を無為に増やすことはできなかった。各地の店を覗《のぞ》いても、これまではひやかすことしかできなかった……。

だが、今は。

不運にも〈虹石火〉を失ったことで、結果的に、大手を振って新しい武器《刃物》を購入することができる。

喜んでいる場合ではないし、喜ぶべきでもないとわかっているのだが、どうしても頬が緩んでしまうのだった。

「んふふ。斧も格好いいけど、やっぱり刀かなー。でっかい刀が欲しい……」

「あなたって、変なヒトね……」

故郷ではさまざまな武器の扱いを学んだが、シルティは刀剣を振るうことを特に好む。片刃《かたな》でも諸刃《つるぎ》でも扱えるが、幼少より家宝〈虹石火〉を受け継ぐ前提の訓練を積んできたし、故郷を出てからは実際に振るってきたから、やはり剣《つるぎ》よりも刀、特に刀身が弧を描く湾刀が得意だ。

脳内の型録《カタログ》をめくりつつ、どんな刀にしようかとにやにやしながら歩みを進める。

そうしているうち、太陽の位置が随分と高くなった。

間もなく正中という、その時。

目か、耳か、鼻か、舌か、肌か、あるいはなにか別の。

どの感覚器で捉えたのかすらも自覚できない、極めて僅かな違和感を覚え。

その直後、シルティは頭部に強烈な衝撃を受け、地面に倒れた。

◆

不意打ちにより無様に地面へ転がりながらも、シルティは自身の状況を冷静に把握していた。左前方斜め上から一撃を貰ったようだ。側頭部に湿った感触がある。出血だ。打撲や切り傷ではなく、頭皮を削《そ》がれたような痛み。だが大したことはない。ギリギリではあったが、咄嗟に首を振って衝撃を逃がせた。

意識も視界もはっきりしており、行動に支障はない。

続いて襲ってきた嫌な予感に従い、左腕の力だけで跳ね起きつつ、右後方へと身を躱《かわ》す。視界の左端で、太くて長いなにかが地面を叩いた。かなりの勢いに見えたが、奇妙なことに打撃音が聞こえない。

全く反応できていないパトリシアを引き寄せ、しっかりと脇に抱えて確保してから、シルティはさらに一歩後方へ跳《と》び退《の》く。

大きく間合いを作り、両足で着地。

襲撃者を真正面に捉え、睨《にら》み付《つ》け……そして、ぎょっとした。

(でっかッ!!)

それは、恐ろしく巨大な猿《サル》だった。

二本の脚で確《しか》と立っており、股関節や膝は曲がっているが、それでもなおシルティより頭二つ分は高い。

見上げるようなその巨軀は、一度見たら忘れられないほど特徴的な、暗緑色の短い体毛で密に覆われていた。顔面は無毛に近く、だが、やはり暗緑色。どうやら皮膚自体が緑色をしているらしい。

脚の間からは凄まじい太さの尾が長々と伸びているのが見え、蛇がとぐろを巻くように地面に接していた。身体を支える三本目の脚の働きをしているのか、見た目の安定感が凄まじい。やや短くずんぐりとした脚。それとは対照的に長く太い腕。シルティの側頭部および地面を叩いた打撃は、この腕を振るったものと思われる。

初めて見る獣だ。

だが、シルティがサウレド大陸に渡る前に仕入れた情報の中に、この特徴に該当する名があった。

(蒼猩猩《あおショウジョウ》、ってやつかな)

蒼猩猩。

サウレド大陸全域の森に生息する、長い前肢《うで》と強靭《きょうじん》な太い尾を持った屈強な魔物の名だ。

オスはその名の通り暗緑色《あおいろ》の体毛を持つ。手のひらと足の裏、そして顔面と臀部《でんぶ》の毛は薄いのだが、皮膚自体も暗緑色のため、漏れなく全身が緑色だった。

一方、メスは皮膚こそ暗緑色だが、オスとは似ても似つかない灰色の体毛を持ち、一見すると同じ種とは思えないほど外見が異なっているらしい。蒼猩猩は性差の大きい種なのだ。

彼らは一匹のオスが複数のメスを囲い込んで五匹から十匹の群れ《ハーレム》を形成するという生態を持つ。メスは臆病かつ慎重で、仔《こ》と共に住処《すみか》に引き籠っており、人前に姿を現すことはほとんどない。一方でオスは自らの群れに対する執着と責任感が非常に強く、メスと仔を守るために単独での見回りを極めて勤勉に行なうという。

食性は植物食に偏った雑食なのだが、これは単に得やすい食物が植物だというだけで、肉がある場合は肉の方を好んで食す。性質は攻撃的で排他的。別の群れの個体であれば共食いも辞さない。

ちなみに、ハーレムを持てない大人のオスは、ハーレムを持てないオス同士で三匹前後の互助的な群れを作るらしい。

（……数は、一匹かな？　じゃあ、この子がリーダーか）

　シルティに牙を剥《む》いているこのオスの個体は、見たところ単独のようだ。つまり、家族のために頑張る甲斐性《かいしょう》に溢れた群れのリーダーなのだろう。

（大きいとは聞いていたけど、ほんとにでっかいな……それに、気配が全然なかった。ってことは魔法も聞いてた通りか）

　蒼猩猩がその身に宿す魔法は『停留領域《ていりゅうりょういき》』と呼ばれている。彼らは、体表面からある程度の範囲にある空気を、意図的に押し留めることができるらしい。といっても物理的な強度としてはさほどではなく、せいぜいが羽虫の侵入を防げる程度。面と向かった殺し合いの場面で防御の手段にはなり得ない。

　しかし、自身の身体が発する臭《にお》いや音の伝達を完全に遮断することができ、結果的に驚異的な隠密能力を発揮する、とシルティは聞いていた。実際、これほどの巨体でありながら襲撃される直前まで全く気付けなかったのだから、その情報は正しいのだろう。

潜んでいたのか忍び寄ってきたのかはわからないが、シルティの警戒に引っかかるような音はなかった。すんすんと鼻を利かせてみるが、この至近距離でも臭いが感じられない。さらに、暗い緑の体毛は、薄暗い森に溶け込む迷彩の役割を果たしている。

聴覚と嗅覚、さらに視覚でも捉《とら》え難《にく》い、奇襲の専門家だ。

「後ろに。少し離れてて」

シルティはパトリシアに短く指示を出して地面へ下ろした。さすがに彼女を抱き上げながら敵と殺し合うのは無理だ。

だが、パトリシアは動かない。それどころか、引《ひ》き攣《つ》ったかのような悲鳴を上げ、シルティの胴体に腕を回してしがみついてくる。

「んん」

どうやらこの娘、強い恐怖を感じると思考が停止してしまうようだ。海上を漂っていた間はむしろそれが良い方向に働いていたような気もするが、今は困る。

シルティは蒼猩猩を視線で牽制《けんせい》しながら、右手に握った木刀の柄頭《つかがしら》でパトリシアの額《ひたい》を無慈悲に突《つ》いた。

鈍く硬い音が響き、パトリシアの頭部が首を支点として後方へ跳ねる。

「痛《い》ッ!!　えっ？」

パトリシアは左手で額を押さえて目を丸くした。

身体の震えが止まっている。守ってくれると思っていた相手からの唐突な暴力により、恐怖が驚愕で塗り潰されたらしい。だが、相変わらず思考は停止してしまっているようだ。

シルティは笑みを深めた。

本当に弱い子だ。殴られたら無防備になるなんて、蛮族からしたら考えられない生態である。

やはり私が守らねば。

「しっかりして。投げるよ」

「投《な》、えっ」

シルティは左手でパトリシアの首元を摑み、力《ちから》ずくで引き剝がした。そのまま腕力に任せて振り回す。襟《えり》で喉が絞まったのか、ぐヴぇっ、と少し可愛くない悲鳴が聞こえた。遠心力に乗せて女児を左方へと放り投げ、反動を利用して一歩前へ。

ずしゃあ。重量物が土の上を滑るざらついた音。無事にパトリシアが地面に投げ出されたらしい。痛みに呻く声も聞こえてくる。手か、あるいは顔か、露出していた肌を擦《す》り剝《む》いてしまったのだろう。

もっと痛がって欲しい。

悪意など一切なく、シルティは心の底からそう考えた。

幼いとはいえパトリシアも嚼人《グラトン》。その身に内包する生命力は膨大である。痛い痛いと思っていれば、生命力の作用で傷の再生が自然と早まるのだ。

「格好いいとこ見ててね?」

軽口を叩きながら木刀を中段に構え、腰を少し落とす。

「んふっ。んふふふっ……」

シルティの口元はこの上なく嬉しそうに緩んでいた。久しぶりの陸上での戦闘だ。楽しんでいる場合ではないとわかっていても、身体に流れる蛮族の血がぐつぐつ沸《わ》いてしまう。

奇襲の一撃で仕留め切れなかった獲物《シルティ》を警戒しているのか、凶悪な表情とは裏腹に、蒼猩猩は近付いて来ようとしない。前傾姿勢で前肢をだらりと下げ、口唇《こうしん》を捲《まく》り上《あ》げて歯を剝き出しにし、断続的な甲高い咆哮《ほうこう》を叩き付けてくる。魔法『停留領域』はもはや御役御免《おやくごめん》のようで、消音と消臭の効果は少し前から途切れていた。

地面に接触する太い尻尾は大きく撓《たわ》み、見るからに力を蓄えている。察するに、動き出す際にバネのように使って瞬発力を補助するのだろう。

タイミングを計っているのか。

目で間合いを測っているのか。

忙《せわ》しなく身体を揺らしている。

どちらにせよ、次の一手を譲るつもりのないシルティにはあまり関係が無い。

シルティは手の内にある頼りない木刀を、自分の肉体の延長であり、かつ、頑丈で切れ味鋭い太刀であると、揺るぎなく思い込んだ。

息を静かに吸い。

止めて。

跳び出す。

シルティの足元がくぐもった音と共に崩壊し、水平に近い角度で土塊《つちくれ》を舞い上げた。幼い頃より磨き上げてきた脚運びと重心移動は、たった一歩の蹴り出しで凄まじい加速を可能とする。超越的なまでの動きのキレが生み出す異常な肉薄は、蒼猩猩の反射神経を真正面から容易《たやす》く置き去りにし、地面を這《は》うように間合いの内へと侵入。

そして、瞬時に停止。

静止状態から超速の飛び込み、さらに超速の飛び込みから静止状態への、瞬間移行。

行き場を失った制動エネルギーを、関節と筋肉を駆使して束ね上げ、漏れなく得物《うで》へと流し込む。

「ふッ!!」

鋭い呼気と共に斬り上げられた木刀は、僅かな反応すら許さず蒼猩猩の頸部《けいぶ》に叩き込まれ、内包する破壊力を余すことなく発揮。蒼猩猩の太い頸《くび》を呆気《あっけ》なく切断した。

胴体と生き別れになった頭部は、牙を剝き出しにしたまま、眉間を軸にくるくると回転して落下を開始する。シルティは殺害の余韻に浸ることなく跳ねるようにステップを刻んで後退した。血を浴びるのを防ぐためだ。血の臭いを撒《ま》き散《ち》らしながら森を歩くのは御免だった。

刎ね飛ばされた蒼猩猩の頭部は速やかに地面に落ち、一度、二度と弾んで転がる。

時を同じくして、残った胴体が鮮血を盛大に噴き上げ始めた。なんと、頭部を失ったままどっしりと立ち続けている。斬撃を受けた上半身は僅かに仰《の》け反《ぞ》った姿勢で、前肢はビグンビグンと断続的に痙攣《けいれん》しているが、下半身は全く揺るぎない。蒼猩猩の二本足と尻尾の三点支持は見た目通りの安定性を誇るらしい。

地面に転がった頭部はまだ意識があるらしく、戸惑ったような表情を浮かべながら眼球をきょろきょろと動かしている。自分の身になにが起きたのか全く理解できていないようだ。水揚げされた魚のように顎をパクパクと開閉していたが、気道が絶たれた今、もはや悲鳴を上げることすらできない。すぐに目の光を失った。

「……ふ、ぅ」

魔法『停留領域』が奇襲に極めて有用であるのは間違いない。だが、言ってしまえば消音と消臭を齎《もたら》すだけだ。面と向かった戦闘ではこれといって役に立たなかった。

これは嚼人《グラトン》の魔法『完全摂食《かんぜんせっしょく》』も似たようなものである。生存することにかけてはこの上なく有用な魔法だが、やはり短期的な戦闘に関してはほとんど役立たない。莫大《ばくだい》な生命力を身体に蓄えられるという副次的効果はあるが、殺し合いの最中に食事をする暇など普通は無いからだ。

となると、あとはもう単純に肉体が備える暴力の勝負になる。

尋常な殺し合いでは、蒼猩猩はシルティの敵ではなかった。

もちろん奇襲は素晴らしかったが、シルティの頭部を殴っておきながら大して痛手を与えられなかった時点で、この殺し合いの勝敗はほとんど決していたのだ。

「……ふ、ふふ。ふふふふ……」

堪え切れず、シルティは恍惚《こうこつ》とした笑みを漏らした。手慣れた動きで木刀をひゅるんと回し、刀身に僅かに付着した血液を振り払う。

結果だけ見れば圧勝だったが、殺し合いはいつだって緊張するし、楽しい。殺した経験のない種との殺し合いは特にだ。

見知らぬ土地で、パトリシアという弱者を庇《かば》いながら、武器と呼ぶのも烏滸《おこ》がましい木の枝を握り、最初に出会った敵対者が他ならぬ蒼猩猩というのは、これ以上ない幸運だったといえるだろう。

シルティは蒼猩猩の情報を持っていたし、固有の魔法『停留領域』は奇襲さえ凌《しの》げばあまり怖くはないものだった。オスが単独で狩りを行なうという習性もシルティの有利に働いている。数と連携は暴力の乗算だ。仮に蒼猩猩が十四以上で高度な連携を取る狩りを行なうような生態だったならば、結果は違っていたかもしれない。

（あ、でも、群れからあぶれたオス同士は仲良くなるんだっけ。パトリシアちゃんを守りながら殺すのは大変だなぁ……）

シルティの笑みがさらに深まった。

対多数の戦いは、実のところ、シルティの大好物である。

◆

ノスブラ大陸の南端にドゥアモレという名の港湾都市が存在する。

古来より水上と内陸を結ぶ重要な交易市場として非常な発達を遂げた大都市であり、かつ、現在ではノスブラ大陸からサウレド大陸へと向かう大陸間航路の出発点だ。

そんなドゥアモレを取り巻く経済圏の上澄みに、ダウンズ商会は根を下ろしている。

創業当初は食料品を専門に扱う個人商店だったが、商才溢れる会長がその嗅覚を存分に発揮した結果、僅か二十年のうちにドゥアモレでも有数の大店《おおだな》へと成長を遂げた。新進気鋭と呼ぶに相応《ふさわ》しい、若く意欲的な商会だ。

会長の名はアイザック・ダウンズ。

彼は生まれながら現状に満足することができない意気軒昂《いきけんこう》な男であった。若い頃から心血を注いできた商会がこの上なく成功したのは良いのだが、その結果、安定してしまった生活に心底飽きてしまう。二年ほど腑抜《ふぬ》けた会長生活を続けていたのだが、ダウンズ商会創業二十周年を節目に、新たな挑戦を始めることにした。手塩にかけた商会をあっさりと親戚に譲り渡し、自らは家族と共に新天地——サウレド大陸へと旅立ったのだ。

輝かしく刺激的な未来を夢見るアイザックだったが、そこで命運が尽きる。

乗り込んだ船を牙鯨《きばクジラ》に齧られ、妻ドロシー・ダウンズと共に大海原に命を溶かすことになってしまった。

ダウンズ家唯一の生き残り、パトリシア・ダウンズは現在、地面に投げ出されて呻いていた。

木の棒でど突かれ、ジンジンとした熱を訴える額《ひたい》。地面で擦り剥き、ズキズキとした痛みを訴える左の頬。そんなものは今、どうでもいい。暗い緑色の毛むくじゃらが発する恐ろしい声が、パトリシアの耳朶《じだ》を繰り返し叩いているのだ。

「ひっ、ひぅ……」

森を歩いていたらいきなり現れた巨大な化物。身体の大きさのわりに、咆哮が甲高い。聞いているだけで身が竦み、喉が引き攣って呼吸が浅くなる。

逃げなければ。

逃げなければ。

脚が動かない。


「んふっ。んふふふっ……」

恐慌に陥ったパトリシアの耳に、突如として呑気《のんき》な響きが届く。思わず右方へ視線を向けるとそこには、その辺に落ちていてもおかしくないような木の枝を握り締め、やたらと嬉しそうに笑うシルティ・フェリスの姿があった。

大商会の一人娘として生まれ、荒事とは無縁の生活を送ってきたお嬢様《パトリシア》にも、彼女の意図はさすがにわかる。

あれと、戦う気だ。

逃げるべきなのに。あんな大きな化物に、こんな小さな女のヒトが、勝てるわけないのに。今から彼女は死ぬだろう。そして自分も死ぬ。それを理解した途端、パトリシアの涙腺は猛烈に仕事を始め、涙が止め処《とど》なく溢れ出した。

(私も……お父様みたいに、立派なお店を持ちたかったのに……)

絶望と諦念に染め上げられ、パトリシアの肢体がぐてりと脱力した――その瞬間。

パトリシアはシルティの姿を見失った。遅れて舞い上がる土塊。左方から湿り気を帯びた異音が響く。びくりと肩を跳ね上げ、視線をそちらへ。

　シルティが居た。毛むくじゃらの化物も居た。一つ違うところは、化物の頭がない。続いてパトリシアの耳に届くのは、重く固いものが弾むような連続する重厚音。誘われるがままに目を向けると、毛むくじゃらの頭部が転がっていた。

　何が起きたのか全くわからない。

　だが、結果だけは明らかだった。

　シルティが、化物を殺したのだ。


　パトリシアは涙を流すのも忘れ、シルティの方へと視線を向ける。

　自分が絶対に敵《かな》わないと思った恐ろしい化物を一瞬で仕留め、細い棍棒をひゅるんと滑らかに回し、凛々しい《威圧的な》笑みを浮かべる小柄な勇者。

「かっ……こ、良い……！」

　砂浜で目覚めた当初は、シルティのことを『ヤバくて怖い女』だと認識していたパトリシアだったが。

　身の丈を遥かに超える巨大な魔物を迅速かつ豪快に仕留める光景は、悪い第一印象を塗り替えるに相応しい雄姿だったらしい。

◆

シルティが振り向くと、パトリシアが地面にへたり込んだ姿勢でこちらを見つめていた。木刀の柄頭《つかがしら》でど突かれた額は赤く腫れており、地面で擦り剥いたらしき左頬には血の滲んだ擦過傷《さっかしょう》が痛々しい。

だが、痛みに呻くような様子はない。

上気した血色のいい顔面に浮かぶのは、憧憬《どうけい》を絵に描いたような表情だ。

「かっ……こ、良い……！」

「お？　んふふふふ。でしょー？」

シルティは満面の笑みでパトリシアの称賛を受け止めた。

自らの強さと実績は存分に誇るべきもの。蛮族の戦士にとって謙遜や謙虚は紛れもない不道徳である。

「あんな、シュバッ！　消えて、首を、すごいわっ！」

あまりの興奮に文章を組み立てる余裕が失われてしまったのか、口調が年相応に幼い。シルティはくすくすと笑いながら歩み寄り、パトリシアの脇の下に手を入れてぐいと持ち上げ、地面にそっと下ろした。腰は抜けていないようで、両足でしっかりと立っている。野生動物に襲われた恐怖や、生物が殺害される場面を目撃したという衝撃は、頼りになる保護者《シルティ》の活躍によって綺麗に漂白されたようだ。

パトリシアは興奮した様子でシルティの握る木刀に目を向けた。

「そ、それ、触らせて貰えるかしら？」

「ん？　いいよ」

シルティが木刀を差し出すと、パトリシアは恐る恐るといった様子で手を伸ばして木刀に触れ、刀身の物打《ものうち》付近を握り締めてすりすりと扱《しご》く。

当然ながら、その手は斬れない。

「なんで？　なんでこんな木の棒で、あんなことができるの？」

自分の手のひらすら斬れないのだ。パトリシアには木刀《これ》で動物の首を刎ね飛ばせるとは全く思えなかった。

対するシルティは胸を大きく張り、この上なく誇らしげな笑みを浮かべる。

「さっきも言ったけど、私、刃物が大好きなんだ。だから斬れる」

「だ、大好きだから？」

「うん。私より斬るのが上手《うま》いヒトはなかなか居ないよー？」

「上手《じょうず》だから……？」

パトリシアは表情を憧憬から困惑へと変え、首をこてんと傾げた。

削った木の枝で馬鹿デカい猿の首を刎ね飛ばせるのは、刃物が大好きとか、斬るのが上手いとか、そういう話なのだろうか。

その様子を見て、シルティは察した。戦闘を生業とする者たちが自身の生命力をどのように活用するのか、パトリシアはほとんど理解していないようだ。暴力が活躍する場面など見たこともなかったのだろう。大きな商会の娘であるということは道中に交わした雑談から知っていたが、どうやら蛮族《シルティ》が想像できる範疇《はんちゅう》を超えて蝶《ちょう》よ花よと育てられたらしい。

（んー……どう説明すべきかな……）

生成者の意志を強く帯びた生命力は、帯びた意志を世界に容認させる超常の力と化す。

拳を打ち合わせる衝撃で付近の魚を気絶させたり、僅かな反応すら許さず蒼猩猩の首を飛ばしてみせたりと、シルティが小柄な見た目を大いに裏切る身体能力を発揮できるのも、この生命力の作用の一面だ。

幼少期からの弛《たゆ》まぬ鍛錬の末に芽生えた、私は強い、私は速い、という根拠ある自信。一滴の疑念すら混じらぬ確信を帯びた生命力の奔流が、誇大な自覚を世界に容認させ、結果として身体能力が著しく増強されるのである。

これはもちろん嚼人《グラトン》に限った話ではない。大抵の魔物は、無意識にせよ意識的にせよ、生命力の作用によって大なり小なり身体能力を増強していた。

そして、さらにその発展系。

肉体の外にあるもの――主に武具を、自らが持つ生命力の作用によって超常的に強化する、『武具強化』という技法があった。

生命力は基本的に生命の中に存在する。草木や菌類にも存在するが、一方で無生物である石や金属には存在しない。当然、生命力がそれら無生物に明確な作用を齎《もたら》すこともまずない。

だが、いくつかの例外もあった。自分の肉体の延長である、と揺るぎなく狂信した物体に関しては、なぜか生命力で満たすことが可能になるのだ。

生命力で満ちれば、当然、生命力の作用が生まれる。

ゆえに、己の肉体の一部であり、かつ、頑丈で素晴らしい切れ味を持つと思い込んだ得物は、その誤認を世界に容認され、思い込み通りに変ずるのだ。

適当に削った木の枝が巨大な獣を容易く引き千切る剛刀と化す理由は、悪く表現すれば、シルティの思い込みによるものなのである。

と、いうようなことを語ろうかと一瞬だけ思ったシルティだったが、今はそんな状況ではないと判断して、パトリシアの左頬を優しく撫でた。

「ほっぺ、砂噛んじゃってる。ちょっと痛いかもだけど、動かないでね」

「ん、んんん……」

傷口に食い込んでいる砂粒を慎重に摘まみ、取り除く。パトリシアは眉間に皺《しわ》を寄せて顔を顰《しか》めていたが、泣き言は漏らさなかった。

「よし、綺麗になった。あとは、治れ治れーって念じてればすぐ治るよ」

パトリシアの頬から手を離し、頭頂部をぽんと撫でてから、シルティは視線を背後に飛ばす。

「さて、と……」

蒼猩猩は相変わらずどっしりと立ち続けている。刎ね飛ばした直後とは違い、頸の断面から噴き出す血液は勢いを失っていた。つまり、相応の量の血液が体外へ撒き散らされたということだ。周囲に漂う濃密な血の臭い。どんな動物を惹き寄せるかわかったものではない。襲われたならばその時はその時だが、わざわざ襲われるのを待つつもりはない。

可及的速やかにここを離れるべき、なのだが。

「うーん……どうしよっかな……」

シルティは葛藤した。

家宝〈虹石火〉を回収するために、シルティには金が必要だ。

そして魔物たちの素材――つまり『死骸』には、高値が付くのだ。

強力な魔法や、有用な魔法を宿す種の死骸は、殊更に高く売れる。

魔物の死骸の用途は、大まかに分けて三つ。

食肉用、加工用、そして魔術用だ。三つ目のものが最も大きい。

『魔術』とは、魔物たちが生まれながらに身に宿す種族固有の『魔法』や、厳しい訓練を積んだうえで幸運に恵まれた結果身に付けることができる『精霊術《せいれいじゅつ》』といった超常の力を、個人の技量や才能に依存しない外付けの装置で再現しようと試みる学問体系のことである。また、製作される装置によって再現される現象自体も、慣例的に魔術と呼ばれた。

魔術の発生源となる装置――『魔道具《まどうぐ》』は、要するに魔物の肉体の模造品である。

最も原始的かつ基本的な魔道具は、魔物の身体から切り出した部位を素材として、防腐を始めとする多種多様な処理を施し、元のように組み上げることで完成する。これに外から生命力を注《そそ》ぎ込《こ》むことで、素材となった魔物が宿す魔法を再現できる……ことがあるのだ。

ちなみに、現在は魔法を再現する機能を失っているが、シルティが身に纏《まと》っている跳貂熊《とびクズリ》の革鎧も魔道具である。


この蒼猩猩の死骸も、然《しか》るべきところへ持ち込めばそれなりの値段で売れるだろう。

魔物の死骸を魔道具の素材として売るならば、魔法的にどの部位がどんな働きをしているのかわからないので、内臓も毛皮も肉も丸ごと持ち込むのが一番。だが今は、人里がどこにあるかもわからない遭難状態なのだ。

無駄な荷物は持って行けない。しかし、お金は欲しい。

腕を組んで唸るシルティの肘を、パトリシアが控えめに引っ張った。

「どうかしたの？」

「うん。蒼猩猩……あ、このお猿さんは蒼猩猩って魔物なんだけど」

「知ってるわ。魔法は『停留領域』よね」

「お。知ってるの？」

「お父様がね。便利な魔道具にできるから、良い値段で売れるのよ」

「うっ。いい値段で売れるって聞くとますます悩んじゃうなぁ……」

捩栄樹の時もそうだったが、パトリシアは意外とサウレド大陸の知識を持っている。どうやら商人である父親から『新天地《サウレド》でお金になるもの』の情報を教え込まれていたらしい。

「私たち無一文だし、お金になるなら持っていきたいんだけど……」

「これを？　……無理よ」

「だよねぇ」

パトリシアの冷静な指摘に、シルティは重々しい溜め息を吐いた。

いくら高値で売れそうだからといって、この巨大な死骸を担いで森の中を彷徨い歩くわけにはいかない。重量的には余裕で背負えるが戦闘に著しく支障がある。

「食べるのも、ちょっとなー」

パトリシアがびくんと肩を跳ね上げ、信じられないといった表情でシルティを見上げた。

「こ、これを食べる場合も、あるってこと……？」

「水場が近くにあったらね」

動物を解体すれば血の臭いが身体に染み付くのは避けられないが、付近に水場があれば洗い流せる。今のシルティにとって肉食は水場の近くでしか許されない贅沢なのだ。パトリシアにとってはほぼ拷問であるが。

「うぇえ……」

醜悪な未来を想像し、パトリシアが吐き気を催したような涙声を漏らした。縋るような表情でシルティの左腕を抱き締める。

「せめて焼きましょうよぉ……」

「んー……火はなー……ごめんね」

「……うぅ……」

パトリシアは理解した。このお姉さんは、信じられないほど強いし、自分を守ってくれるし、優しいが……甘やかしてはくれない。

「お肉が嫌なら草でもいいよ？　やっぱり生だけど」

「……草……草なら、頑張るわ……」

「偉いぞー。野菜好き？」

「うーん……お肉の方が好き……ちゃんと料理したものよ？」

「ふふ。実は私も、お肉の方が好き……私は生でもいいよ？」

「生は……むり……」

嚼人《グラトン》は究極の雑食動物と呼ばれる魔物だが、シルティもパトリシアも肉食傾向がかなり強いようだ。

シルティはくすくすと笑いながらしゃがみ込み、地面に視線を走らせ、なんとなく目に付いた植物を摘み取った。立性《たちせい》の植物で、細長く真っ直ぐな茎を持っている。薄い葉は無毛で柔らかく、十字に対生《たいせい》していて、数が多い。鼻を近付けてみると爽やかな芳香。

口を開け、茎の先端を葉ごと放り込んで、もしゃもしゃと咀嚼する。

「おっ？」

シルティが目を見開き、驚愕の声を上げた。

正直、美味しくはないだろう、と予想していたのだが。

「思ってた百倍くらい美味しい」

「……本当かしら」

感動するシルティを疑わし気な目で見るパトリシア。

「ほんのり甘くて、しゃくしゃくしてて、いい匂いがする。ほら、味見してみ？」

「うーん……じゃあ……」

差し出された茎の先端を、恐る恐る、ぱくり。生魚生肉に比べ、生野菜への抵抗は少ないようだ。

「……。んっ！」

パトリシアも目を大きく見開いた。

「思ってた百倍美味しいわ！」

「でしょー？　この葉っぱ、もうちょっと摘んでこ」

「うん！」

摘まみ食いしながら進むにはぴったりのおやつである。

テンションの上がった二人は周囲から同植物をブチブチと乱獲し、きゃいきゃいと姦《かしま》しく騒ぎながらその場をあとにした。

シルティたちがこの場を去って、七分後。

青い猿と小さい猿の戦いを密《ひそ》かに観察していた一匹の獣が、木の陰からぬっと姿を現す。

それは、馬鹿げた大きさの四足獣だった。頭胴長《とうどうちょう》がシルティの身長の三倍弱もある。黄金にも見える明るい飴色《あめいろ》の毛が全身に生えており、黒色の大きな輪のような斑紋模様が、広い間隔でいくつも入っていた。

大きな顔は比較的丸みを帯びた輪郭で、鼻面は太く、口吻《マズル》は短く、見るからに咬合力《こうごうりょく》に自信がありそうだ。

上向きに立った漏斗《ろうと》のような耳介は絶え間なく動き、周囲の音を執拗《しつよう》に拾っている。尻からは頭胴長と同程度の長い尾が伸び、地面すれすれで揺れていた。

四肢は太くも長く、肩幅もがっしりと広い。力強さを感じさせる骨格の獣だ。

だが、屈強な骨格とは裏腹に。

その姿は、悲惨の一言だった。

毛皮の色艶はすこぶる悪く、尻尾に至ってはかなりの割合で毛が抜け落ちている。怖いほどに痩せていて、自らの体重を支えることも難しいのか、頼りなくふらついていた。筋肉が減った分、余ってしまった皮膚がだらりと垂れ下がっており、肋骨《ろっこつ》は摘まめそうなほどくっきりと浮き出ている。

衰弱の原因は、怪我《けが》や病ではない。純然たる老いだ。

魔物に分類される動物は総じて生命力に溢れ、魔物以外の動物に比べると凄まじく長生きなのだが、それにも限度はある。この個体は種族的平均寿命を遥かに超えていた。

臓腑《ぞうふ》の働きは衰えるばかり。筋力は加速度的に落ち、狩りの成功率も下降の一途。特にこの二か月、老獣はまともな食事にありつけていなかった。このままでは早晩、餓死という最期を迎えるであろう。

しかし今、新鮮な肉が目の前にある。

老獣はシルティと蒼猩猩の戦いを全て見ていた。

戦いの場に居合わせたのは偶然というわけではない。老獣の方が先に樹上の蒼猩猩を発見していたのだ。これを狩りの対象として追跡していたところ、蒼猩猩がシルティを発見して襲いかかり、敢《あ》え無《な》く返り討ちにあった、という流れである。

老獣は目を閉じ、この巡り合わせに深く感謝した。

おかげで、労せず新鮮な食い物にありつけそうだ。

立ち往生している蒼猩猩の死骸を注意深く検《あらた》め、死骸や周囲をフンフンと嗅ぎ回り、完全に息絶えていることを確認すると、さらに近寄ってその身体を頭で押した。湿り気を帯びた重低音を響かせ、蒼猩猩の死骸が血溜《ちだ》まりに倒れ込む。

老獣は首の断面に顔を近付け、口吻《マズル》から伸びる白い洞毛《ヒゲ》をピクピクと動かしながら、山吹色《やまぶきいろ》の目を嬉しそうに細める。

久方ぶりの食事を終えた老獣は、重くなった腹を揺らしながら、食事前より随分としっかりとした足取りで来た道を引き返した。

歩き、歩き、ひたすら歩き、背の高い草藪《くさやぶ》に辿り着く。

中へ分け入ると、そこには老獣をそのまま物凄く小さくしたような幼い獣が一匹。安らかな表情ですやすやと眠っていた。

自らの血を分けた実の仔の無事を確認し、老獣は安心したように細く息を吐く。

出産適齢期など途方もなく超える、もはや老齢出産とでも呼ぶべき高齢出産。奇跡的に授かった最後の仔を、老獣はこの上なく愛していた。

幼獣に寄り添うように横たわり、鼻の先で優しくつついて起こす。刺激により眠りから覚めた幼獣は、くあぁと盛大な欠伸を披露したあと、よたよたと頼りない足取りで老獣《母親》の腹に近寄り、乳首を探し出して吸い付いた。

そして、ケブッケブッと咳《せ》き込《こ》む。

かつてない勢いで出てきた母乳に、驚いて噎《む》せてしまったらしい。

母体が酷く飢えていれば母乳は満足には作られない。だが今、出産後では初めて満腹感を覚えるほど血肉を摂取し、長時間の散歩を経たことで、老獣の乳腺は活発に母乳を生産していた。

老獣は顔を寄せ、幼獣の背中を優しく舐《な》める。

咳が治まった幼獣は、改めて母乳を貪り飲んだ。

ご、る、る、る、る。

老獣が喉を轟《とどろ》かせながら、愛情たっぷりに我が仔を見つめる。

その視線には、愛の奥に、隠しきれない諦念がこびりついていた。

もう間もなく自らの寿命が尽きるであろうことを、老獣は察している。仔を出産した時はもっと体調が良かったのだが、出産後に急激に衰弱が進み、この体たらくになってしまった。

幼い我が仔を一人前に育て上げる時間など、もう残されてはいない。

第三話 遺託

barbarian girl adrift on a different continent

入り江を発《た》ってから五日目、午後五時頃。

シルティは頭上から襲ってきた蒼猩猩《あおショウジョウ》の一撃を瞬間的な体捌《たいさば》きでするりと躱《かわ》し、相手の反応を許すことなく首を薙《な》いで刎ね飛ばした。

さらに身体を反転、すぐ後ろにいたパトリシアを脇に抱き上げ、前方へ跳躍。殺害現場から距離を取って返り血を避ける。

蒼猩猩の頭部が地面で弾む鈍い音を聞き流しつつ、油断なく周囲へ視線を飛ばす。後続の姿は見えない。やはり今の蒼猩猩も単独のオスのようだ。

シルティは警戒を緩め、そして。

「ふ、ふふふ」

実に嬉しそうな笑みを浮かべた。

(今のは、完璧っ！)

どうやらこの森には蒼猩猩が殊更に多く生息しているらしい。獣道を辿っているわけでもないのに、五日間で実に四回もの襲撃に遭っている。それも、全てが単独のオス、つまり群れのリーダーだ。いったいどれほどの群れがこの森に生息しているのか、シルティには見当もつかなかった。

幸いなことに、蒼猩猩は追従するパトリシアではなくシルティを最初に狙ってくる。小柄なシルティを与し易《くみやす》い獲物と見ているのだろう。大人を仕留めてしまえば子供も食える、そういう判断だと思われる。

だが、いかに無音無臭の奇襲とはいえ、こうも頻繁に味わっていては感覚の適応も進むというもの。

三回目の襲撃時にシルティは気付いた。蒼猩猩の奇襲は予兆を完全に排した恐るべき御業《みわざ》だと思っていたが、殴られる数瞬前、周囲の音と臭いが消えるのだ。考えてみれば、振り下ろされる蒼猩猩の腕がシルティの頭に届くより、魔法『停留領域《ていりゅうりょういき》』の範囲にシルティの頭部が収まる方が早いのだから、接触寸前で聴覚と嗅覚が殺されるのは当然のこと。

シルティは動きの速さと反応の速さには並々ならぬ自信と豊富な実績を持っている。猶予が数瞬もあるならばと、感覚を研ぎ澄ませて手ぐすねを引きつつ歩いていたところ、襲《や》ってきてくれたのが先ほどの蒼猩猩だ。

シルティは初撃の殴打を完璧に回避し、そのまま返り討ちにすることができた。

実績がまた一つ積み上がり、根拠を得た自信が膨れ上がる。

次はもっと上手く、綺麗に斬れるだろう。

「パトリシアちゃん、平気?」

木刀を片手でひゅるんと回して血振《ちぶ》りを行なったあと、抱えていたパトリシアを地面にそっと下ろす。

「ええ。……またこのお猿さんね」

「ね。ちっちゃい栗鼠《リス》とかは見るけど、でっかい動物は居ないんだよねー……みんな蒼猩猩が食べちゃうのかも？」

「想像したくないわ……」

蒼猩猩との初対面では恐慌に陥っていたパトリシアも、今では随分慣れたものだ。抱き上げた瞬間に重心を寄せてくれるので非常に動き易くなった。抱えたままの闘争は無理だが、抱えての逃走は可能だろう。

シルティはパトリシアの頭を撫で、今までのように追従することを指示してから進行を再開した。

「もうちょっと進んだら休憩しようね」

「うん。……シルティ。町って、あとどれくらいかしら」

「ん？　んー……どのくらいかなぁ……」

「ちゃんと、着くのよね？」

五日も経ったのにもかかわらず、視界に立ち並ぶのは木ばかり。

五日も経ったのにもかかわらず、襲ってくるのは蒼猩猩ばかり。

パトリシアが不安を覚えるのもやむなしといったところである。

「ちゃんと着くよ」

自信満々の笑みを顔に張り付けて答えたシルティだが、もちろん根拠などない。それどころか実のところ、自分は判断を誤ってしまった、と強く後悔していた。

ここまでの道中、シルティは木々に細かい間隔で目印《傷》を付け、頻繁に振り返っては複数の目印を重ねることで、可能な限り直線の軌跡を進んでいる。多少の蛇行はあるだろうが、気が付かないうちに進行方向が反転しているようなことはないだろう。

森を突き抜けるにはこれがいいと思ったのだ。だが、この森は想定していたよりも遥かに広大だった。五日かけても景色が全く変わらない。

（もうちょっとよく考えるべきだったな……）

森ではなく、海岸線をなぞるように進むべきだった。これだけ大きな陸地なのだから、海岸線のどこかにはまず間違いなく河口が開いているはずなのだ。

飲用水、農業用水、下水、水運、等々。水源の用途は枚挙にいとまがなく、人類種《じんるいしゅ》の居住地は水場の近くに作られることが多い。大きな河口であれば港町が作られているかもしれないし、港町がなくとも川の流れを遡ればいずれは人里に着くかもしれない。

まぁ、それもここが無人島でなければだが……当《あ》て所《ど》もなく森の中を突き進むよりはずっと望みがあるし、明確な道標《みちしるべ》があれば気も楽になる。

（……どうしようか）

もう一度入り江へ戻り、海岸線をなぞるべきか。木々に付けてきた目印があるので、迷うことなく入り江まで引き返せる。

だが、既に相当な距離を稼いだはずなのだ。このまま進めば、引き返して海岸線をなぞるよりはずっと早く森を抜けられるのではないだろうか、という考えも捨て切れない。

悩む。

悩む。

悩みに悩んで、シルティは決定した。

(とりあえず、今日は真っ直ぐ進む。今日中に抜けられなかったら入り江に戻る。よし)

◆

結局、五日間歩き通しても森を抜けることは叶《かな》わなかった。

シルティは自分の判断ミスをパトリシアに謝罪し、六日目の朝から進路を反転、入り江へと引き返し始める。

目印を頼りにズンズンと足を進め、その日の夕刻。唐突に、雨が降った。しかも、十歩先もまともに見えないような凄まじい土砂降りだ。

シルティは文字通り狂喜乱舞した。

天からの雫《しずく》で喉を潤したあと、人目を憚《はばか》らず豪快に全裸になり、身体と衣類を入念に洗う。行動の方針を変えた途端に天からの恵み。今日は蒼猩猩からの襲撃もなかった。なんとも幸先《さいさき》のいいことだ。

お嬢様《パトリシア》は野外で肌を曝《さら》すことに強烈な拒否感を示していたが、最終的にはシルティ同様全裸になり、身体と衣類をしっかり洗った。パトリシアも、はしたないだとか恥ずかしいだとか、そんな下らないことを言っていられる場合ではないと理解はしているのだ。ただ、幼い頃より叩き込まれてきた貞操観念が歯止めをかけてしまうだけで。

耳まで真っ赤に染まったパトリシアの頭をわしゃわしゃと揉《も》み洗《あら》いしながら、妹が居たらこんな感じかなぁ、とシルティは和《なご》んでいた。シルティは一人っ子なので、兄弟や姉妹というものに多少の憧れがあるのだ。

まぁ、遍歴の旅を終えて故郷に帰ったら、知らぬ間に妹か弟が生まれているかもしれないが。

シルティの両親はとても仲の良い夫婦である。

引き返し始めてから三日目の、昼過ぎ。

道中で三度、シルティは屠《ほふ》った蒼猩猩の死骸を通り過ぎた。どれも食い荒らされ、古いものは腐敗が進んでいたが、特徴的な毛皮が残っていたおかげで見逃す事はない。

シルティの記憶と感覚が正しければ、もう間もなく最初に殺した蒼猩猩の死骸に行き着く。つまり、五日かかった道を三日で踏破しかけている。

時間を大幅に短縮できた主な要因は蒼猩猩と出会わなくなったことだ。往路では五日間に四度もあった蒼猩猩の襲撃が、復路では一度もない。

この理由は、蒼猩猩たちの縄張りがまだ更新されていないためではないか、とシルティは推測していた。

群れのリーダーが死んだとしても、すぐに別のリーダーが選出されたり、他のオスが縄張りを乗っ取りにくるわけではないはず。シルティたちが通過した線に沿うように、森の中に帯状の空白地帯ができているのだろう。

推測が正しければ、この平和は新リーダーが就任するまでの時間制限付きである。最初の蒼猩猩を斬ったのは七日前だ。この辺りの縄張りはリーダーの再選出あるいは乗っ取りが完了している可能性が高い。より一層の警戒が必要だ、と研ぎ澄ませていたシルティの嗅覚が、強い腐臭を捉えた。

どうやら最初の蒼猩猩が近いらしい。さらに足を進める。

「うッ……。臭《くさ》……」

少し遅れてパトリシアの鼻にも腐臭が届いたのだろう、背後で小さな泣き言が漏れた。

「臭《くさ》いとは思うけど、ちょっとだけ我慢してね」

「だいじょうぶよ、我慢できるわ……」

言葉とは裏腹に、パトリシアは物凄い表情を浮かべている。眉間と鼻梁《びりょう》に皺《しわ》が寄り、可愛らしいお顔が台無しだ。腐った血肉の臭《にお》いなど嗅いだこともなかったのだろう。シルティは苦笑しながら、さっさと通り過ぎてしまおうと足を速める。

死骸を通り過ぎてからおおよそ三十分、腐臭も届かなくなったという頃合いに。

案の定というべきか、早速というべきか。

シルティの聴覚と嗅覚が突如として馬鹿になった。

三日ぶりだがこれで五度目だ。もはや考えずとも身体が動く。膝を抜きつつ視線を上へ。視界の左端に僅かに映った影から襲撃者の位置を把握。

地面を軽く蹴り、身を躱《かわ》す。

太く長い暗緑色の腕が、直前までシルティの肢体が占めていた空間を両断した。

落下の勢いを存分に乗せられた拳が地面を叩き、砕かれた土塊《つちくれ》が衝撃で跳ねる。相変わらず音は聞こえなかった。魔法『停留領域』の消音消臭は完璧だ。羨ましくなるほどの奇襲性能である。だからこそ、今のシルティの感覚を欺《あざむ》くことはできない。

「ふッ」

軽い呼気と共に振るわれた右袈裟が、蒼猩猩の後頸部《うなじ》に吸い込まれる。

ざぱッ。音のない世界に湿った手応えを残し、木刀の刀身が喉から飛び出した。

強靱な毛皮も、太い脊椎と筋肉も、万全の体勢から繰り出されるシルティの木刀の前には無力だ。

身体を反転、いつものようにすぐ後ろにいたパトリシアを脇に抱き上げ、前方へ跳躍。殺害現場から距離を取って返り血を避ける。

蒼猩猩の頭部が地面で弾む鈍い音を聞き流しつつ、周囲へ視線を飛ばす。

やはり今回の蒼猩猩も単独のオスのようだ。後続の姿は見えない、と判断した、その直後。

ガサリ、と。

右方から、大きな葉擦れの音が聞こえた。

「ッ!?」

どうせまた単独のオスだろう、という気の緩みを突くように現れた気配。シルティの思考は驚愕と戦慄で染め上げられた。音がしたということは蒼猩猩ではない。感覚からして音源は至近距離。この距離で気付けないとは。隠密に特化した魔法『停留領域』を宿す蒼猩猩をも凌駕《りょうが》しかねない、透き通るような気配のなさだ。

抱えていたパトリシアを左方へ突き飛ばしつつ、視線を右に。自由になった左手を木刀の柄頭《つかがしら》へ。腰を落として中段に構える。パトリシアが地面に転倒する音と、呻き声が聞こえた。

切先を突き付けた相手を視界の中央へ。

(こ、これは)

それは、凄まじく巨大な四肢動物だった。

大きな頭部。太く長い尾。黄金色の地《じ》に、大きな黒い輪のような斑紋模様がいくつも入った、特徴的な毛皮。

シルティが仕入れた情報に該当するものがある。

戦慄と歓喜で、シルティの身体がぶるりと震えた。

(琥珀豹《こはくヒョウ》……!)

琥珀豹。

凄まじい身体能力と優れた知性を持つ、巨大で強大な頂点捕食者の名だ。

その馬鹿げた巨軀に見合った恐ろしい筋力を備えており、跳ぶ、走る、といった動作が得意で、時に超常的なまでの瞬発力を発揮する、真正の怪物。純然たる肉体性能で琥珀豹に対抗できる魔物は、世界を見てもそう多くはないだろう。

だが。

シルティの視界に現れた、この個体は。

（……今にも、死にそう）

色艶の悪い毛並み。肋骨の本数が容易く数えられるほど痩せさらばえた身体。怪我か病か老いか、シルティには診断できないが、どう見ても衰弱極まった様相だ。

相対し、観察して、はっきりとわかった。

この琥珀豹の存在を全く察知できなかったのは、琥珀豹が蒼猩猩に匹敵する隠密能力を持っていたからではない。生命力が余りにも枯渇しているため、シルティの感覚に引っかからなかったのだ。

こうして動く姿を目視していても、まるで岩石か枯木のように見えてくるほど。欺瞞《ぎまん》の可能性は……まぁ、ないだろう。わかりやすく死にかけだ。

（んんん……）

いかに強大な魔物だと伝え聞いていても、さすがにここまで弱っている個体には脅威を感じない。こうして動けているのが不思議なほどの容体に見える。軽く叩けばそれで死んでしまいそうだ。客観的に考えて、この琥珀豹よりもシルティの方が遥かに強い。

「ひっ、ひ、ヒッ…………」

視界の外ではパトリシアが異常な吸気音を発している。琥珀豹がよほど怖いらしい。万全の体調だったならパトリシアの二人や三人ぐらいぺろりと平らげてしまうだろう捕食者なので、本能的に恐怖を覚えてしまうのも仕方がないか。

「パトリシアちゃん、近寄らないでね」

体重の差は純粋な暴力だ。伸《の》し掛《か》かられただけでパトリシアは窒息死させられてしまうだろう。

もちろん、そうなれば助けるが、用心するに越したことはない。

シルティは木刀を構えたままゆっくりと後ずさりし、琥珀豹から離れ始めた。強者と殺し合うのは望むところだが、怪我や病で弱った強者を殺すのは全く気が進まない。琥珀豹が蒼猩猩の死骸を食べたいのであれば、好きにさせるつもりである。

しかし奇妙なことに、その琥珀豹は、蒼猩猩の死骸に近寄ろうとはしなかった。

歩みは遅く、ふらふらと覚束《おぼつか》ない足取りだが、間違いなくシルティを目指している。

(なんだ？)

この状況で、なんの意図があって自分に近付いて来るのか。

シルティは訝《いぶか》しげに琥珀豹を見た。

山吹色の瞳と、目が、合った。

(う……)

肉体の衰弱具合とは裏腹に、琥珀豹の瞳は爛々と輝いている。

シルティは完全に気圧《けお》された。

生命力の枯渇した、放っておいてもすぐに死にそうな魔物に……勝てないと、思わされた。


シルティが硬直する中、琥珀豹はシルティの至近距離まで歩み寄ると、上半身を起こして前肢《ぜんし》を揃《そろ》え、腰を下ろして姿勢よく座り込んだ。俗に言う三つ指座り《エジプト座り》である。

琥珀豹の頭部はシルティの目線よりも上にあった。やはり巨体だ。じいっと見下ろしてくる。静かな目には確かな知性が宿っており、害意は全く感じられない。

この相手に木刀の切先を突き付けているのが、なぜだかとても恥ずべき行為に思え、シルティはゆっくりと構えを解いた。

琥珀豹は満足げに鼻を鳴らしたあと、自らの身体を迂回《うかい》させるように長い尻尾を動かし、シルティの前へゆっくりと伸ばしてくる。

「……いったい、な……、んん？」

琥珀豹の巨体に隠れていまいち見えなかった、長い尻尾の全貌。

鉤尻尾だ。先端がくるんと曲がっている。

いや違う。先端がくるんと丸まっている。

意図的に丸められた先端が、器用に何かを保持している。

毛皮の丸まりが、ヴャウーッ、と濁音混じりの鳴き声を上げた。

「……おぉ」

尻尾に巻かれていたのは幼い琥珀豹だった。眼前に現れた未知《シルティ》の獣に怯えながら、シャーッだのビャーッだの、鋭い鳴き声を上げて精一杯に威嚇している。

血の繋がった実の仔だろうか。恐ろしく小さい。シルティが片手で掴み上げられる程度しかない。成獣の大きさと比較するに、ほとんど生まれたばかりのように思える。

シルティは困惑の目で、幼獣をこちらに差し出している、親らしき琥珀豹を見上げた。

「なん……？」

親豹はさらに尻尾を伸ばし、幼獣を差し出して来る。というかもう、完全に押し付けてきている。仕草から察するに、どうやら幼獣を受け取ってほしいようだ。

「なんなの……」

仕方なしに、シルティは木刀を持っていない左腕で幼獣を受け取り、抱きかかえた……が、親豹の尻尾が身体から離れた瞬間、幼獣は鉤爪を剥き出しにし、がむしゃらに、激しく暴れ回った。

「うわっ、ちょっと待ちなさ、こら、このやろッ」

あわや取り落としてしまいそうになったシルティは、慌てて木刀を地面に突き刺し、フリーになった右腕も使って幼獣を抱え込みにかかる。幼獣はさらに激しく暴れ、前肢の届く範囲をひたすらに引っ掻き、挙句にシルティの左上腕にガブリと噛み付いてきた。

好機。シルティはその隙に右腕で幼獣の頭を押さえ付けて牙と左前肢を封じ、幼獣の右前肢を左の脇に挟み込んで、さらに左手で肩甲骨の辺りを押さえ付けた。

幼獣はギュブルギュブルと奇妙な鳴き声を上げ、全身の力を振り絞って拘束から逃れようとしていたが、もはや為《な》す術《すべ》はない。

「……。どうしろと……？」

◆

意思疎通のために言語を操る動物は嚙人《グラトン》だけではない。

現代において、人類種はよほど閉鎖的な環境でない限り基本的に『人類言語』と呼ばれる共用語を話すし、人類種の他にも独自の言語を用いて同族間で意志疎通を行なう動物は数多くいる。

特に魔物たちは得てして賢く、機会と才能と努力さえあれば、異種族の言語を習得することも難しくはなかった。可聴域の差でまともに聞き取ることができなかったり、顎や声帯の構造が元々の話者とかけ離れていて正しい発音ができなかったりと、母語と同レベルで聞いて話せるようになる異種族言語というものは稀《まれ》ではあるが、簡単な意思疎通程度であればなんとかなることが多いのだ。

ゆえに。

封殺した幼獣の頭を撫でてやりながら、シルティは一歩だけ親豹に歩み寄り、目線を合わせながら問いかけた。

「あなたは、この仔を、どうして欲しい？」

なるべく聞き取りやすいよう、はっきりとした発音で、ゆっくりと。

この親豹が人類言語を理解できるならば話は早い。野生動物には人類言語を学ぶ機会などまずないということはわかっていたが、駄目で元々。問いかけるだけならばタダである。

シルティが仕入れた情報では、琥珀豹は極めて優れた知性を備えるとあった。であれば、高度にせよ原始的にせよ、独自の言語を持っている可能性は高い。会話という行為への理解はあるだろう。それに、視線や身振り手振りを利用した身体言語《ボディランゲージ》というのは、たとえ異種族間であっても想像以上に効果を発揮するものだ。誤解を招くことも多々あるが。

問いかけに対し、親豹はゆっくりと首を伸ばして、シルティの額《ひたい》に自らの額を擦《す》り付《つ》けてきた。

彼女――多分メスだろう――が人類言語を理解できているかどうかは定かではない。常識的に考えて理解していないと思う。だが、こうして明確な反応があったということは、こちらの意図は多少なりとも伝わったのかもしれないな、とシルティは判断した。

シルティの頭など丸ごと齧れそうな巨大な頭部を、丹念に丹念に擦り付け続ける。なにかを、乞《こ》うように。

（……ああ）

シルティには、琥珀豹が取る仕草の意味などわからない。

だが、なぜかこの時は、不思議と親豹の意図がはっきりと理解できた。

正しく理解できた、という超常的な確信があった。

彼女は、シルティに縋《すが》っている。

自らの死期を悟り、それでも諦め切れず、一縷《いちる》の望みをかけて。

見ず知らずの異種族に、我が仔を託《たく》そうとしている。

(そっか……)

シルティは静かに息を吐いた。

人類種が動物と共に生活するのは珍しいことではない。賢い動物たちが良き友になり得ることをよく知っているからだ。シルティの生家でも、強力《ごうりき》で俊足を誇る藍晶鹿《らんしょうジカ》と呼ばれる四肢動物を二頭飼育しており、随分と助けられたものだ。メスのルーとオスのアラン、とても働き者で、可愛かった。

とはいえ、シルティは慣習により世界を遍歴中の身であり、しかも加えて現在は遭難中で、パトリシアという庇護対象も連れている。ここからさらに幼い動物を養うような余裕など、あるはずもなかった。

しかし、だ。

シルティは抱きかかえた幼獣に視線を落とした。

(……ちっちゃいなぁ)

未だシルティの拘束から逃れようと暴れているが、いかんせん筋力が弱く、シルティの腕で容易く抑え込まれている。

弱い。本当に弱い。もはや儚《はかな》さを感じるほどに、か弱い。

琥珀豹は強大さで知られる魔物だが、幼すぎた。この弱さでは狩りで肉を得るのは無理だろう。

そもそも、離乳しているのだろうか。それすら怪しい。

親豹は間もなく死ぬ。次の瞬間に息絶えてもおかしくない様子だ。そうなれば、残されたこの幼獣も、飢え死にか、あるいは別の獣に食われて死ぬだろう。

弱者が死に、強者の糧となるのは、自然の摂理である。

だがしかし、だ。

面と向かって、縋《すが》られた。血を分けた大事な仔を、託された。その事実に心を動かされないほど、シルティは枯れてはいない。

なにより。

『強者たるもの、すべからく弱者を守るべき』は、蛮族の戦士の常識である。


「わかった。なんとかして、私が育てるよ。約束する」

シルティは幼獣の頭を撫で回しながら、親豹の額を自分の額で押し返し、はっきりと答えた。

ご、る、る、る、る。

親豹は厳《おご》かに喉を鳴らした。

すぐにシルティの鎖骨の辺りに優しく頭突きを見舞い、首筋をぐりぐりと擦り付けてくる。どうやらこれは感謝の意を示しているようだ。シルティが親豹の縋り託す意図を不思議と理解できたように、親豹もシルティの承諾の意図を理解したのだろうか。

愛があれば木刀で大猿を斬れるのだから、愛があれば異種族間で意思疎通ができるくらい不思議でもなんでもない。シルティはそう思うことにした。

それから親豹は、シルティの抱えた幼獣に顔を近付け、その顔や頭をベロンベロンと舐めて毛繕《グルーミング》いを始めた。拘束されながらも暴れていた幼獣だが、この時ばかりは大人しくなり、シルティの腕の中で親の舌を受け入れている。

シルティは大人しく幼獣を保持したまま直立を保つことにした。視線を左方へ巡らせ、パトリシアの姿を探す。尻餅をついた姿勢で地面にへたり込んでいる。随分怯えていたようだが、遭遇してからそれなりの時間が経っているし、さすがに落ち着いているだろう……と思ったのだが、なにやら様子がおかしい。

見開かれた両目の瞳孔は大きく拡《ひろ》がり、目尻と目頭両方から膨大な涙をだぱだぱと垂れ流している。唇はわなわなと震え、しゃくり上げるような嗚咽を吐き出していた。恐慌に陥っている。

「パトリシアちゃん？　大丈夫だから。この琥珀豹は私たちを襲うつもりないよ。深呼吸して……」

パトリシアを落ち着かせようとシルティが言葉をかけた、その瞬間、親豹がシルティの側頭部をざりんと舐めた。

「んわっ!?」

先ほどまでは幼獣を舐めていた薄い舌が、今度はシルティの頭髪《たてがみ》を繰り返し撫でつける。どうやら毛繕《グルーミング》いをしてくれているようだ。

ざぁり、ざぁり。

頭髪はともかく、頬を舐められると、割と痛い。

が、これを拒否するほどシルティも無粋ではないので、大人しく舐められ続けた。

「お、おぉぅ……」

どれほどの時間、そうしていただろうか。

幼獣とシルティ、二者に対し入念な毛繕いを施した親豹は、億劫《おっくう》そうな仕草で身体を横倒しにして寝転がり、目を閉じた。穏やかな表情で、眠ったように動かない。呼吸は浅く、回数も僅か。

多くの動物を殺してきたシルティにはわかる。

最期だ。

幼獣を託す相手を見つけたという安堵《あんど》は、命をぎりぎりで繋ぎ止めていた気力をすっかり溶かしてしまったらしい。

シルティは幼獣を地面に降ろしてやった。

解放された幼獣は、シルティに向けて凄まじい敵意を露わにしながらビャーッと鳴き、視線を外さずに後ずさり。親豹の元に辿り着くと、その後肢《こうし》の陰に隠れた。

親豹は目をうっすらと開け、尻尾の先端を使って幼獣をあやしていたが。

やがて、咳き込むように身体を幾度か痙攣させ。

そして、動かなくなった。

第四話　二人の孤児

barbarian girl adrift on a different continent

シルティたちはその日、親豹の亡骸《なきがら》の傍で一夜を過ごすことにした。

正確に言えば、過ごさざるを得なくなった。幼獣が親豹から離れようとしなかったためだ。

近寄ろうとすれば、まさに全身全霊といった様子で威嚇してくる。抱きかかえて連れて行ったとしても大人しくはならないだろうし、これから育てるというのに嫌われるのは避けたい。なにより、肉親との別れを急《せ》かすというのは無粋すぎるだろう。落ち着いてくれるまで待つことは確定だ。

そしてもう一つ、動けなくなってしまった理由があった。パトリシアの恐慌が治まらないのだ。

ここに居るのは、シルティと、パトリシアと、パトリシアより小さな幼獣のみ。蒼猩猩《あおショウジョウ》も親豹も、パトリシアの脅威となり得る存在は息絶えているというのに、嗚咽が止まらなかった。成獣の琥珀《こはく》豹《ヒョウ》との遭遇は、幼いパトリシアにとって相当な衝撃だったようだ。

まぁ、本来であれば琥珀豹は家宝〈虹石火《にじのせっか》〉を握ったシルティでもまだ敵わないような圧倒的捕食者であるから、本能に恐怖を刻み込まれてしまっても無理はない。シルティは怯え切ったパトリシアを抱き締め、頭を撫でてゆっくりと宥《なだ》め続《つづ》けた。

「サウレド大陸には……あんな生き物がいるのね」

二時間弱ほども経ってようやく落ち着いたパトリシアは、シルティの膝の上に納まりながら親豹の亡骸をじっと見ている。

「琥珀豹って言うんだよ」

「琥珀豹……あれが……」

「お。知ってた？　あのお母さんは弱ってたけど、ホントはめちゃめちゃ強い魔物なんだ。ふふ。多分、私も勝てないくらい強いと思う。んふ。ふふふ……」

「……なんでそれで笑うのよ」

ずずッと洟《はな》を啜《すす》り上《あ》げながら、パトリシアが呟いた。シルティの胸当てに頬を押し当て、瞼《まぶた》を閉じる。どうやらすっかり疲れてしまったようだ。泣くという行為は想像以上に体力を使う。

「凄く怖かったわ……。食べられちゃうんだと思った……」

「あー、琥珀豹って、見ただけで強いってわかる身体してるもんね。私、健康な琥珀豹にならら食べられて死ぬのもいいなって思ったよ」

シルティは、強者との全力での戦いを尊び、殺し合いの果ての死を誉れとする道徳の下で生まれ育った蛮族である。野生の魔物との殺し合いで果てたならば、死後は当然被食者の立場になるだろう。自らを打ち破るほどの強大な魔物の血肉となれるのならば、シルティは幸せだ。

「……シルティの言うこと、たまによくわからないわ」

当然ながら、箱入娘には理解できるはずもない価値観である。パトリシアは呆《あき》れたような溜め息を一つ零《こぼ》してから、幼獣をじっと見つめた。親豹の後肢付近に隠れている幼獣は、前肢を顎の下に揃えた低い体勢で耳介を横へ倒し、姦《かしま》しい二人に強い警戒と敵意の視線を向けている。

「私の家、猫がいたの。メリーっていう、メスの猫……」

「お。そうなの？」

「こんなちっちゃい頃から私が育てたのよ」

パトリシアは両手で丸を作り、大きさを示した。シルティの手のひらほどもない。

「庭の隅っこで、マウマウ鳴いてるのを見つけて。傍《そば》で、大人の猫が……冷たくなってたわ」

同種との喧嘩《けんか》か狩猟の失敗か、理由は定かではないが、親と思《おぼ》しきその猫は酷い怪我を負っていたと語る。

「急いでお母様を呼んだら、ちょうどそこに居たマルヴィナが……あ、マルヴィナっていうのは、うちの使用人なんだけど、その子が家で猫をたくさん育ててるから、いろいろ知ってて……」

温めた山羊乳《やぎにゅう》に卵黄を混ぜ、布に含ませて吸わせたこと。その後《ご》、毛布で包んだところ、すぐに寝息を立て始めたこと。育てることを決意したこと。夜、帰宅した父アイザックがそれに反対したこと。母娘《ははこ》対父で家庭内戦争が勃発したこと。最終的にはアイザックが折れ、家族に迎えたこと。

パトリシアは安らいだ表情で取り留めもない思い出を垂れ流していたが……不意に、寂しそうに笑った。

「でももう、親戚の家《うち》の子になっちゃったわ。サウレド《こっち》には連れて来れないもの」

「そっか。寂しいね」

「うん、寂しい。……そういえば、私の家族って、もう一人もいないのね」

シルティは無言のまま、パトリシアの頭を優しく撫でた。

「……ありがとう。でも、平気よ。淑女たるもの一人でも生きていける強さを持ちなさいって、お母様が言ってたわ。怪我でも事故でも病気でも、誰がいつ死ぬかわからないんだからって。商人なんか、特にね」

「なんかちょっと親近感が湧くなぁ……」

いつ死んでもいいように生き、子孫を強く育て上げるというのは、蛮族としてとても共感できる考え方である。

「お父さんは？　どういうヒトだったの？」

「いつも仕事で忙しそうにしていたけど、お休みの日はずっと私の傍にいてくれたわ。いろんな商売の話を聞かせてくれて。成功したことも、失敗したことも。私が商売敵《しょうばいがたき》になる日を楽しみにしてるって。その時は全力で叩き潰すから、今からちゃんと勉強しとけって」

「めっちゃくちゃ親近感が湧くなぁ……！」

蛮族の子供にとって『親』とは、自分を守ってくれる味方であると同時に圧倒的強者であり、いずれ越えなくてはならない壁でもある。

シルティが思っていたより、ダウンズ家は蛮族的かもしれない。パトリシアがこうして立ち直れているのも、ご両親の教育の賜物《たまもの》だろうか。

「それじゃ、メリーちゃんは？　どんな猫だった？」

「メリーは、甘えん坊で食いしん坊で……ちょっとおバカだったわ。カーテンに飛び掛かるのが大好きで……でも、いっつも爪が引っ掛かって取れなくなって、助けてーって鳴くのよ」

「ふふふっ。そういうのも可愛いよね」

「可愛いわよね。猫はみんな可愛いわ」

パトリシアが穏やかな声を出す。どうやらかなりの猫好きらしい。

ちなみに、シルティは猫も好きだが、どちらかといえば犬の方が好きだ。特に、大柄で、四肢がすらりとしていて、口吻《マズル》がしゅっと長い犬が、格好良くて好きだ。視覚獣猟犬《サイトハウンド》とか、大好きだ。

「……でも、あの仔の親は、本当に怖かった。猫類《ネコるい》を怖いと思ったのは、初めてだったわ……」

猫に類似した特徴を持つ動物は世界中に広く生息しており、人類言語ではそれらを纏めて猫類と呼ぶ。著しく大型ではあるが、琥珀豹も猫類に分類できるだろう。

「あんなに大きな猫類もいるのね……。あの仔も、すぐあんな風になっちゃうのかしら？」

「なるんだろうねぇ。でっかい猫類はみんな強いから、きっとあの仔も強くなるよ。んふふ」

「今は、あんなにちっちゃいのに……」

パトリシアがシルティの胸をそっと押した。シルティが要望に従って抱擁を解くと、パトリシアはしっかりとした足取りで立ち、真正面からじいっと幼獣を見つめ始める。先ほどまでは腰が抜けていたのだが、さすがに復活できたらしい。

次第に頬を上気させ、そわそわと落ち着かなくなり、そして。

「……本当に可愛いわね……。ちょっと撫でてくるわ」

「え」

宣言と共に、パトリシアは幼獣の方へとずんずん進み始めた。無遠慮に、急激に、幼獣との距離を詰めていく。

「ちょちょちょ、パトリシアちゃん」

野生動物とお近付きになるにはあまりに性急な挙動だ。このままではまずい。これから守り養うべき両者の関係に初《しょ》っ端《ぱな》から暗雲が立ち込めてしまう。

シルティは慌てて立ち上がり、戦闘速度でパトリシアに追い付くと、その襟首を摑んでぐいと引き寄せた。パトリシアの胴体が後方へと急加速し、慣性に支配された身体の先端部、つまり両手足や頭部がそれに遅れる。

結果。

「ぅキゅッ」

パトリシアのほっそりとした頸部からはクキッという硬質な異音が発せられ、小さな唇からは珍妙な鳴き声が漏れた。

「ダメだよそんな急に近付いたら。あの仔は私たちのこと敵だと思ってるんだか……ん？」

シルティが襟首を離すと、パトリシアは蹲って背中を丸め、両手で首を押さえながら悶《もだ》え始《はじ》める。

「ど、どうしたの？」

「いッ……たッ……」

「え？」

「……」

「……えっ？　首？　……い、今ので？　うそ？　弱《よっわ》ぁ……」

◆

幸いにもパトリシアの頸椎《けいつい》は軽傷だった。

痛みが和らいだパトリシアは、ぴんと伸ばした人差し指をシルティに突き付け、鼻息も荒く怒声を上げている。

「あなた力が強いんだから、気を付けなさいよね！　本当に！」

「はい、ごめんなさい」

「まったくもう！」

パトリシアは解消し切れない怒気を溜め息に乗せて吐き出し、そしてはっとした様子で動きを止めた。現状を思い出したのか、ぎこちない動きで幼獣へと視線を向ける。

大抵の動物は人類種《じんるいしゅ》の怒声を敵対行動と見做《みな》す。幼獣の全身の被毛は逆立って膨らみ、不快感と警戒心を露わにした鋭い目つきでパトリシアを睨《にら》んでいた。幼いとはいえさすがは琥珀豹というべきか、猫には到底出せない迫力だ。

「……こ、怖がらせちゃったかしら」

パトリシアは気まずそうな表情を浮かべた。まずいことをした自覚はあるらしい。野生動物に急に近付いてはいけないということは知らなくとも、猫の前で大声を上げるのはよくないということは知っていたようだ。

シルティはパトリシアの頭を撫でながら、諭《さと》すように語り掛けた。

「パトリシアちゃん。引っ張っちゃったのは私が悪かったんだけど、急に近付いたり、撫でようとしたらダメだよ」

「そ、そうなの？　メリーは、初めて会ったヒトにも、撫でてーって擦《す》り寄《よ》って行ってた……」

「あー。特別甘えんぼな猫だったのかな……。とにかく、そのメリーちゃんとあの仔は違うんだよ。私たちはあの仔を可愛いと思ってるけど、あの仔は私たちを敵だと思ってる」

ほぼ新生児の頃から人類種《パトリシア》に育てられた個体と、野生動物を同じに考えてはいけない。

「可愛がりたいのはわかるけど、もっと仲良くなってからね。わかった？」

「……わかったわ」

「よし。いいこ」

シルティはパトリシアを抱き上げ、前髪を持ち上げて額《ひたい》に口付けをした。硬い額に押し付けられ、柔らかい唇がふにりと形を変える。

その瞬間、パトリシアの両手足がピンと伸びた。まるで大声に驚いて跳び上がった猫のようだ。

数秒ほど唖然《あぜん》とした表情で固まっていたが、すぐに顔面を真っ赤に染め上げ、シルティの頬を手のひらでぐいと強く押《お》し退《の》ける。

「んぐっ」

ベチッ。ほとんど平手打《ビンタ》のような勢いだった。

「なにするのよ!?」

「えっ？　あの……偉いぞーって、ちゅーを……」

「女の子が！　軽々しく！　キスなんて！」

幼獣に配慮する思考能力は残っているのか、小声で怒鳴るという器用な真似《まね》を見せるパトリシア。

「ええっ……？　それは、あの、ほら、女同士……」

「だからなによ！」

「……おでこは良いんですよ？」

「ダメに決まってるでしょ!?」

「ごめんなさい」

まさかここまで嫌がられるとは。親しい子供の額や頬にキスをするくらい、蛮族の集落《むら》では親愛を示すスキンシップとして一般的と呼べる行為だったのだが。

大商人の娘というのはお堅いんだな、とシルティは困惑しつつも理解した。

しかし、それは誤解である。パトリシアは、商人の娘としてはかなり特殊な例である。

彼女の母ドロシー・ダウンズはいわゆる上流階級の出身であり、出産後に生家の使用人や家庭教師などの人材をわざわざ借り受け、自身が受けてきたものと同様の教育環境を娘に与えた。そのため、パトリシアの信じる常識は商人のものというより、上流階級の箱入娘のものとなっているのだ。

「二度としないでよね!!」

「はい……」

嫌われてしまったなぁと落ち込みつつ、シルティは抱き上げていたパトリシアを地面に下ろす。実際のところ、パトリシアの感情は嫌悪ではなく強い羞恥《照れ》だったのだが、残念なことにシルティには読み取れなかった。

「……ん、んンッ。さてっ」

咳払いで強引に気を取り直し、シルティは放置していた幼獣を見る。視線を向けられたことを察知したのか、幼獣はヴァーッと濁った威嚇の声を上げた。気を許してくれる気配すらない。

シルティは苦笑しながら幼獣から視線を外し、今度は通算五匹目の蒼猩猩の死骸を見た。首を綺麗に刎ねて殺したので心臓がしばらく動いていたのだろう、露わになった首の断面からは大量の血液が流出し、真っ赤な池を作っている。図らずとも血抜きができているようだ。

「あれ、食べよっか」

「……えっ!?」

シルティの言葉の意味を理解し、パトリシアが絶望の表情を浮かべた。

「いや、だって、私たちはともかく、あの仔はお肉を食べなきゃだしさ。だったら、私たちも食べた方がいいよ。お肉勿体《もったい》ない」

嚼人《グラトン》は雑食動物だが、琥珀豹は肉食動物だ。

シルティが幾度も返り討ちにした蒼猩猩の肉を食べずに放置したのは血の匂いを身体に染み付かせたくなかったからである。琥珀豹たちの件がなければ、今回も死骸を放置し、ここから速やかに離れていただろう。

だが、親豹と約束した以上、幼獣を放置して進む選択肢はない。今後も同行するのだから、もはや動物を解体することは避けられず、血の臭いが染み付くことは必定《ひつじょう》である。

であれば、せっかく綺麗に殺した蒼猩猩のお肉、楽しむべきだろう。そう時間もかけずにあの入り江へ到着できるという点も大きい。ここで血の匂いが染み付いてしまっても、比較的すぐに海水で洗うことができる。

まあ、幼獣が親豹の亡骸から離れてくれるのがいつになるのかわからないので、あくまで距離という面ではだが。

「あのお肉を、食べる……？」

「ふふ。食べてみたら美味しいかもよ？」

「生《なま》……？」

「もちろん」

シルティは苦笑しながらパトリシアの頰をむにむにと揉んだ。宥《なだ》めているようにも見えるが、実のところそうではない。パトリシアに許して貰えるスキンシップのボーダーラインを探っているのだ。パトリシアは特に嫌がる様子を見せなかった。額にキスはダメでも、頰を揉むくらいならお嬢様の許容範囲に収まるようだ。

「まぁ、どうしても嫌なら、パトリシアちゃんは食べなくてもいいよ」

「……む。……むり」

どうしても嫌らしい。

「ん、わかった。じゃ、ちょっとそこで大人しくしててね」

蒼猩猩に相対《あいたい》したシルティは、まず死骸を仰向けに転がした。

（食べるなら、四肢と……尻尾かな）

充分な装備と設備があれば開腹したいところだが、手元にあるのは木刀一本。さすがにこの状態で内臓に触れるつもりはない。消化器《はらわた》の内容物の臭いも獣を強く惹き寄せてしまう要因だし、単純に不快でもある。しばらくこの場を離れられないと考えれば、不快要素は少ない方がいいだろう。

ゆえに、食べるべきは内臓から遠い四肢と尻尾。

尻尾の中ほどを掴んで持ち上げ、木刀を一閃《いっせん》。どちゃりという湿った音を立て、尻尾が斬り離された。蒼猩猩の太く長大な尻尾は分厚い筋肉に覆われており、根本の直径はシルティの拳で二つ分ほどもある。これだけでも食べごたえは充分だ。

食べようと思えばこの時点でも食べられるのだが、せっかくなのだから美味しくなるように尽力するべきだろう。最低でも毛はしっかり取り除きたい。

入り江で獲った魚を丁寧に処理した理由と同じである。

シルティは調理に関する手間は可能な限り惜しまないことにしていた。

（よしよし、こんなもんかな）

十分後、出来上がったのは血の滴る赤身肉だ。この状況で仕上げたという前提ならば称賛に値する出来栄えだろう。シルティは早速、大口を開けてかぶり付いた。

「うわっ……本当に食べたわ……」

パトリシアが世にも悍《おぞ》ましいものを見たような表情で呟いたが、シルティは理解できない嫌悪感なので黙殺する。

粘度と湿度を感じさせる音を立てながら尾の肉を嚙み千切り、そして、

「ふはぁ……」

万感の籠った声を漏らした。

久しぶりの、本当に久しぶりの、獣肉だ。死後硬直が始まる前の肉でしか味わえない、独特な甘味のある肉質。密度の高い筋線維が示す確固たる抵抗を、強靭な歯と顎の力に任せて切断する快感。シルティは肉を嚙み締め、さめざめと感涙していた。

「……お、美味しい、の？」

パトリシアが恐る恐る問いかける。

「めちゃくちゃ不味《まず》いっ！」

シルティは朗らかに答えた。

「えぇ……」

「いやー、臭《くっさ》いなーこのお肉。すんごく不味いっ。ふふふ……」

はちゃめちゃに獣臭《けものくさ》い。だが、不味い不味いと言いつつも、シルティの手は止まらなかった。彼女はこういう獣臭い肉も嫌いではないのだ。なんというか、濃縮された猛《たけ》る命を感じるというか、

競争の激しい野生を生き抜いてきた強者を食っている、という実感が良いと思っている。自分で仕留めた獲物ならば尚更《なおさら》だ。強者を殺して食えるのは更なる強者だけなのだから。

今は亡き親豹がもしもこの光景を目撃していたら、あるいは我が仔を託そうとはしなかったかもしれない。

シルティには知る由もないが、親豹が我が仔を異種族に託すことを決意したのは、シルティが最初の蒼猩猩の首を刎ねて殺した場面を目撃しており、嚼人《シルティ》のことを『蒼猩猩《サル》より遥かに強い草食動物』だと認識した、という点が大きかったためだ。

草食動物にも場合によっては多少の死肉を食べるものはいるが、シルティは蒼猩猩の死骸に一切見向きしなかった。それどころか血さえ避け、近寄ろうともしなかった。こいつであれば、よほど飢えなければ仔を食うことはないだろう、と親豹は考えたのだ。

実際のところ、シルティは草食ではなく肉食嗜好《しこう》の強い雑食である。

「んふふふ……ほんと臭《くっさ》いなぁ、これ。油で揚げたらもうちょっとマシになるかなぁ。あとは、牛乳とか、お酒に漬け込むとかしたら……」

嚼人《グラトン》という魔物は酒精も完全に分解するので経口摂取で酒に酔うことはないが、単純な味や風味として飲酒を好む者たちは存在した。シルティは酒単体を美味しいとはあまり思わないが、酒を料理に使うのには大いに賛成だ。

「それなら私も食べたいわ……」

パトリシアは盛大な溜め息を吐き出しつつ嘆《なげ》く。彼女は生肉に抵抗があるだけで、肉は好きなのだ。有毒の刺毛《しもう》がないことを確認できた野草類を自ら摘み取り、美味しくなさそうにもしゃもしゃと食べていたが、しばらくすると唐突に食事の手を止めた。シルティがパトリシアの視線を追うと、その先には幼獣の姿が。

横倒しに寝転んだ体勢の親豹にしがみ付き、一心不乱に乳首に吸い付いていた。

「あー……」

「おっぱい、飲んでるわね……」

「そうかなーとは思ってたけど、やっぱりかー……」

幼獣の正確な年齢を知ることはできない。だが少なくとも、離乳は完了していないらしい。

幼獣はしばらくそうしていたが、やがて名残惜しそうに口を離す。その口唇の隙間には乳白色の潤いが見えた。残っていた分があったのか、少しは母乳を飲めたようだ。

しかし、もう新しく作られることはない。幼獣が実母の乳を飲むことは、もう二度とない。

「おっぱいなんかないしなぁ……」

「え？　あなたには立派なものがあるじゃないの」

「いやそういうおっぱいではなく……わかってて言ってるでしょ」

パトリシアが悪戯《いたずら》っぽい笑みを浮かべる。

「うふ」

「もー」

シルティはくすくすと笑いながら、内心では少し驚いていた。まさかパトリシアがこんな冗談を言ってくれるとは。両親の死や屈強な獣たちの襲来など、多大な精神的負荷に曝《さら》されているはずのパトリシアだが、意外とへこたれていないようだ。蛮族としては大変好ましい強さである。

「しかし、ほんと、どうしたもんかな……」

なにか幼獣の腹を満たす手段を考えなければ。大きな固形物は絶対に避けるべき。幼獣が容易く飲み込めるような小さな欠片、もしくは液状やペースト状のものでなければならないだろう。

となれば、選択肢は一つ。蒼猩猩の肉を入念に擂《す》り潰《つぶ》した流動食を与えてみるしかない。

幼獣がそれを食べられれば万々歳で、食べられなかったら……その時は、本当に、どうしたものか。

「ま、悩んでてもしょうがないか。やってみよう」

自分の分の食事を終えたシルティは、手に土を塗《まぶ》してから鎧下で拭って血脂を落とした。幼獣に与えるだけの肉はまだまだある。擂《す》り鉢《ばち》は、その辺に落ちている石を割ったり削ったりで間に合わせるしかない。

このまま長時間の足止めを食らうのは避けたいところ。なんとかして幼獣と信頼関係を築き、親豹の亡骸から離れ、連れて行かなければならないのだ。食事をその第一歩としたい。

シルティは幼獣と親豹にゆっくりゆっくりと近寄っていく。同時に、パトリシアを手招きした。

「パトリシアちゃんも、できるだけ近くにきて」

「えッ……い、いいの？」

そわそわと、幼獣の方を盗み見るパトリシア。

「撫でようとしちゃダメだよ？　近くにいないといざって時に守れないからさ」

「……わ、わかったわ……」

とにかく、まずは幼獣を捕まえる必要がある。

距離が縮まると、幼獣が跳ねるように立ち上がった。背中を弓なりに反らし、鼻面に皺《しわ》を寄せながら唸り声を上げて威嚇してくるが、シルティはそれを完全に無視。親豹の亡骸の背中側、触れられる距離まで近寄って、両手でわしわしと撫で始めた。

親豹は目を閉じたまま、嫌がらない。既に亡くなっているのだから当然だ。だが、この光景を見た幼獣が、シルティは親豹が気を許している相手なのだ、とでも勘違いしてくれれば儲《もう》けもの。

撫でる。撫でる。一生懸命に背中を撫でる。しばらくすると幼獣の威嚇の声が止んだが、それでもまだまだ撫で続ける。

（どうかな？）

幼獣の様子をちらりと横目で窺《うかが》う。親豹の後肢付近に隠れるように身を伏せ、じっとしていた。

シルティは撫でるのを一旦止め、ゆっくりとした動きで亡骸の頭部付近に仰向けに寝転がると、今度は亡骸の喉元やら頬やらを撫で回す。

幼獣は、親に馴《な》れ馴《な》れしくする謎の生き物《シルティ》に対し強い警戒の視線を向けていたが、威嚇の声は上がらなくなった。

シルティはひたすらに亡骸を撫で続けながら、幼獣をこっそりと観察する。離乳も完了していないようだが、生後どのくらいなのだろうか。信頼関係を築く場合、大抵の動物は幼ければ幼いほど経過が良好だが、あまりに幼いと養育の難度は跳ね上がってしまう。

親豹と身体のサイズを見比べると、四肢が特に短い。もしかして生後半年も経っていないのではないか……と、推測を重ねていたシルティだが、そこである事に気付いた。

親豹の瞳は赤みを帯びた鮮やかな黄色、山吹色《やまぶきいろ》だ。印象的だったのではっきりと覚えている。だが目前の幼獣は、親豹とは似ても似つかぬ、美しい灰青色の瞳を持っていた。

（うわ。あれもしかしてキトンブルーかな？）

◆

猫の虹彩《こうさい》の色というのは基本的に親譲りだが、産まれて間もない仔猫《こネコ》の虹彩は例外的に、種類を問わず灰色がかった青色に見えることが多い。生誕直後は虹彩への色素の沈着が不十分なためだ。成長に伴い徐々に色素が沈着し、生来の色へと変わっていくのである。

成長に伴い二か月ほどで失われるこの青い虹彩は、俗に『仔猫の青《キトンブルー》』と呼ばれており、猫好きたちを魅了してやまない稀少な美貌として知られていた。シルティもこれに魅了されている一人である。

仮に猫と同様だとすれば、この幼獣は生後二か月前後と見るのが妥当だろうか。離乳も終わっていないのだから、それくらい幼くともおかしくはない。

「多分、生後二か月くらいかな。ちょうどいい年齢《とし》かも」

これ以上幼かった場合、森の中を連れ歩くのは無理だっただろう。すぐに衰弱死してしまった可能性が高い。しかし、もっと年齢を重ねていた場合、信頼関係を築くのに多大な時間がかかったはずだ。それはそれで困る。

「ねえ。どうして二か月だと思ったの？」

亡骸とはいえまだ少し親豹が怖いのか、どこかびくびくしていたパトリシアが疑問を呈した。

「ちっちゃい頃の猫って目が青いでしょ。あの仔の目も青いからさ」

パトリシアが眉間に皺《しわ》を寄せ、目を凝らす。

「……確かに少し青いわね。キトンブルー？」

「多分ね。だとしたら、二か月くらいかなーって……」

と、その時。

（おっ）

親豹の後肢付近に隠れていた幼獣が、そろりそろりと身を乗り出してきた。シルティが手振りで静謐《せいひつ》を指示すると、パトリシアは即座にそれに従って唇を閉じる。いい速さだ。恐慌状態にさえ陥っていなければ、パトリシアの反応速度は悪くない。

シルティは視界の端でそれを捉えながら、視線を向けないように気を付けて亡骸の喉や口吻《マズル》を撫で回し続ける。

幼獣がそろりそろりと、慎重に近寄ってきた。

シルティは視界の端でそれを捉えながら、視線を向けないように気を付けて亡骸の頭や頬を撫で回し続ける。

幼獣がそろりそろりと、シルティが腕を伸ばせば触れそうな距離にまで近寄ってきた。

シルティは視界の端でそれを捉えながら、視線を向けないように気を付けて亡骸の胸や肩を撫で回し続ける。

幼獣がそろりそろりと、寝転がったままのシルティの頭を、おそるおそる前肢で触ってきた。

そこに来てようやく、シルティは亡骸を撫でるのを止めた。

「やあ、ちびすけくん」

幼獣は目を見開き、硬直している。シルティは幼獣の鼻先に拳の形にした手をゆっくりと伸ばして相手の出方を窺った。こちらからは触れようとしない。だが、幼獣は後ずさりをし、先ほどまでのように親豹の後肢付近に隠れてしまった。そのまま、シルティをじっと睨んでくる。

怒っているような、怯えているような、そんな表情だ。

シルティは苦笑気味に嘆息した。まだまだ先は長そうである。

「まぁ、なんだ。これからよろしくね」

◆

四時間後。

幼獣は親豹の乳首に吸い付いていた。左右の前肢を交互に動かし、親豹の腹部をマッサージするように押しながら、必死に吸っている。当然ながら母乳は出ない。それでも一心不乱に吸い続ける。幼獣の意識が母乳に向かっている隙に、シルティは気配を殺して背後からこっそりと忍び寄った。

「隙ありっ」

素早く幼獣の脇の下に手を突っ込んで持ち上げる。途端、幼獣は全身の被毛を逆立たせ、拘束から逃れようと暴れ始めた。素晴らしい反応速度だ。

「よしよし、落ち着いて。大丈夫だよ。大丈夫。美味しいもの食べさせてあげるから、ちょっと大人しくしてね」

シルティはなるべく穏やかな声をかけながら移動し、幼獣を抱きかかえたまま腰を下ろして胡坐をかいた。腰を下ろした地点には、石を割って削った原始的な石皿がいくつも安置されており、事前に作っておいた液状の流動食（擂り潰した蒼猩猩の尾の肉に、シルティの血液をたっぷり混ぜたもの）が盛られている。

魔物の生き血は大量の生命力を内包する素材だ。嚼人《グラトン》の生き血ともなれば、その密度は突出したものとなるだろう。それを混ぜ込んだのだから、この流動食は栄養や滋養という概念をある程度超越できる……はず。

根拠はない。

シルティは自らの血が幼獣を助けることをただひたすら願いながら指を噛み砕き、自らの生き血を流動食に混ぜた。

「ほら。美味しいぞー。舐めてくれー」

シルティは抱きかかえた幼獣の体勢を整えてから、二本の指を使って流動食を掬《すく》い上《あ》げ、幼獣の口元へ持っていく。

幼獣は全力で顔を逸《そ》らして指から逃げた。逃げた先に指を持っていくが、当然逃げる。埒《らち》が明かない。幼獣の鼻先に流動食を付着させてみる。舐め取ってくれないかと思ったが、駄目だ。幼獣は頭を振ってそれを振り落としてしまった。

そもそもこの流動食を食物とは認識できていないのだろう。これまでずっと母乳で生きてきたのだろうから仕方がない。いっそのこと指に噛み付いてくれれば、そのまま口の中に入るのだが。

(んぬぬ……)

吸口付《すいくちつ》きの容器でもあれば、とシルティは無い物ねだりをしてしまう。しかし、幼獣のガリガリに痩せた身体を見るに猶予はなさそうだ。シルティは強硬手段に出ることにした。

「ごめんねー」

幼獣の後頭部を鷲摑《わしづか》みにし、口の端に指を捻じ込んで顎を強制的に開かせ、露わになった舌に流動食を少しだけ乗せる。幼獣はなんとも嫌そうな表情で暴れ、チャッチャヤッチャヤッと鋭い音を立てながら舌を動かして流動食を吐き出そうとしていたが……ある瞬間にピタッと動きが止まり、そして明らかに表情が変わった。

「おっ？」

口内のものを無事に飲み込んだようだ。無言のまま、シルティを見上げてくる。

「どう？　食べられそう？」

シルティが指先に残った流動食を口元に近付けてみると、ふんふんと匂いを嗅ぎ、今度は躊躇《ちゅうちょ》なく舐め取った。凄まじい勢いで舌を出し入れし、耳介をぴくぴくと微《かす》かに動かしながら、指先から流動食を持ち去っていく。ありがたいことに、流動食が食べられる程度までは成長していたらしい。

「よーしよし、いいぞー。もっとお食べ」

シルティは声をかけながら流動食を少しずつ与えた。やはり空腹だったのだろう、先ほどまでの様子が嘘のように大人しく、モリモリと貪っていく。両前肢でシルティの手を抱え込むほどの夢中っぷりだ。

「ほんと……可愛いわね……」

シルティの背後に立ったパトリシアが羨ましそうにその様子を見ている。自分もお世話したいらしいが、それはもう少し幼獣がシルティたちに馴れてからだ。

しばらくすると、余ると思っていた流動食の山が全て腹の中に収まってしまった。もう少し作っておくべきだったか。柔らかい腹は見て明らかにわかるほどぽっこりと膨らんでいるので、満腹にはなってくれたと思いたい。

流動食を食物だと学んでくれれば、ひとまず餓死の心配はなくなったといえるだろう。健康に育つかどうかは保証できないのが辛《つら》いところだ。シルティの願いを込めた生き血《生命力》が、幼獣の身体によい影響を与えてくれることを祈るしかない。

「美味しかったね？」

シルティは幼獣を親豹の亡骸付近まで連れていき、地面に下ろしてやろうとしゃがみ込んだ。

「ねえシルティ」

と、そこにパトリシアが声をかける。

「ん？」

「その仔、おしっこさせてあげないとダメなんじゃないかしら」

「おしっ？　こ……？　おしっこ……あっ。おしっこ！　おしっこね！」

おしっこ。言わずもがな、尿《にょう》の別名である。

シルティがその単語の意味するところに辿り着くまで数秒かかったのには理由があった。嚼人《グラトン》という魔物は乳児期を除き、基本的に排泄《はいせつ》を行なわないからだ。

嚼人《グラトン》も身体に肛門や尿道を備えているのだが、『完全摂食《かんぜんせっしょく》』は摂食したものを完全に分解し、生命力そのものに変換する魔法であるから、生命力に余剰のない乳児でもなければ腸や膀胱《ぼうこう》を開いてもなにも入っていない。当然、出るものもない。ゆえに、シルティの頭からは排泄という概念自体がほとんど抜け落ちていたのだった。

「そうか、普通は出すんだっけ……」

シルティは微妙に暴れ始めた幼獣をしっかりと抱え直し、パトリシアに目を合わせる。

「パトリシアちゃん、詳しく教えて。おしっこさせてあげるって、どういう意味？」

「あのね。仔猫は、おまたを擦《こす》ったりしてあげないとできないのよ」

「まじか……。大きい方は？」

「そっちもよ」

「まじかぁ……」

初耳だった。犬好きかつ猫好きを自認するシルティだったが、実際に育てたことはなかったので、そういった細かい作法は全く知らないのだ。

一方、パトリシアは仔猫を立派に育て上げたという実績がある。琥珀豹も同様の生態をしているかどうかは定かではないが、猫類動物であることは間違いない。ここは先人の経験に頼るべきだろう。

「パトリシア先生、教えてください。どうやればいいです？」

先生呼ばわりになにか思うところがあったのか、パトリシアが眉を吊り上げつつ頬を染めた。

「先生はやめて。……メリーの時は、ご飯の前とあとに、ちり紙でおまたをトントンって軽く叩いてあげたわ」

「ちり紙……。ないな……。葉っぱとか……いや、かぶれるかもしれないしな……」

「……私の服を少し破りましょう」

「いやいや、パトリシアちゃん弱いのに防具を減らしちゃダメでしょ。千切るなら私の方だよ」

どちらかの防具を減らさなければならないなら、減らすべきは当然強者の方だ。鎧下《よろいした》の袖《そで》なり裾《すそ》なりを引き裂くため、シルティは幼獣をそっと地面に下ろす。

解放された幼獣は、すぐさま亡骸の方へ寄っていく……とシルティは予想していたのだが、そうはならなかった。なぜか、くるりとその場で反転し、とてとてと歩いて親豹から離れ始める。

「んん？」

どうしてそっちに行く。シルティが首を傾げていると、幼獣は亡骸からほどよく離れて座り込んだ。シルティの方を睨みながら動きを止め……そして間もなく、ツンとした臭気。

幼獣の排尿タイムである。

「……できるのか」

「……そうみたいね」

取り越し苦労だったようだ。シルティとパトリシアは顔を見合わせ、どちらからともなく苦笑した。

さて、排尿が終わった幼獣はというと。

食事中の大人しさはどこへやら、シルティとパトリシアに向かって威嚇し始めた。

別に近寄ろうともしていないのに、激烈な咆哮を上げている。

ビャーッ、ギャーッ、ッヴャアアアッ!!

まだまだ、気を許してはもらえないようだ。

「ご飯中はあんなに大人しかったのになぁ……」

「……あれはあれで可愛いわよね」

「まあね」

◆

六日後。

二名の噛人《グラトン》は相変わらず、親豹の亡骸や蒼猩猩の死骸と共にあった。

蒼猩猩の死骸は、首と尻、そして後肢の付け根と、筋肉の断面を四か所も空気に曝していたため、腐敗が随分と進んでしまっている。当然、臭《にお》いもとんでもないことになっているのだが、シルティたちの嗅覚はとっくに麻痺《まひ》していた。襲撃を警戒するうえでは嗅覚も重要なので、麻痺したままにしておくのはあまり褒められたことではないのだが、現状では仕方がない。

親豹の亡骸は外傷が無かったため蒼猩猩よりはマシな状況だが、それでも顔や肛門の辺りに虫が集《たか》り始《はじ》めている。

腐敗は、自然界ではごくありふれた現象だ。日常といってもいい。だが、シルティの個人的な感傷として、親豹が腐りゆく姿を幼獣に見せたくはなかった。

自分の感傷が、琥珀豹のそれと完全に一致するとは思わないが、それでも。

気分よく生きるために、自己満足はとても重要だ。

「ねえ、ちびすけくん」

地面に腰を下ろした姿勢のシルティが、食事と排泄を終えた幼獣に声をかける。パトリシアはシルティの傍で地面に横になり、身体を丸めて眠っていた。不味い野草ばかりの食生活が精神を苛《さいな》んでいるのか元気がない。そろそろ美味しいご飯を食べさせてあげたいところ。

「向こうにしばらく行くと、海があるんだけどさ」

幼獣にもはっきりと理解できるよう、腕を真っ直ぐに伸ばして方角を指し示す。

「行ってみない？」

この場を離れて入り江に向かいたいと、身振り手振りを最大限に活用しつつ打診してみる。

意味が伝わるわけもないのにこうして語りかけるのは、人類言語を学習してほしいからだ。幼い頃から耳に慣れ親しんだ言語は自然と理解が進むはず、との思惑《おもわく》である。琥珀豹の声帯では人類言語の発音は不可能だろうが、聞き取りはできるようになるだろう。

幼獣は親豹の傍に寄り添い、目を閉じて丸まっていたが、シルティの声に反応して目を開けた。

この六日間の交流を経て、どうやらシルティは幼獣にとって『馴れ馴れしい得体の知れない猿』から『食事を供給してくる無害な猿』ぐらいには格上げされたらしい。シルティが声をかけるとこうして多少は反応を返すようになってくれた。だが、まだ基本的には唸り声での応答であるし、気安い触れ合いも許されていない。僅か六日間で三十回ぐらいは噛まれている。パトリシアもスキンシップには厳しい方だが、幼獣はそれ以上だ。

状況が許すのであればこの場に留まって時間をかけ、最低でも抱き上げても暴れない程度には信頼関係を築いておきたいところだが、しかしのんびりできない理由が三つある。

一つ目は、先述した通り、シルティは幼獣に腐りゆく亡骸を見せたくないということ。

二つ目は、血の臭いに誘われてなにものかが襲ってくる可能性は依然として存在しているということ。

三つ目は、今回の食事で、流動食の材料としていた肉がいよいよ底を突いた、ということである。

シルティは蒼猩猩の死骸を流動食に変えて消費してきた。腐敗を遅らせるために、できる限り空気に触れさせないようにしてきたが、それにも限度はある。六日間という時間は新鮮だった死骸を腐敗させてしまった。成獣の琥珀豹なら消化器《はらわた》も強靭だろうが、幼獣に与えるべき肉ではない。

現状ですぐに流動食を確保する手段も、あるにはある。シルティの肉で流動食を作ればいいのだ。

生命力の作用により、魔物は漏れなく超常的な再生力を持つ。そんな魔物たちの中でも、魔法『完全摂食』で生命力を超効率で補給できる噬人《グラトン》の再生力の強さは一段上……どころではなく、百段ぐらい上だった。傷の治りもぶっちぎりで早い。

少々肉を削ぎ落としても、しっかり食べていればすぐに再生される。そして、どんなものでも食べられる。つまり、痛みさえ我慢すれば実質的に噬人《グラトン》は無限の肉なのである。

だが、これをやると幼獣がシルティたちを食物と認識してしまうかもしれない。ただでさえシルティの生き血をたっぷり与えているのだ。あまり進んで採りたい手段ではなかった。

となると、採用したいのは別の手段。ここを離れ、獲物を狩りに行くこと。

血臭と腐臭を盛大に撒き散らしているから他の動物が寄ってくるのではないかと心配と期待で半々だったのだが、この六日間では見かけたのは小さな栗鼠《リス》や鳥類だけだった。蒼猩猩の縄張りというのはシルティが思っている以上に獣を遠ざけるのかもしれない。

おそらく、長くともさらに三日も待てば縄張りが更新され、次なる蒼猩猩から襲撃される可能性は高いと思われるが、肉不足の解消は喫緊を要するのだ。待っている暇はない。

その点、シルティがひとまずの目的地としている入り江ならばほぼ確実に魚が獲れるはず。琥珀豹が魚肉を好むかどうかは不明だが、一切受け付けないということはないだろう。

「海ってわかる？　塩味が無限にある、おっきな水溜《みずたま》り。あそこならすぐ魚が獲れる……あ、きみ、魚って知ってるかな？　水の中に棲んでる生き物なんだけど、食べたこと、ないよね。まだ乳離れも終わってないんだもんね。獣も美味しいけど、魚も美味しいぞ。魚の油《あぶら》は、獣の脂《あぶら》とはちょっと違う美味しさがあるんだよ。生でも美味しいし焼いても美味しいし煮ても美味しい。きみも食べたらきっと気に入るよ？」

魚の美味しさを熱弁するシルティに、幼獣はどこか胡乱《うろん》げな視線を向けた。さらには、くぁぁぅ、とこれ見よがしな大欠伸を披露する。なんとも小憎たらしい仕草であるが、まぁ、欠伸を見せてくるくらいには警戒が薄くなったのだ、とシルティは前向きに考えておくことにした。

「私の故郷だと、川で鰍《カジカ》っていう魚が獲れるんだ。ちょっとおっかない顔した魚なんだけど、これをお鍋にするとめちゃくちゃ美味しくてね……」

◆

シルティはしばらく懸命に海行きを打診してみたが、結局、幼獣の琴線に触れることは叶わなかったようだ。相変わらず親豹の亡骸に寄り添い、丸まってじっとしている。

「んんん……無理、か」

これはいよいよ自分の肉を切り取らなければならないな。とりあえず、餌認定を少しでも避けるためにも幼獣の視界に入らない場所で左腕の肉でも削ぎ落としてくるか。シルティが木刀を手に立ち上がろうとした、その時。

「ねえ、あなた」

シルティの傍に座っていたパトリシアが、唐突に幼獣に声をかけた。不意を突かれたシルティはぎくりと肩を跳ね上げる。

幼獣には自分からは近寄らない。会話の声は小さく。見るのも最低限に。この六日間、パトリシアはシルティの言いつけを良く守り、幼獣を可愛がりたいという欲求を抑えて過ごしてきた。だというのに、今のパトリシアは小さいとは言えない声量を発し、幼獣のことを真っ直ぐに見つめている。

なぜだ。いよいよ欲求を我慢できなくなったのか。シルティはパトリシアに困惑の視線を向けた。

「いい加減にしなさい」

違う。なにやら静かに怒っている。幼獣を可愛がりたいだとか、そういう穏やかな理由ではなさそうだ。

「パトリシアちゃん？　ちょっ、と……」

シルティはこの暴挙を止めるべく手を伸ばしかけたが、パトリシアの頬を見て、動きを止めた。薄汚れてしまった白い肌を伝う涙。静かで、やるせなさに満ちた、激情の雫。シルティにはそれが恐ろしいほどに気高く見えた。触れるのも憚《はばか》られるほどに。

「お母様が亡くなって悲しいのはわかるわ。私も、お母様とお父様が死んでしまったばかりなのよ。でも、いつまでもうじうじしていちゃダメ。どれだけ悲しんでも、死んでしまったヒトは帰ってこないんだから」

パトリシアの涙の理由をようやく察し、シルティは小さく息を呑んだ。

気丈に明るく振舞っていたが、パトリシアはほんの十数日前に両親との別れを自覚したばかりなのだ。長く泣き暮らしてもなんら不思議ではないのに、このお嬢様はたった一晩で涙を乾かし、動けるまでになった。悲哀を跳《は》ね除《の》けてすぐに動き出せる精神性は、ご両親の教育の賜物《たまもの》か、あるいはパトリシアが生まれ持ったものか。なんにせよ、パトリシアは立ち直ったのだと、シルティは考えていた。

だがやはり、十歳の女児が十数日で両親との死別を完全に受け入れられるはずもなかったのだ。深々と斬り裂かれた心の傷を、理性で無理やり塞いでいただけ。そんな中、親の亡骸に縋《すが》りついたまま離れようとしない幼獣を見て、抑圧していた血《涙》が噴き出してしまったのだろう。境遇の一致から、自らと幼獣を同一視した。だからこそ、幼獣の姿に不甲斐《ふがい》なさのような想《おも》いを抱《いだ》いているのだ。

この涙は止めるべきではない、とシルティは判断した。口出しをせず、二人の孤児《みなしご》を見守ることにする。

「あなたのお母様もそうよ。もう動かないの。わかるでしょう」

パトリシアがゆっくりと語りかける。

涙は止まらないが、声は震えていない。幼さを感じさせない、耳に心地の良い強い響きだ。

「私はね、お母様に恥ずかしくない淑女になって、お父様に恥ずかしくない商人にもなるの」

自らの野望を断定として語るパトリシア。幼獣は亡骸の傍に丸まったまま身動きもせず、出会った当初よりも黄色の濃くなった虹彩で、パトリシアをじっと観察している。なにを思っているのだろうか。シルティには窺い知れない。

パトリシアは袖で涙を拭うと立ち上がり、忍び寄るような足取りで、幼獣に近付き始めた。

「あなたもあなたのお母様に恥ずかしくない生き方をしなさい。このままここに居たら飢えて死んでしまうわ」

手を伸ばせば届く距離だ。幼獣は全身の被毛を逆立たせ、耳介を真横に寝かせた状態で、接近してきたパトリシアを上目遣いに睨んでいる。

「だから、ね。私たちと一緒に行きましょう？」

柔らかい微笑みを浮かべ、幼獣の鼻先に、右手の甲をそっと差し出した。

幼獣は、ご、ご、ご、と低く喉を鳴らしながらその手を見ていたが、恐る恐ると言った様子で右前肢を持ち上げ、そして。

全力で叩き付けた。

剥き出された鉤爪が幼く柔らかい肌を突き破り、薄い肉に確《しか》と食い込む。幼獣は間髪入れず肘関節を屈曲。素晴らしい瞬発力でパトリシアの手を口元に手繰り寄せ、鋭い牙を容赦なく突き立てる。

ブヅリ。

鉤爪よりも遥かに鋭利な凶器が、か弱い女児の皮膚を深く穿《うが》つ。

「痛《いつだ》ッ!!」

パトリシアは悲鳴を上げ、仰け反りながら手を引っ張った。勢い余って尻餅をつき、先ほどまでとは種類の違う涙を目尻に浮かべ、恨めしそうに幼獣を睨む。幼獣は牙を剥き出しにし、鋭い威嚇の声を発した。パトリシアの親愛は伝わり切らなかったようだ。

「今のは……！　仲良くなる流れでしょう……！」

悪いと思いつつ、シルティは少し笑ってしまった。確かに創作物語であれば孤児の女児と幼豹《ようひょう》の織り成す美しい場面《シーン》であったかもしれないが……現実は、なかなかそう都合よくはいかない。

「大丈夫？」

「……痛いわ……」

「ふふ。見せて」

シルティは苦笑しながらパトリシアの手を取り、傷を確認する。幸い幼獣はすぐに顎を開いてくれたので、軽傷で済んだようだ。

「ん。大丈夫。掠《かす》り傷。……しっかし、なかなかやるな、きみ」

シルティは純真無垢《じゅんしんむく》な好意の目を幼獣へ向けた。パトリシアの右手を捕まえた動き。鉤爪による捕獲から必殺の噛み付きへと繋ぐ動作の滑らかさ。こんなに幼いというのに、どちらも素晴らしい動きだった。

さすがは生粋の頂点捕食者、琥珀豹。

無事に育った暁には、是非とも斬り合いたいところである。

などと、シルティが将来の模擬戦を夢想していると。

幼獣が不意に立ち上がった。

（おっ？）

この六日間、幼獣は基本的にずっと親豹に寄り添い丸まっていて、食事や排泄以外ではほとんど立ち上がらなかったのだが。食事と排泄は少し前に終えたばかりだから、どちらでもなさそうだ。

噛み付きで終幕となってしまったパトリシアの演説だが、幼獣の感情になんらかの影響を与えていたのだろうか。シルティとパトリシアは示し合わせたように動きを止め、不測の動きを取った幼獣を見守った。

立ち上がった幼獣は、親豹の頭周辺をゆっくりとうろついたあと、弱々しい頭突きを頻《しき》りに繰り返す。当然ながら、親豹は反応を返せない。すると今度は、ムャォマャォとどこか物悲しげな鳴き声を上げながら、親豹の身体に脇腹や尾を入念に擦り付け始める。

親豹の匂いを自分に付けているのか。

自分の匂いを親豹に付けているのか。

理由は定かではないが、どこか鬼気迫る様相だ。

やがて動きを止めると、消え入りそうな音量で、喉を鳴らす。

こうして身体を擦り寄せても。
遊んでくれない。
毛繕《グルーミング》いもしてくれない。
それどころか、あの蒼猩猩《サル》と同じ臭いがする。
虫に貪られているあの毛の多い蒼猩猩《サル》と、同じ臭いだ。

幼獣の耳の奥に、小さい方の嚼人《サル》の鳴き声がこびり付いていた。
鳴き声に込められた感情は、時として、種族の差を超越して伝達される。
幼獣には、人類言語など全く理解できなかったが。
母が、もう動かないということは、嫌でも理解できてしまった。

幼獣は、最後に親豹の鼻面に頬擦りをしてから。
亡骸に背を向け、泰然と歩み始めた。

「……もう、いいの？」
シルティが身振りで親豹の方を指し示す。

幼獣はシルティのことをちらりと見たが、親豹の方へは振り返らなかった。幼いながらもどこか気高さをうかがわせる後ろ姿に、シルティの目が潤む。座り込んだままそれを見送りそうになるほど、シルティは感動していた。

とてとてと三十歩ほど歩んだ幼獣は、そこで振り返ってシルティたちを睨み付け、苛立《いらだ》たしげに尻尾で地面をタシンタシンと叩く。まるで早く来いとでも言いたげな様子だ。

シルティは気付いた。幼獣の進行方向は、シルティの望む目的地、つまり入り江がある方向と一致している。もしかして、幼獣に海行きを打診した際に腕を伸ばして示した方向を覚えていたのか。

だとすれば、あの時、シルティが海行きを打診しているということを少なからず理解していたということになるのではないだろうか。

「ちびすけくん……きみ、もしかして、私の言いたいこと結構わかってない？」

幼獣がそっぽを向いた。なんというか、とても人類種的な仕草だ。

無論、この短時間で幼獣が人類言語を習得したとは毛ほども思っていないシルティであるが、大《お》袈裟《げさ》な身体言語《ボディランゲージ》によって多少の意思疎通はできていたのかもしれない。現に、幼獣はこうして入り江へ足を向けながら、シルティたちの同行を大人しく待っている。

「……まあ、いいか」

意思疎通の精度はともかく、こうして待ってくれているのだから、同行者としては認めてくれたらしい。

「一緒に来てくれるっぽいね。パトリシアちゃんが叱ってくれたおかげかな」

「……あんなに噛んだのに」

「ふふふ。すぐ離してくれたし、照れ隠しだったんじゃないかな？」

「照れ……」

照れ隠しにしては痛かったわよ、とパトリシアは訴えようと思ったが、やめた。

額にキスをされた際、照れ隠しでシルティの頬をひっ叩《ぱた》いた自分の行ないを思い出したからだ。

「よし。私はあの仔を抱いていくから、いつもより近くに居てね。蒼猩猩が襲ってくるかも」

「わ、わかったわ」

パトリシアが青い顔でこくこくと頷く。物騒な発言を聞き、諸々の感情が吹き飛んだらしい。

「よしよし。……さて、ちびすけくん。変な方に行かれると困るから、ちょっと持ち上げるよ。我慢してね」

シルティは木刀を右手に立ち上がり、宣言してから踏み込んだ。まるで戦闘中のような情け容赦のない速度で肉薄し、反応すら許さずに幼獣を掬い上げる。

幼獣はシルティのあまりの早業に身体を硬直させて茫然《ぼうぜん》としていたようだが、自身が抱き上げられているということを理解した瞬間、全身の被毛を盛大に逆立たせた。間髪入れず、腹の下にあるシルティの左手に噛み付く。同行は許しても、接触を許したわけではないらしい。

シルティは意図的に手の皮膚を柔らかくした。幼く貧弱な顎に固いものを噛ませるわけにはいかない。ブヅッ、という感触と共に、手の皮膚が破れる。

「こらこら、大人しくしなさいってば。急がないと、きみのご飯がないんだよ？」

だが、強大な魔物たちと数多《あまた》の殺し合いを演じてきたシルティにとって、幼獣に噛まれた程度では傷とも呼べない。幼獣の自己主張を呆気なく黙殺し、噛み付かれたまま森の中を歩き出した。

パトリシアがそのすぐ後ろを追従しながら、あぐあぐとシルティの手を咀嚼する幼獣を見る。血が滴《したた》るほどに出ていた。甘噛みではない。本気噛《マジが》みだ。自分も噛まれたからこそわかる。どう見ても痛い。だが、シルティは痛みなど感じていないかのような涼しい顔をしている。

「……痛くないの？」

「んー？　痛いよ。でも、痛い方が強くなれるから」

「つよ……？　ふ……ふうん……？」

たまに言ってる意味がわからないのよね、とパトリシアは小さく溜め息を吐いた。

第五話　レヴィン

barbarian girl adrift on a different continent

どうやら琥珀豹《こはくヒョウ》は魚肉も好むらしい。

漂着した時と同じく、拳同士を打ち合わせる石打漁《いしうちりょう》で魚を獲り、流動食にして与えてみると、幼獣はモリモリと食べた。

無論、シルティもモリモリ食べた。意外にも、パトリシアもモリモリ食べた。一度経験したことから、魚に関しては生食《なましょく》への抵抗も薄くなったようだ。ずっと野草しか食べていなかったことも大いに関係しているだろう。残念ながら美味しいとは一言も言わなかったが。

食後はもちろん水浴びである。海水なので肌が多少ぺたぺたするが、それでも浴びる前と後では快適具合が雲泥の差だ。海原を漂流している間《あいだ》は心底うんざりしていたが、食料があり、水浴びもできる海というのは、遭難生活において最高の環境だった。

雨で身体を洗って以降、実に七日ぶりにさっぱりしたシルティとパトリシアは、入り江の砂浜に腰を下ろして身体を休めている。衣類も洗って乾かしているので、幼獣を含む全員が全裸だ。

シルティは胸も腹も脚も全く隠すことなく砂浜に座っているが、パトリシアは真っ赤になって自らの身体を抱き締め、隠せるところを全力で隠していた。

はぁー、と大きく息を吐きながら、シルティは空を仰ぐ。

「うーん、いい天気……でも、ないか」

晴れてはいるが、完全な快晴ではない。大きめの雲がいくつか浮かんでいるし、水平線の方向、遠方に凄まじく巨大な積乱雲が見える。鉛直方向によく発達しており、下部は真っ黒だ。見ていると、雲の下部が明滅するようにパパッと明るくなった。幕電《まくでん》と呼ばれる雲内放電である。

ごろろろろ、という雷鳴が遅れて届く。距離があるため、音量は小さく、引き延ばされた重低音だ。

「んー。いい音」

聞いているとなぜか落ち着くので、シルティはこういう遠雷の音が好きだった。

「降るかな？」

「どうかしら……せっかくだから、明後日《あさって》くらいに降ってほしいわ」

「ふふ。水浴びするにはいい日程だね」

この地に漂着してからまだ一度しか雨が降っていない。あの雷雲が発達しながらここまで到達すれば、もしかしたら降ってくれるかもしれない。いっそのこと、前回同様の土砂降りになってくれると嬉しいのだが。

さて、幼獣はというと。

波打ち際で大騒ぎしていた。

寄せる波からよたよたと忙しなく逃げ、返す波をフラフラと全力で追いかけ、時に頭から海中に突っ込んで、波に呑まれ、もみくちゃになっている。

シルティの故郷があるノスブラ大陸にも猫の仲間が多く生息していたが、彼らは悉《ことごと》く濡れることを避けていた。ゆえに、猫類動物は身体が濡れるのを嫌がるというのがシルティの中の常識だったのだが……幼獣は海水を浴びて大喜びだ。

これが琥珀豹という魔物に普遍的な性質なのか、この幼獣の個性なのかは不明だが、とりあえず幼獣はやたらと楽しそうに燥《はしゃ》いでいる。

「いやーしっかし、凄い燥ぎっぷりだなぁ……」

「水に濡れるのが好きな猫類がいるとは思わなかったわ……」

「私もー……」


ひとしきり海で遊んでいた幼獣だったが、疲れたのか飽きたのか満足したのか、およそ十分ほど経つとシルティたちの待つ砂浜に戻ってきた。

全身を勢いよく回転させる脱水行為の結果、水分を含んだ体毛は自然と束になり、さらに遠心力によって四方八方に伸ばされている。まるで体表に短い棘《とげ》がびっしりと生えたような姿になった幼獣。実に満足そうだ。

「……ねえ、いつまでもちびすけくんって呼ぶのもどうかと思うし、名前を付けようか。きみ、どんな名前がいい？」

機嫌が良さそうなうちに名付けという必然のイベントを消化しようと、シルティが声をかける。

すると、パトリシアが急激にそわそわとし始めた。幼獣はシルティたちへ反応を返すことなく、自らの前肢《ぜんし》を夢中になって舐めている。二匹の嚼人《サル》のことなどどうでもよさそうだ。

「ちなみに、言ってなかったけど、私の名前はシルティ・フェリスで、こっちの子はパトリシア・ダウンズ……聞いてないなー？」

シルティは自分とパトリシアを示しながら自己紹介するが、幼獣は一切こちらを見ていない。

前肢を舐め終えると、今度は身体を捩《よじ》って脇腹を舐める。ヘソや股間を舐め、腰と臀部を舐め、後肢を舐め、そして尻尾を舐める。生まれ持った身体の柔軟性を存分に発揮し、顔の届く範囲を漏れなく入念に、舐める舐める舐める。

シルティが呆気《あっけ》に取《と》られるほどに妄執的な自己毛繕い《グルーミング》。

「しょっぱいのが好きなの？」

母乳や流動食ではあまり感じられなかった塩味を大層気に入ったのだろうか、幼獣は恍惚の表情を浮かべていた。

時間をかけて全身を執拗に舐めたあと、幼獣は大きく口を開けて欠伸を披露し、砂浜にだらしなく腹這《はらば》いに。瞼《まぶた》は下ろされ、洞毛《ヒゲ》は垂れ下がり、このまま眠ってしまいそうだ。

シルティが微笑ましく思っていると、パトリシアがシルティの肩にそっと触れた。

「ね、ねえ……」

「ん？」

「シオペロ……なんてどうかしら？」

「んん？　……なにが？」

「この仔の名前」

「うん……。……え？」

シオペロ。

塩を、ペロペロしたから？

本気かこの娘《こ》。

シルティは思わずパトリシアの顔を見た。パトリシアはこの上なく真剣な表情をしている。冗談を言っている様子ではない。

「絶対ダメ」

「な……」

「かわいそうでしょ……」

「かわいそうってなによ！　可愛いでしょ!?」

「それ、私が生肉《なまにく》バクバクって名前付けられるようなもんだよ」

「そんっ、全ッ然違うわよ！　ぜんッぜッ……ん……」

言葉の途中で勢いを失い、絶望に満ちたような表情を浮かべるパトリシア。

「……い、や。そ、う、かも、しれない、わね……」

途切れ途切れの敗北宣言。幸い、思い直してくれたようだ。

「ちなみにさ。メリーちゃんの名前つけたのって、パトリシアちゃん？」

「……お母様よ」

「だよね」

「どういう意味よ！」

「そういう意味だよ……」

絶句し、屈辱という感情を絵に描いたような表情を浮かべるパトリシア。

「いや、私だって、そんな他人《ヒト》にどうこう言えないけどさ……でも、シオペロはさ……」

「うるさいわねッ！」

お嬢様教育の中にネーミングセンスは含まれていなかったんだな、とシルティは思った。

◆

センスのなさを自覚したのか、膝を抱えて落ち込んでしまったパトリシアをそっと放置して、シルティは腹這いの幼獣に手を伸ばす。

気配を感じたらしく、幼獣の瞼《まぶた》がぱちりと開いてシルティを見たが、逃げはしなかった。

シルティはそのままゆっくりと手を伸ばし、拳で幼獣の鼻の頭に触れてみる。まだ逃げない。指の背で顎下を撫でる。まだ逃げない。満腹であるし、波でたくさん遊んだし、更に塩味を堪能《たんのう》した直後ということもあってか、かつてなく機嫌が良さそうだ。少し大胆に手を動かし、喉元、眉間、頭頂部や首の後ろなどを丁寧に撫で掻いてやった。やはり、逃げない。

幼獣はされるがままになっていたが、次第に心地よくなってきたのか、目を薄く閉じ、満更でもなさそうに喉を鳴らし始める。

ご、る、る、る、る。

小柄な幼獣にはあまり似合わない、低く、重く、厳かな響きだ。そういえば親豹も同じように喉を鳴らしていたな、とシルティは思い出す。

その時、ごろろろろ、と小さな雷鳴が聞こえた。水平線近くの雷雲がまた放電を行なったらしい。

琥珀豹の喉の音って遠雷の音にちょっと似てるな、と考えたところで、シルティに閃《ひらめ》きが走った。

「きみの名前、『レヴィン』にしようか。どう?」

遥かな古代、人類言語が広まるより以前にノスブラ大陸の嚼人《グラトン》たちが使っていた独自の言語において、『遠雷』を意味する単語である。

膝を抱えていたパトリシアが顔を上げた。恨めしそうな目でシルティを見る。

「響きが可愛くないわ……」

「僭越《せんえつ》ながらシオペロよりは良いと思う……」

「ぐう……」

喉鳴らしの音が遠雷の音に似ているから、あと身体の色も稲光っぽいし、という面白味の欠片もない由来だが、どうせシルティも自分のネーミングセンスに自信などない。それに多分、パトリシアに任せるよりはマシだろう。これ以上悩んだとしても良い名前を思い付く気がしなかったので、潔くこれに決定した。

「ちびすけくん。今日からきみはレヴィン・フェリスだ。まぁ、私の弟みたいなもんだなー」

幼獣、改め、レヴィン。

命名という一大イベントを終えたにも拘《かか》わらず、レヴィンは目を閉じたまま喉を鳴らし続けていた。どうでもよさそうだ。

「……というか、きみ、オスかな？　弟って言ったけど、メスだったり？」

シルティは寝転んでいるレヴィンの後肢をくいっと持ち上げ、股間を確認した。途端、レヴィンがカッと目を見開き、身体をくねらせて無礼者《シルティ》の手に鉤爪を叩き付け、手加減なしで噛み付く。

「あでっ」

慌てて手を離すと、レヴィンはバネが弾《はじ》けるように勢いよく跳び上がった。やはり素晴らしい瞬発力だ。シルティから大きく距離を取ったレヴィンは、背中を大きく弓なりに反らし、全身の被毛をぼわりと逆立たせながら、憎悪と敵意を露わに強烈に喚《わめ》き散《ち》らす。

ブチ切れである。

やはり、機動力の要たる肢を掴まれるのは嫌だったらしい。

「ごめんごめん。許して？」

シルティは苦笑しながら謝罪する。

残念ながら、痛い思いをした割に成果は無かった。股間を確認しただけではオスかメスかわからなかったのだ。とりあえず、ぶらぶらしているモノは特になさそうだったが……これも猫に近いとすると、この情報だけでメスと断定していいかは微妙なところ。生まれて間もない仔猫の雌雄鑑別というのは意外と難しいのだ。少なくともシルティには、今のように一瞬見ただけでは鑑別できなかった。

「ま、どっちでもいいかー。レヴィンなら、メスでもオスでも通用するよね。多分」

適当である。

その後間もなく日が沈んでしまったので、シルティは入り江で夜を過ごすことにした。森と違って視界の開けた入り江で眠るのが不安だったのだろうか。レヴィンは珍しくシルティにくっつくように丸まって眠った。

砂浜に胡坐をかき、レヴィンの身体とパトリシアの頭を撫でてやりながら、夜天を仰ぐ。天体の動きから、この入り江が北へ向かって開いているのはわかる。ここから海岸線に沿って進み、河川の開口部を探すことになるが、東と西、どちらがいいだろうか。

シルティはしばらく考えていたが、結局、自信の持てる判断基準を思い付かなかったので、運に任せることにした。幸い、この砂浜には多数の貝殻が落ちている。二枚貝の片割れを使えばコイントスが可能だ。

凸面《おもて》が出れば東、凹面《うら》が出れば西。

近くに落ちていた貝殻を拾い、弾く。くるくると回って砂浜に落ちる。凸面。

明日以降は東へ進むことにして、シルティも就寝した。

◆

翌日、早朝。

この地に漂着してから、今日で十六日目。

今日から東へ進む、と昨日の時点では考えていたのだが、明るくなったことで考えが変わった。

というのも、ここから見える限り、海岸線で砂浜が形成されているのは入り江の内側のみなのだ。他は切り立った崖となっており、かなり険しい。入り江の内側は凪いでいるが、外側は相応に荒れている。波が絶え間なく崖にぶつかり、渦を巻きながら粉々になっていた。

この入り江を出発したあとのことを考えると。

崖から飛び込めば、海に入ることはできるだろう。だが、海から上がることは難しそうだ。岩肌に叩き付けられ、ボロ雑巾のようになってしまう。今までのように拳式石打漁で魚を獲るのは難しいかもしれない。

嚼人《グラトン》二名はどうとでもなるが、下手すると、レヴィンに自分の筋肉を食べさせるかどうかでまた悩まなければならなくなる。

というわけで、この入り江を拠点にしばらく過ごし、ある程度の食料を確保してから出発することにした。ここならば比較的容易に魚を獲ることができる。といっても、生魚をそのまま持って行くわけにはいかない。腐敗を遅らせる処理が必要だ。

シルティはすっかり乾いた肌着や鎧下を身に纏い、入り江を見渡した。無数の流木が流れ着いている、日当たり良好な広大な砂浜。干物くらいは作れるだろう。設備も素材もないので一日で完成させるのは厳しいが、二日か三日後にはずっと日持ちするものが出来上がるはず。

肌寒かったのか、レヴィンとパトリシアは身を寄せ合ってぐっすりと熟睡していた。しばらく起きそうにない。パトリシアはともかくレヴィンはどういう動きをするかわからないので、今のうちに少しでも準備を進めておかなければ。

シルティはまず、革鎧の胸当てを容器代わりにして海水を汲《く》んだ。

彼女が身に着けている跳貂熊《とびクズリ》の革鎧はオーダーメイド。戦闘中に胸が揺れないよう、体形にしっかり合わせて縫製《ほうせい》されている。

そして、純然たる客観的事実として、シルティの胸の発育はかなり良い。

つまるところ、この胸当て、結構たくさん海水が汲めるのである。

これまでは、無駄にデカくて戦闘の邪魔になるとしか思っていなかった乳房であるが。

「……初めて、おっぱいがあって良かったと思ったかも」

なみなみと海水を湛《たた》える胸当てを前に、シルティはしみじみと呟いた。

「んンッ」

自分の呟きを掻き消すように咳払いをして、シルティは胸当てを砂浜にそっと安置する。これは魚を干物にする際に使用する漬け汁だ。日差しはそれなりに強いので、時間をかければ日光のみでもある程度は濃縮できるはず、とシルティは見積もった。嵩《かさ》が減ってきたら海水を注《つ》ぎ足《た》し、また日光に曝す。これを繰り返せばいずれ充分な量の漬け汁を得られるだろう。

魚を干すために、なにか紐状のものが欲しい。

(さて、次は……紐《ひも》かな)

シルティは入り江の周囲に生える植物を物色し、やがて一つの草に目星を付けた。地面からシルティの腿《もも》ほどの背の高さで、細長く真っ直ぐな茎を持っており、折ると茎の皮が縦に裂ける。繊維はそれなりに強靭らしく、軽く引っ張っても切れない。しかも群生している。まさにお誂《あつら》え向《む》きだ。

シルティは木刀を使い、これを大量に刈り取った。

砂浜に戻り、レヴィンとパトリシアの様子を見る。

レヴィンがパトリシアの頭部にしがみ付いており、パトリシアは若干嫌そうに眉間に皺《しわ》を寄せているが、彼女たちはまだまだ惰眠を貪っていた。起きている間はパトリシアに接触を許さないレヴィンだが、眠っている間は無邪気なものである。もうしばらく放置していても大丈夫だろう。

三時間ほど経ち。

「よし、こんなもんかな」

草の繊維を縒《よ》り合《あ》わせた紐が完成した。細く短めの紐が六本、太く長めの紐が二本。もう少し作っておきたいところなのだが、とりあえず今はこのくらいでいいだろう、とシルティは判断した。どうせ干物は今日だけでは完成しない。明日も紐を綯《あざな》う時間はある。

「……なにやってるの？」

そこで、パトリシアの目が覚めた。目尻を擦りながらシルティ渾身《こんしん》の力作たちを眺める。

「おはよ、パトリシアちゃん」

「おはよう。……なにその、紐？」

「魚を干すのに使おうと思って」

「お魚？　干物を作るの？」

「そうだよー。日持ちする食料を持っていかないとレヴィンの食べ物がなくなっちゃうからね。パトリシアちゃんもちょっと手伝ってくれる？」

「……お魚を、触るの？　その……がんばるけど……」

「大丈夫、魚じゃないよ」

パトリシアが生魚を扱えるとは全く思っていないシルティである。

「小さい木を集めてくれたら助かるな」

「わ、わかったわ」

「あんまり森の方には近付かないでね」

パトリシアに手伝って貰いながらおよそ三十分後、砂浜に生簀《いけす》が出来上がった。

生簀といっても、柔らかい砂地に掘り、外縁部に拾い集めた木の枝を埋没させて補強しただけの穴である。長期の使用に耐えるものではないが、二日ぐらいはなんとか持つんじゃないかな、とシルティは楽観的に考えた。とりあえず漬け汁が完成するまで持てばそれでいいのだ。

その後、さっさと全裸になる。

「よし、じゃ、魚取ってくるね」

「……あなた、本当に、裸になりたいわけじゃないのよね？」

「違いますぅ」

いつものように拳式石打漁を実行。浮かんできた魚たちを手早く回収し、生簀へ投入する。しばらくして気絶から回復した魚たちは、濁った生簀の中で元気に動き出した。入り江を離れることを考えると、まだまだ足りない。二度、三度と繰り返し、魚を乱獲していく。もしかしたらこれで一時的に生態系が崩れてしまうかもしれないが、シルティも必死だ。背に腹は代えられない。

太陽が正中に間もなく届く、という頃。

胸当てに溜めた海水は八割ほどまで嵩を減らしていた。この分なら、明日の昼過ぎまでじっくり天日に曝しておけば、ぎりぎりで漬け汁として使える程度には濃縮されるだろう。無論、明日も今日と同じぐらい天気が良ければ、という条件はあるが。

一段落ついたシルティは砂浜に腰を降ろし、水平線に目を向けた。雲一つない綺麗な青空。レヴィンの名付けの由来となった積乱雲は、夜のうちにどこかへ流れて行ってしまったらしい。

「終わったの？」

流木を集めたあとは手伝うことがなく、手持無沙汰にしていたパトリシアがシルティの横にやってきた。寂しかったのか、そのまま隣に座り込む。

「とりあえずは。明日になったらそこの魚を捌《さば》いて、塩水に浸して干して、明後日には完成。雨が降らなかったらだけどね」

「あなた、なんでもできるわね……」

「ふふふ。ありがと」

と、そこでようやくレヴィンが目を覚ました。昨日はよく動いたせいか、随分な寝坊助《ねぼすけ》である。顎を大きく開け、くぁぁぁぅ、と盛大に欠伸。前肢を前に伸ばし、尻を高く突き上げながら身体を伸ばす。そして、ブルブルと身体を勢いよく震わせた。呑気なものだ。

「おはよ、レヴィン」

シルティの挨拶を受けたレヴィンはちらりと視線を向け、ビャーッと小さく威嚇したが、すぐに顔を逸らす。再びの欠伸。それから、後肢を使って首筋や後頭部をガシガシと掻いた。

掻く。掻く。掻き毟《かむし》る。

なかなか掻き終わらない。不審に思ったシルティがよくよく見ると、レヴィンが身体を掻く度に、小さな白い粒が無数に散っていた。

塩の結晶だ。

「うおわ……ばりばりしてる」

昨日、あれだけ夢中になって全身を舐めていたレヴィンだが、身体の構造上どうしても舐められない部位はある。そこに塩分がたっぷり残っていたのか、夜のうちに毛と毛を接着するような形で塩が析出してしまったようだ。固まった体毛が気持ち悪いらしく、執拗に掻き毟っているが、どうにも巧くない。

「レヴィン、おいで。掻いてあげる」

見かねたシルティは、五指を鉤のように曲げながら差し出した。昨日の股間確認事件があとを引いているのか、レヴィンは警戒の視線を向けてくる。そのまま指をわきわきと曲げ伸ばししていると、どうやら意図が通じたらしい。警戒よりも塩への不快感の方が優《まさ》ったようで、見るからに嫌そうにしながらも近付いて来る。

シルティは苦笑しながらレヴィンを抱き上げ、胡坐をかいた膝の上に乗せて、顎下や後頭部、額などを重点的に擦り、塩粒を掻き落としてやった。

緊張しているのかレヴィンは身体を硬直させていたが、それでも大人しく愛撫《あいぶ》を受け入れている。少し嫌がっているような様子もあるが、身体を撫でられること自体は気持ちいいらしい。

「……私も撫でていいかしら」

パトリシアが小声で嘆願する。

「今なら、いける」

シルティが頷いて許可を出すと、パトリシアは嬉々《きき》とした様子で手を伸ばし、レヴィンの尻尾の付け根を揉むように撫でた。それが殊更に気持ちよかったのか、次第にレヴィンの目は柔らかく閉じられ、喉がごるるるると鳴り始める。

「ふふふ……可愛いわ……」

ゆっくりと時間をかけ、二人はレヴィンの塩を落としてやった。

違和感のなくなったレヴィンは、シルティの膝から飛び降り、再びブルブルと身体を勢いよく震わせたあと、波打ち際へ向かう。

「え、まさか」

そのまま、なんの躊躇もなく、頭から、海水に突っ込んだ。

少女たちの奉仕を一瞬で無に帰し、とても楽しそうに燥《はしゃ》いでいる。

「あのやろー……」

「……ふっ。ふふっ……やるわね、あの仔。ふふふふふっ……」

ツボにはまったらしく、パトリシアが肩を震わせ始めた。

◆

翌日。

太陽の位置から、およそ午後三時頃だろうか。

頃合いと見たシルティは、胸当てに溜まった海水を指先に付け、舐めてみた。

「んー……」

パトリシアが背後からシルティの手元を覗き込んだ。

「どう？」

「いい感じ！」

この環境で作り上げた漬け汁としては充分すぎる出来栄えだろう。生簀の中の魚たちも無事に生きている。あとは彼らを締め、諸々の処理をして漬け汁に浸し、干すだけだ。

「さて、やるかー……」

まず、シルティは全裸になった。

パトリシアが胡乱《うろん》な視線を向ける。

「……本当に……裸になりたいわけじゃ、ないのよね？」

「違うってば。今から魚の鱗をバリバリ剝がすんだよ？　鎧下《ふく》、一着しかないんだから、できるだけ汚したくないだけで……」

「……信じるわよ？」

「信じてください」

シルティは蛮族だが、断じて裸族ではない。裸体を見せて興奮できるような特殊な強さも持っていないし、乙女なりの羞恥心というものも多少は持ち合わせている。仮にパトリシアが女児ではなく男児であったなら、さすがに全裸にはならなかっただろう。

「ほら、パトリシアちゃんも汚れちゃうから、向こうに居ていいよ。レヴィンのこと見ててくれる？」

レヴィンは既に起きており、波打ち際で飽きもせず盛大に燥ぎ回っている。

「あの、私も……手伝いましょうか？」

「んふふ。無理しなくていいよ？　魚、触れないでしょ？」

「……う、ん」

「それに、二人ともレヴィンから目を離すのはまだ怖いから。なにかあったら大声で呼んでね。これも大事な仕事だよ」

「……わかったわ」


パトリシアにレヴィンの面倒を頼んだあと、シルティは魚の処理に移った。

生簀から魚を掴み取り、締めて血抜きを行ない、どうにかこうにか開きにする。胸当てに満ちる漬け汁に三十分ほど浸したら、木と木の間に張った長い紐に吊るして干す。空いた時間を使い、シルティは今日も追加の紐を糾《あざな》っていた。紐と紐を縒《よ》り合《あ》わせた丈夫なロープは大量の魚をしっかりと支えてくれる。

漬け汁を溜めてある胸当ては、胸当てとして見るならばかなりの容量を誇っているが、鍋として見るならば小さい。一度に漬け込める魚は三匹か四匹だ。どうしても時間がかかる。

夕焼けの終わり際、ようやく全ての魚を吊るし終えた。

これでもう明日の朝まで干しておくだけだ。原始的すぎる干物だが、少なくとも生のままよりは長持ちするはず。

◆

翌朝。

一夜干しを完成させたシルティは、予定通り入り江から海岸線沿いに東へ向かって出発した。

作成した干物は、鰓《えら》に一本の長い紐を通した状態で腰にぐるぐると巻き付けてあり、まるで魚を材料にした腰蓑《こしみの》のようである。世界でもなかなか類を見ない、鮮烈なファッションだと言えるだろう。


二時間ほどが経つ。

海岸線は起伏の激しい岩石海岸が延々と続いていた。ところどころで海面に触れることのできる地点はあるものの、全体的に崖と呼ぶべき様相。やはり干物を作っておいて良かったと思える光景だ。

パトリシアはシルティの左隣、海岸線側を歩かせている。落下の危険はあるが、森から遠い方が安全だと判断した。

レヴィンはシルティのすぐ前を歩いている。東《あっち》に行くよ、と腕で示しながら伝えてみたところ、意外にも素直に従ってくれた。たまに振り返ってはシルティが付いて来ているのを確認しているあたり、シルティの意図をかなり正確に察しているらしい。

（うーん。なんか、思ってたより随分と賢いな）

シルティは大いに安堵した。

レヴィンを抱きかかえていては咄嗟に木刀を振れないので、これは非常に助かる。

森の中では道を切り開く必要があったのでパトリシアを追従させていたが、海岸線を行くならばその必要はない。むしろ、前を行ってくれた方がずっと守りやすくなる。

視界内であり、この至近距離ならば、何者かがレヴィンやパトリシアを襲ってきても反応できるだろう。最悪でも、盾になることはできるという自信があった。

怖いのは、レヴィンが突然走り出したり、必要以上に音を立てたりすること。レヴィンはまだまだ赤子だ。好奇心に駆られ、我を忘れて突貫してしまうこともあるだろう。

と、心配していたのだが。

（……なんか、ほんと、思ってたより随分やるな、この仔）

頭を低く保ち、目線の高さが常に変わらない。四肢の動きは迷いなく、発する音も最小限だ。身体の落ち着きとは裏腹に、耳介は絶え間なく動き、周辺の音を拾い続けている。

まるで熟練の狩人《かりゅうど》のような雰囲気を漂わせていた。

仔が乳離れする前から狩りを教えるような動物はさすがにいない。親豹もレヴィンに対して教えを授けてはいなかっただろうと思われる。無論、シルティが教えたわけでもない。だというのに、この見事な狩人っぷり。

造網性の蜘蛛《クモ》は複雑かつ正確な巣を作る。托卵《たくらん》により生まれた郭公《カッコウ》の雛《ひな》は、目も開いていないのに仮親の卵や雛を巣から突き落として排除する。鮭《サケ》は成長すれば海に下り、産卵期になれば母川回帰《ぼせんかい き》を行なう。これらは誰に教わることもなく、だが確信を持って行なわれる、その血に刻まれた本能だ。

レヴィンの見事な隠密行動にも、それらに近いものを感じる。琥珀豹の血に刻み込まれた御業なのかもしれない。琥珀豹の捕食者としての純度は、嚼人《グラトン》の遠く及ばない領域なのだろう。

いずれレヴィンは、シルティなど足元にも及ばない優れた狩猟者になる。

姉として、負けないように精進しなければならないな、とシルティはこっそり決意した。

「今日はいい天気だねぇ……干物は作り終わったし、雨とか降ってくれないかな……」

実に身勝手な願いを呟きながら、シルティは左手に見える水平線へ視線を送った。

「全然降りそうにないわね……」

パトリシアが溜め息交じりに呟く。海水を濃縮させ始めた一昨日からずっと、雲一つない快晴なのだ。この地に漂着し目を覚ましてから、もう既に十九日目。その間、一度しか雨が降っていない。

森は鬱蒼と茂っているから、もっと降雨があっても良さそうな気もするのだが。単に運が悪いのか、そういう時期なのか。

「まぁ、川が見つかればそれで済むんだけどねー……レヴィン、きみのお母さん、どっかで水飲んでなかった？」

問いかけるも、レヴィンに反応はない。素っ気なく完全に無視だ。とはいえ、出会った頃よりはずっと警戒心が薄れたように思える。

現に今も、レヴィンのすぐ近くをシルティとパトリシアが歩いているが、これ以上距離を取ろうと逃げたりはしていない。

至近距離にいても逃げようとせず、むしろ積極的に同行しようとしていて、さらに食事も大人しく摂《と》ってくれるのであれば、ひとまずは充分だ。これからも養っていけるだろう。

だがシルティとしては、もう少し親密になりたかった。

琥珀豹は基本的に単独で生活する魔物だと聞く。独りで狩りができるようになればレヴィンは去ってしまうかもしれない。無理に引き留めるつもりはないが、早くもシルティはこの琥珀豹を自分の家族と見ているし、レヴィンが嫌がらなければ、いずれは故郷へ連れて帰りたいと考えていた。

レヴィンが一人前になる前に、少しでも親密になっておきたい。琥珀豹が一人前になるのは何歳頃だろうか。

（猫なら、どれだけ甘えん坊でも九か月あれば独り立ちするけど……琥珀豹、でっかいしなぁ……）

全てがそうとは言わないが、シルティの経験上、群れを作らない野生動物は身体が小さい種ほど独り立ちが早くなる傾向がある。琥珀豹の生態の推測に猫のそれを適用してきたが、これに関しては猫を参考にするべきではないだろう。

うーん、とシルティが唸りながら考えていた、その時。

シルティの感覚が、何かを捉えた。

（んッ）

直感に従い、視線を上へ。

凄まじい速度で落ちてくる、巨大な黒いなにか。

向かう先にはレヴィンがいる。三名の中で最も小柄なレヴィンを与し易い獲物と見たのだろうか。

シルティは咄嗟に木刀を振るい、落下物の進路上に割り込ませた。

硬い衝撃。金属同士が衝突するような耳障りな音が轟く。

そして間髪入れず、腕ごと木刀を持ち上げられた。

「んぐぬッ！」

予期せぬ動き。シルティの肩に激痛が走る。

手首と肩、そして肘、曲がってはいけない方向へ加わる連続的な負荷。

襲撃者の姿形すら定かではない状況だが、木刀を自らの肉体の延長と見做《みな》せるシルティには手に取るようにわかった。これは、刀身を凄まじい握力で摑まれ、むちゃくちゃに振り回されているのだ。数秒後には関節を破壊されてしまいそうな素晴らしい出力である。

どうやら襲撃者は自由に空を飛べるらしい。鳥の類だろうか。

前を進んでいたレヴィンは突然の出来事に驚いてビョンと大きく跳び上がり、空中で身を捩《よじ》るように反転、着地して全身の毛を逆立てている。どれだけ美しい警戒姿勢で歩いていてもやはり幼子。いざ襲撃されればビビるらしい。

頭を素早く振って視界を切り替え、パトリシアを探す。左後方で驚愕の表情を浮かべていた。だが、転んではいない。つまり、腰を抜かしていない。狼狽《うろた》えながらも後ずさりをした。もしも襲撃があった場合、シルティから距離を取るように指示していたので、それをしっかり守ろうとしているようだ。累計五回の蒼猩猩《あおショウジョウ》の襲撃や琥珀豹との遭遇が、パトリシアの肝っ玉を少しばかり大きく育ててくれたらしい。

よし。

憂いなし。

殺し合いに集中だ。

「う、ふふふっ」

シルティの口元に、蕩《とろ》けるような笑みが浮かんだ。

一瞬だけ膝を抜いて身体を落とし、確保したスペースで関節の角度を調整。全身全霊を振り絞って身体ごと木刀を振り抜く。壮絶な遠心力が働いたのだろう、刀身を摑んでいた巨大な影はすっぽ抜けるように空中へ躍り出た。

シルティは振り払いの勢いをそのまま活《い》かして前方へ跳び、レヴィンを掬い上げ、即座に後跳。瞬きの間に往復運動を熟し、襲撃地点から大きく距離を取る。

腕の内側にレヴィンを庇いながら、シルティは敵を探して視線を巡らせようとした。

巡らせる必要は、なかった。

(うおっ)

探すまでもない。

顔を上げたシルティの視界を占有する襲撃者の影。

近い。レヴィンを掬い上げるのにかかった時間は僅かだった。だというのに、シルティの顔にその影が落ちるほどの距離に接近されている。確固たる支点のない空中を移動してきたとは思えない、素晴らしい俊敏性だ。

命の危機を目前にして、シルティの心臓が大きく脈打つ。

蛮性を帯びた血は燃え、時間感覚が著しく引き延ばされた。

鈍間《のろま》な主観の中、シルティの眼球は襲撃者の姿を克明に捉える。


やはり、鳥だ。

全身を赤みがかった艶《つや》やかな黒羽根で覆った、笑えるほどに巨大な鳥だ。

体格に見合う太い両脚と屈強な趾《あしゆび》。四本の指先からそれぞれ伸びる円錐状《えんすいじょう》の鉤爪。そして、先端が鉤形に湾曲した特徴的な嘴《くちばし》。それらは全て、その羽根と同じく赤混じりの黒色をしている。

ただ一つ、頭上からこちらを睥睨《へいげい》する瞳だけが、檸檬《レモン》のように黄色かった。

雄々しく凜々しい、シルティ好みの美しい猛禽《もうきん》だ。

その両脚が、そろりと揃えられる。

(蹴りッ)

シルティは自らの直感に従い、上体を大きく反らしつつ左へ傾げた。

直前までシルティの喉があった空間を、八本の鉤爪が轟音《ごうおん》を立てて貫く。突進の勢いを乗せた強烈な蹴撃だ。完全に躱《かわ》したにも拘わらず、空気の流れで首筋の皮膚が引っ張られる。

シルティは笑った。恐るべき威力だ。まともに喰《く》らえばシルティの頭蓋骨は貫かれ、長い鉤爪で脳を掻き混ぜられてしまうだろう。

だがそれは、まともに喰らえばの話。

初撃と次撃を続けて凌いだ。今この瞬間、巨鷲《おおワシ》は両脚を前に突き出した姿勢で無防備を曝している。三撃目の機会は与えない。

（いけるッ！）

シルティは回避行動の流れのまま、上半身をさらに大きく反らし、同時に左へ捻転させた。両足を地面に付けたまま、シルティの左脇腹と地面とがほぼ平行になる。まともな斬撃など望めないような奇抜な体勢。シルティは腹斜筋をバネのように酷使して、無理やりかつ瞬時に力を蓄えた。

即時、解放。

左逆袈裟気味に振るわれたシルティの木刀が、巨鷲の背後から左翼の付け根《脇の下》へ叩き込まれた。

シルティの視界に黒い羽毛がパッと飛び散り、同時に濁った悲鳴が上がる。

柔らかく硬い、矛盾を孕《はら》んだ感触。巨鷲は刀身の弧に沿って滑り、弾き飛ばされた。

（だあッ）

シルティにはわかる。

今のは。

血肉を裂いた感触ではない。

（全然いけなかったッ‼　この下手くそッ‼）

得物が鈍《なまく》らな木刀とはいえ、斬れなかったのは自分の腕のせいだ。シルティは脳内で己をボコボコに殴りつつ、即座に地面を蹴った。巨鷲の姿勢制御能力の高さは先ほど実感済みである。弾かれた巨鷲が体勢を整える前に間合いを詰めなければならない。

（逃がすかッ）

追《お》い縋《すが》りつつ巨鷲を観察。左翼が根本で折れ曲がっている。切断には至らずともそれなりの損害を与えていたようだ。あれでは飛べまい。

放物線を辿る巨鷲に追いついたシルティは、相手の回転運動を完全に見極め、再びの左逆袈裟を放った。

狙うは左翼の付け根。木の刃は精密な弧を描き、先刻と同一箇所へ寸分たがわず吸い込まれ、今度こそその羽毛を斬り裂いた。硬質な羽毛を圧し折って胸筋へ斬り込み、肩甲骨、烏口骨《うこうこつ》や叉骨《さこつ》、脊椎といった骨を悉く断ち斬って、右頸部から体外へ抜ける。

二度目の刃は、巨鷲を綺麗に両断した。

空気に曝された肉が血を噴き出すよりも早く、シルティは地面を蹴ってその場を大きく退避する。

二つになった巨鷲は慣性のままに前方へ放り出され、地面に落下。片割れたちはそれぞれバタバタと懸命に羽ばたいたが、飛翔《ひしょう》すること叶わず、自らの血に沈んでいく。

どう考えても致命傷だ。

だが、これでもなお即死させることはできなかった。

シルティが仕入れた魔物の情報の中に巨鷲の形態が該当する名前は存在しない。だがそれは、この巨鷲が尋常な生物だということを保証しない。至近距離で感じられる生命力の強さ。目を見張る身体能力の高さ。そしてなにより、一度はシルティの斬撃を防いだその硬さ。まず間違いなく魔物だろうとシルティは判断した。

であれば、まだ油断はできない。

魔物が死に際に生命力を振り絞り、最期の魔法を使うというのはよくあることだ。そしてこの巨鷲がどのような魔法を身に宿しているか全く不明。命を燃やして周囲一帯を爆破する、などという魔法だってあり得なくもない。

シルティは充分な間合いを取り、油断なく木刀を構えながら巨鷲の動きが完全に止まるのを待った。

第六話 霄天鍈《ドゥーメネル》

barbarian girl adrift on a different continent

「……ふぅ」

　ようやく巨鷲《おおワシ》の動きが止まったのを確認して、シルティは大きく息を吐いた。

　掬い上げて以降、腕の中でガチガチに硬直していたレヴィンを地面にそっと降ろしてやる。

　すると、これまでのそっけない態度もどこへやら。レヴィンは長い尻尾を身体に巻き付けるようにしながらシルティに擦り寄り、脚の間に身体を滑り込ませて隠れてしまった。首を竦《すく》めて頭を低くし、両耳をぺたりと真横へ寝かせている。

「んふん？　怖かった？　心配しなくていいよ。この鷲が三匹いても私の方が強い。……魔法なしで、レヴィンとパトリシアちゃんを守らなくていいなら、だけど」

　微妙に安心できないことを言いながら、シルティはしゃがんでレヴィンの脇腹を撫でた。よほど怖かったらしく、胴体が小刻みに震えている。

　無理もないか、とシルティは思う。普段はそっけなかったり生意気だったりするのだが、確固たる事実としてレヴィンはまだまだ幼く、弱いのだ。

「私が油断しすぎだったね、ごめん。もっと上にも注意しないと」

シルティの反射神経がもう少し鈍《にぶ》ければ、巨鷲の鉤爪はレヴィンに食い込んでいただろう。森の中と違って頭上が開けているからと、少し警戒が疎《おろそ》かになっていたかもしれない。

と、その時、不意にパトリシアが背後から抱き付いてきた。

「おっ、と」

しゃがみ込んでいたため、自然とおんぶのような体勢になる。

「パトリシアちゃん？」

パトリシアは無言のまま、シルティの首筋に頬を擦り付けた。

（お、おお？）

レヴィンだけでなく、パトリシアまでいつになく甘えてくる。シルティは困惑した。なんだ。腰を抜かした様子はなかったが、そんなに怖かったのか。

「どしたの。怖かった？」

「……怖かったけど。でも、レヴィンのお母様が出て来た時の方が怖かったわね」

パトリシアが苦笑気味に答える。恐怖の上限が琥珀豹《こはくヒョウ》に設定されたおかげか、巨鷲程度で恐慌することはなくなったようだ。

ではなぜ抱き付いてくるのだろうか。

よくわからないがとりあえず撫でておこう。シルティはそう判断した。空いている左腕を折り曲げ、頭の横にある頭を撫でる。

「腰抜かしてなかったね。偉いぞ」

「……なんだか、襲われるのにも慣れちゃったわ」

パトリシアは擽《くすぐ》ったそうに笑い、もう一度頬擦りをしてから離れていった。振り返って顔を見てみると、やけにご満悦な様子だ。

パトリシアが僅かに抱いた嫉妬に、シルティは全く気付いていなかった。蛮族ゆえ他者の感情の機微に疎《うと》い、というわけではない。ただ単に彼女が鈍いだけである。


(さて、と)

庇護対象二名の無事を確認できたので、シルティは血溜まりの中の死骸に目を向けた。

改めて見ても、美しい猛禽だ。

馬鹿げた太さの腿と脛《すね》、逞しい趾《あしゆび》に、金属光沢を放つ鉤爪。誰がどう見ても握力と脚力を武器にしているのが明らかだ。体格差から言って、レヴィンは掴まれた時点で即死するかもしれない。

(しかし……びっくりするぐらい硬かったな……)

ザリザリとした、あの斬り応え。まるで鈍《なまく》らな刀剣で鎖帷子《くさりかたびら》を斬り付けたような、柔らかくも硬質な感触。

生命力の作用により、魔物たちの体表はそこらの金属鎧など遥かに超える強靭さを発揮する。しかし、体重を軽く保たねばならない飛鳥の類でここまで硬い種はかなり珍しいはずだ。

シルティが右手の木刀を検めると、刀身に微細で平行な傷が無数に生じていた。刃の強度が敵の強度に負けた痕跡である。つまり、シルティの未熟の物証だ。脳内で自分自身をボコボコに殴りながら、シルティは血溜まりへ踏み込んだ。

臭いで獣を寄せたくなかったので、これまでは血液をとにかく避けていたが、レヴィンと共に行くのならば絶対に肉は必要になる。解体は避けられない。血の臭いについては、どうにかこうにか安全に海面まで降りられる地点を見つけ、身体と装備を洗いながら進むしかないだろう。

死骸の下半身を持ち上げて崖際に寄ると、レヴィンが足元を付いてきた。しかも、尻尾をシルティの右足に巻き付けている。まだ怖いのか。シルティはレヴィンを踏まないように注意しつつ、腕を崖へ突き出して、死骸を逆さに吊るした。

断面から、体内に残っていた血液がタパパパと流れ落ち、風に流されながら崖下に消えていく。

「うーん、格好いい鷲だねぇ……」

分厚い翼は長くも広く、翼開長はおそらくシルティの身長二つ分を遥かに超える。崖際でなければ吊るして持つことすら難しい大きさだ。

「これだけ大きかったら、パトリシアちゃんぐらい、ひょいっと持って行っちゃうなぁ……」

「やめてよ……」

「ふふふ。ごめんごめん」

この翼があれば小柄な十歳児など余裕綽々《よゆうしゃくしゃく》だろう。レヴィンに至っては両足それぞれに一匹ずつ掴みながら飛べるに違いない。しかも、それほどの巨体でありながら恐るべき静穏性能だ。寸前になるまで襲撃を察知できなかった。脚力、飛行の静穏性、空中での俊敏性、そして硬さ。全ての性能を誇れる優秀な捕食者である。実に素晴らしい。

シルティはいまだ震え続けるレヴィンの脇腹を足の甲で擦《さす》った。

「レヴィンが魔法使えたら、こいつも蒼猩猩《あおショウジョウ》も敵じゃないんだけどなー。きみたちの魔法は鉄壁だって言うし」

親豹が使うことはなかったし、幼いレヴィンもまだ使用できないと思われるが、琥珀豹がその身に宿す魔法は『珀晶生成《はくしょうせいせい》』と呼ばれている。

透明な物質を空気中に生成することができるという、効果としては単純な魔法だ。生成される物質の色合いは個体によって微妙に異なるが、総じて黄系色で宝石の琥珀によく似た外見であるため、珀晶と呼ばれていた。

視界内の任意の位置に生成でき、極めて頑強で、かつ形状もある程度自由が利く。最も特徴的なのは、重力に縛られず、生成された座標へと強固に固定されることだ。

獲物の逃走を妨げる障害物として生成するのが最も多い使われ方であり、琥珀豹の狩りの成功率は極めて高い。しかし、この魔法が真価を発揮するのは防御に使われた際だ、とシルティは聞いていた。

『珀晶生成』という魔法は、とにかく静かで、そして速い。

生成が始まってから完了するまでが、完全に無音かつ瞬時に終わる。他者の目から見ると、一切の前兆なしで空中に珀晶が出現するようにしか見えない。これを盾として的確に使われると、すり抜けるのはまず不可能だとか。

この魔法もあって、琥珀豹への奇襲は悪手とされる。瞬速の魔法に加えて優れた神経を備える琥琥珀豹は、ほとんどどんな位置・角度からの奇襲であっても的確に迎撃することが可能だからだ。

ちなみに、生成された珀晶は視界外に出されても維持されるが、現在わかっている範囲では『外力によって生成時の形状を大きく逸脱する』『生成されてから一定以上時間が経過する』『一度に維持できる個数を超える』『意図的に消す』のいずれかの条件を満たすと即座に物質的構造を失い、空気に融《と》けるように消滅するという。


身体が成長して生命力に余剰が出てくれば、レヴィンも魔法を使えるようになるだろう。初めての魔法が今から楽しみなシルティだった。

「きみは生後何か月くらいなのかなー……。魔法を使えるのはいつになるかなー……？」

足元で小さくなっている幼い琥珀豹を見下ろしつつ、シルティは血の勢いが落ちてきた巨鷲を揺する。

ようやく落ち着いてきたのか、レヴィンは巨鷲の方へ首を伸ばし、じっと見つめ始めた。右翼の先端が揺れるのに合わせ、視線が左右に往復する。少し怖い。なにせ崖際である。大抵の猫類《ネコるい》は眼前をうろちょろされると跳び付きたくなる動物なのだ。

シルティは血抜きを早々に切り上げ、巨鷲の死骸を地面に投げ出した。さらにレヴィンを抱き上げ、パトリシアのところへと連行する。

「ちょっとレヴィンのこと見ててね」

「うん」

せっかくの肉だ、食べないという手はない。レヴィンをパトリシアに任せ、巨鷲を解体することにした。

(こんな早く肉が手に入るとは……せっかく干物作ったのになぁ……)

別に干物が無駄になるわけではないのだが、それでもなんとなく徒労感を覚えてしまうシルティである。

「いやしっかし……改めて、ほんとにでっかい……鶏と同じ感じでいけるかなー……?」

鶏などと同様の手順であれば、羽毛を毟るかあるいは皮ごと剝きたいのだが、この鷲、身体が本当に大きい。羽毛を抜くにも相当な時間がかかるだろうし、一人で皮を剝くのもそれはそれで困難が予想できる。

シルティは少し考え、両脚を皮ごと分離して持って行くことに決めた。脚二本だけでもかなりの食いでがありそうだ。紐で括《くく》れば持ち運びも楽だろう。

まず、巨鷲の下半身を横向きに寝かせ、右脚を軽く持ち上げる。股関節が開くので、脚の内側の付け根……人類種《じんるいしゅ》で言うところの鼠蹊部《そけいぶ》から、羽毛をぶつりと引き抜いた。

「うおっ」

驚愕の声を上げ、目を見開く。

「なにこの羽根。すっごぉ……」

羽軸《うじく》が、凄まじく硬い。硬すぎる。これが、あの硬質な斬り応えの正体か。

シルティは作業を一時中断し、巨鷲の尻から尾羽を一本引き抜くと、羽軸の根本を石に打ち合わせてみた。耳の奥に響くような涼しげな金属音。羽軸の両端を持ち、曲《ま》げ応力《おうりょく》を加える。硬い。硬いが脆《もろ》くはなく、適度な弾性があり、バネのように撓《たわ》む。

瞬発的に力を込めるとぐにゃりと曲がり、変形したまま戻らなくなった。明確な塑性《そせい》変形だ。普通、鳥の羽根はこんな曲がり方をしない。

「……これ、金属だ」

「えっ？」

レヴィンから目を離さず、そろそろ私も撫でていいんじゃないかしら、と一人で葛藤していたパトリシアが、勢いよく振り返った。

「金属？　まさかそれ、超常金属《ちょうじょうきんぞく》なの？」

「っぽい」

魔法を存在の起源とし、かつ生命力を供給されずとも安定して存続することのできる金属を、人類種は総じて『超常金属』と呼んでいる。超常金属に分類される金属は数多いが、鉱人《ドワーフ》が鍛え上げる真銀《ミスリル》、森人《エルフ》が創出する輝黒鉄《ガルヴォルン》、岑人《フロレス》が操る天峰銅《オリハルコン》、そして真竜《エウロス》が戯《たわむ》れに下賜《かし》する至金《アダマンタイト》の四種類が特に有名だ。

「……待って。確か、大きな鳥で、超常金属って」

駆け寄ってきたパトリシアがシルティの肩越しに手元を覗き込み、くの字に折れ曲がった尾羽を注視する。

「赤くて黒い！　やっぱり、宵天鉄《ドゥーメネル》！　……なのかしら？」

途中で自信がなくなったのか、最後は疑問文となっていたが、パトリシアには思い当たる名称があるようだ。

「宵天鎂《ドゥーメネル》？」

「お父様が教えてくれたの。宵闇鷲《よいやみワシ》っていう魔物が作る、凄く軽くて硬い金属で、高く売れるんだって……」

「ふうん？　宵闇鷲、か」

どうやらこの巨鷲――宵闇鷲は、パトリシアが父親から教え込まれた『新天地《サウレド》でお金になるもの』の中に含まれていたらしい。シルティもシルティなりにサウレド大陸の情報を仕入れてきたのだが、そこに宵闇鷲の名はなかった。商人の情報網恐るべし、と言ったところである。

パトリシアは改めて宵闇鷲に視線を向け、ごくりと生唾を呑み込んだ。

「き、聞いてたより、ずっと大きく感じるわ……。羽根の色も、もっと赤いと思ってたのに」

「赤……あー。微妙な色してるもんね」

宵闇鷲は一見すると黒い羽毛で全身を覆っているが、この羽根、光の当たり具合で滲むように赤色を呈する。言葉や文章で正しく伝えるのはなかなか難しい色合いだ。パトリシアが宵闇鷲を同定できなかったのも無理はない、かもしれない。

シルティは摘まんだ尾羽を頭上に掲げ、太陽の光に透かしながらくりくりと回した。羽軸の感触は硬くて滑らか。紛れもない金属に思える。ただ、パトリシアの言うように、物凄く軽い。水にも余裕で浮くだろう。ふっと息を吹きかければそれだけで飛んでいきそうだ。まさかここまで軽い金属が存在するとは。鳥が羽根の素材に使っているのだから軽いのは当然かもしれないが、それにしても限度というものがある。

シルティは死骸を見た。赤黒いのは羽毛だけではない。趾も、鉤爪も、嘴も、全てが同色。もしやと思ってそれぞれ爪弾《つまび》いてみると、予想通りの感触だった。ほぼ全身を金属で鎧《よろ》っているのか。なるほど。他の金属なら飛行能力を犠牲にせねばならない重装も、宵天鉄《ドゥーメネル》ならば叶えられる。

「これ、えっと、宵天鉄《ドゥーメネル》だっけ。高く売れるんだ？」

シルティの問いかけに、パトリシアは神妙に頷いた。

「物凄く、高く売れるわ」

超常金属は鉄や銅などといった尋常の金属には見られない性質を備えており、ゆえに有用な素材として扱われることが多い。宵天鉄《ドゥーメネル》の特徴はこの超常的な比強度《ひきょうど》なのだろう。軽くて硬い。防具の素材としてはもってこいだ。シルティは自然の中での狩猟を生業とする戦士のため、擦過音《さっかおん》が鳴る金属鎧の類《たぐい》は身に着けないが、衛兵や憲兵などであれば気にする必要はない。

軽く、硬く、腐らず、高値。換金用の素材としては最高である。

「よし。ちょっと持って行こう。パトリシアちゃんにも持つの手伝って貰おっかな。いい？」

「もちろんよ！　絶対、落とさないわっ！」

パトリシアが逞しい商人の顔で頷いた。

「ありがと。……それはそれとして。宵闇鷲って美味しいかな？」

「……やっぱり、食べるのね」

パトリシアがひ弱な少女の顔で俯《うつむ》いた。

宵闇鷲の解体を再開する。鼠蹊部の羽毛を無心でぶちぶちと引き抜いていると、レヴィンが近寄って来た。しばらくの間、何かを確かめるようにシルティの背中を前肢でとんとんと叩いていたが、やがて意を決したように鉤爪を食い込ませ、なぜか一心不乱によじ登り始める。

（おあ）

まさかの積極的スキンシップだ。命を救われたことを理解しているのか。シルティを頼もしい保護者と認識してくれたのか。なんにせよ、今後の旅路を考えると距離が縮まるのはとてもありがたい。……まぁ、率直に言えば現状では邪魔なのだが、せっかく向こうからくっついてきたのだ。されるがままになっておく。パトリシアが羨ましそうに見ているが、シルティにはどうしようもない。

シルティは先ほど折り曲げた尾羽から羽枝《うし》を丁寧に取り除き、宵天鉄《ドゥーメネルせい》製の針を作り出すと、羽毛を抜いた鼠蹊部を触り、筋肉の境目を読み取って針を幾度も突き刺した。

ズブ、ズブ、ズブ。準備完了。

左脚を踏み付け右脚を持ち上げていくと、皮膚に開けた線状の穴《切り取り線》が自然と繋がり、ミチミチと音を立てながら裂ける。さらに持ち上げると筋肉の剥離が進み、最後にはポグッという音を立てて股関節が外れた。関節の隙間に木刀をねじ込み、腰まで一息に圧し斬れば分離は完了だ。

「よし、取れた」

反対側も同様に解体したシルティは、続いて宵闇鷲の頸部と嘴をそれぞれ踏み付けて固定した。

逆手に持った木刀を構え、切先を嘴の根本にずどんと突き刺す。

何度か刺突を繰り返して傷を広げ、ぐりぐりと抉《えぐ》り、最後はガンガンと柄頭《つかがしら》で打撃して頭蓋を粉砕。

力任せに嘴を捥《も》ぎ取《と》った。

「ひッ……」

パトリシアが微かな悲鳴を漏らしつつ後ずさりした。お嬢様にはなかなか衝撃的な映像だったらしい。

シルティはそれに気付かぬまま、ご機嫌な様子で仕事の成果物を目に近付ける。根本に肉と骨が付着した刃物のように鋭い嘴を、矯《た》めつ眇《すが》めつ眺め、そして。

「はぁぁ……」

恍惚とした表情を浮かべ、艶《つや》っぽい吐息を漏らした。

「綺麗だなぁ……。これくらい鋭かったらお肉をさくっと掘れるよね。鳥の嘴って、ふふ、良い形だなぁ、ふふふ……私の唇も刃物だったらよかったのに……」

「なに言ってるのあなた……」

◆

入り江を再出発して、四日目の朝。

シルティたちがこの地に漂着してから、二十二日目。

喜ばしいことがあった。川が見つかったのだ。

だがシルティは、酷い徒労感を覚えずにはいられなかった。

「ちっちゃい川だなぁ……」

「川、って言えるのかしら、これ……」

パトリシアの言う通り、これを川と呼ぶ者はなかなかいないだろう。パトリシアでも跨《また》げる程度の儚い水の流れ。それが、切り立った海岸へ向かって流れており、か細い滝として海面へ滴り落ちている。

一応、分類としては海岸瀑《かいがんばく》と呼ばれる地形だ。考え得る限り、最小の規模だが。

視線を上流に向けると、こちらもまた崖となっていた。高さはそこまでではないが、横に長い。

切り立った海岸・現在地・崖、と綺麗な段差ができている。いわゆる断崖《だんがい》と呼ばれるような地形だ。

「ちょっと、あっち見てみようか」

シルティが先導すると、パトリシアとレヴィンがその後ろを付いてきた。

緻密な岩石で構成された崖から水が滲《し》み出《だ》している。おそらく地下水脈がこの断崖によってばっさりと断たれているのだろう。崖線湧水《がいせんゆうすい》と呼ばれるタイプの湧水のようだ。

濡れた岸壁に指先を付け、味見。間違いなく真水である。

「ん。変な味はしない。レヴィンも飲めそう」

シルティは微笑みを浮かべてから、小さく溜め息を吐いた。

真水を発見できたのは物凄く嬉しい。嬉しいのだが、そもそもシルティは、河口部に港町があるのではないか、なくとも川の流れを遡上《そじょう》すれば人里を見つけられるのではないか、との考えで海岸線を辿っていたのだ。

見つかった河口は、細すぎる滝だった。港町などあるわけもない。

川の遡上は、もう完了した。ほんの百歩ばかり歩いただけで源流に辿り着いてしまう。

「うーん、ままならない……」

まだ時刻は朝だというのに、シルティは気力が急激に萎えてしまうのを自覚した。が、萎えてばかりもいられない。ささやかとはいえ水場には違いないのだ。

シルティは腰に巻き付けていた干物の腰蓑《こしみの》を外し、地面に置いた。この四日間、レヴィンの食事は宵闇鷲の両脚の肉で賄《まかな》えていたため、干物はまだ手付かずだ。宵闇鷲の肉は昨日までに全て消費してしまったので、新しい獲物を狩らないならば今日の食事は干物になるだろう。

ちなみに、シルティも少し味見をしたが、宵闇鷲の腿肉は脂肪の少ない赤身で、とても強そうな味がした。つまり、硬くて臭かった。パトリシアはずっと草を食べている。

「ちょっとここで休憩しよっか」

「え、もう？　まだ朝じゃない」

「せっかく川見つけたからね。ちょっと掘って水溜めて、身体洗おうよ」

「！　そうね！」

途端に満面の笑みを浮かべるパトリシアを撫でてから、シルティは革鎧と鎧下を脱いだ。泥塗れになることが確定しているので、今回も全裸作業である。パトリシアもいい加減シルティの裸体を見慣れたようで、もう何も言わず、自分の荷物を地面に降ろしていた。嬉しいような、寂しいような。

「よし。結構時間かかると思うから、レヴィンを見ててね」

「わかったわ。……あの」

「ん？」

「私もレヴィンともっと仲良くしたい……」

「あー。うーん……」

シルティはレヴィンの様子を窺った。前肢で川面《かわも》をちょんちょんと叩き、水を弾けさせている。なにやら楽しそうだ。もしや、川を見たことがなかったのだろうか。

「シルティばっかり、ずるいじゃない……」

「ずるいと言われても……」

宵闇鷲に襲われてからというもの、レヴィンはシルティからあまり離れようとせず、また触れてもほとんど逃げないようになった。まぁ、機嫌が悪いときに撫でようとすると嫌そうに被毛を逆立てるし、そのまま撫で続けていると噛み付いてくるのだが……それでも、逃げはしない。ありがたいことだ。レヴィンの中のシルティは、『食事を供給してくる無害な猿』から『守ってくれる猿』くらいには格上げされたのかもしれない。

しかしながら、パトリシアに対してはまだ距離があるようで、一定以上近付くと、逃げるか、もしくは威嚇が始まる。レヴィンの面倒をパトリシアに見て貰う機会も多いので、できれば抱き上げられるくらいには打ち解けて欲しいところ。

ここは少し強引に仲を深めるというのも有りか。レヴィンの方からの歩み寄りを待っていてはいつになるかわからない。そう判断したシルティは、微笑みながらパトリシアの頭を再び撫でた。

「よし、わかった。ちょっと待ってて」

「いくらでも待つわ！」

一度、血が出るほどに噛まれた経験がありながら、パトリシアはレヴィンを恐れることなく仲良くしたいと思い続けている。彼女の抱える猫類への愛は、手を噛まれたぐらいでは全く色褪《いろあ》せないらしい。

シルティは先ほど地面に置いた腰蓑を拾い上げると干物を一つ外し、指で千切って解し始めた。流動食を初めて作った日から愛用している石製の擂《す》り鉢《ばち》に解した魚肉を投入し、その上に左手を翳《かざ》す。伸ばした右腕に持った木刀を手首だけでくるりと回し、素早く走らせた切先で母指球《ぼしきゅう》をすぱりと削ぎ落とした。魚肉に自分の血肉をたっぷりと混ぜ、木刀の柄頭《つかがしら》を使って擂り潰す。

「ご飯にするのね？」

最初はこの自傷行為に絶句して青褪《あおざ》めていたパトリシアだったが、今となっては見慣れてしまったようだ。

「うん。仲良くなるにはご飯が一番かなーって」

シルティはちょうど手の届くところに落ちていた眼球大の石を拾い上げて頬張り、ごりごりと咀嚼しつつ答えた。不純物の多い鉱物は決して美味しいものではないが、生命力へと変換して傷の再生を後押ししておく。

嚼人《グラトン》の母指球筋と魚の干物が形を失い、生き血と完全に混ざり合って緩い液状になったら、味見。材料が干物なので塩味が強いかと思ったが、大量の生き血で薄まったおかげか、想定していたほどではない。幼子に与えても害にはならないだろう。擂り鉢ごとパトリシアに渡した。

「ありがとう！」

年相応に幼い笑顔を浮かべたパトリシアが赤黒い流動食に指を突っ込んだ。レヴィンはまだ母乳以外の、つまり乳首を吸う以外の食事方式に慣れていないので、指先に付着させて口元に持って行ってやらねば流動食を食べられないのだ。

「ゆっくり、静かに、少しずつ。噛まれるかもしれないけど、叩いたりしないでね？」

「わかってるわ！」

うきうきと恐る恐るが混ざったような足取りのパトリシアを見送り、シルティは左手を開閉させて調子を確かめた。既に削ぎ落とした傷は癒えている。問題はない。

「よし、やるか」

木刀を逆手に持ち、小川へ入る。足が冷やされて非常に気持ちが良い。

「よいしょっ、ほっ」

シルティは木刀の切先を使い、小川の流れの途中に穴を掘り始めた。岩石質で硬い地面を筋力任せに粉砕。砕けた岩石の粒は掻き出して外へ捨てる。

この小川はあまりに流量が少ないため、シルティやパトリシアはおろかレヴィンの水浴びにすら碌《ろく》に使えない。そこで、流れの最中に窪《くぼ》みを作り、溜《た》め池《いけ》にしようとしているのだ。

黙々と作業し、全身を汗と泥に塗《まみ》れさせながら小一時間。シルティは大きな窪みを作り上げた。深さはパトリシアの膝上程度。縁《ふち》まで水が溜まれば身体を清めるぐらいはできるだろう。

微かなせせらぎを奏でながら、黒とも褐色とも言えるような水が溜まって行く。今は酷い色だが、しばらくすれば泥が流れ出るなり沈殿するなりして、少なくとも上澄みは綺麗になるはずだ。

とはいえ、そもそもの湧出量が少ないため、水が綺麗になるまでかなりの時間がかかるだろう。一時間や二時間では全く足りない。

庇護対象たちを見ると、パトリシアがレヴィンの顎下を擽《くすぐ》っていた。レヴィンは少し警戒した様子で首を竦めているが、少なくとも暴れたり逃げたりはしていない。食事作戦は上手く行ったようだ。

「パトリシアちゃーん」

「ん……」

「時間かかりそうだから、今日はここで寝るよー」

「ん、うん……わかった……」

極めて上の空な答えが返ってきた。それどころではなさそうである。放っておいたらいつまでも撫でていそうだ。まぁ、いずれレヴィンの我慢が限界に来るだろうが。

(さて)

シルティは改めて断崖を観察した。感動を覚えるほどに美しい地層だ。砂岩と泥岩の層が互い違いに積み上がっており、風化度合の差によって層ごとにくっきりと段を成している。

こういった砂岩と泥岩の互層《ごそう》は『タービダイト』などと呼ばれ、混濁流が繰り返し流れ込むような河口付近の海底だった土地に形成されることが多い。ここも、遥かな昔は海底にあったのかもしれない。

シルティは地質学の知識など持ち合わせておらず、砂岩泥岩互層《タービダイト》が成立する条件など知る由もないのだが、こういった規則的な外見の崖の近くには砕屑岩《さいせつがん》が多い、という経験則は持っていた。

砕屑岩。礫岩《れきがん》、砂岩、泥岩などの総称だ。そして、緻密な砂岩や泥岩は砥石《といし》の材料になる。

(やるか)

シルティは水が溜まるまでの時間を使い、ある作業を行なうことにした。

干物の腰嚢を置いた位置まで戻る。目的はパトリシアの荷物だ。

シルティは売却用の素材として、宵天鎂《ドゥーメネル》で出来ていると思しき宵闇鷲の嘴、鉤爪を八本、そして尾羽十二枚と風切羽根《かざきりばね》二十二枚を確保し、紐で縛り上げてパトリシアに持たせていた。

その荷物から、鉤爪を一本だけ取り外す。後趾《こうし》(鳥の指のうち、後ろ向きのもの。人類種で言うところの親指)から伸びていたものだ。猛禽の鉤爪は、基本的にこの後趾のものが最も長く、頑強になる。

根本の直径は指三本ほど。長さはシルティの頭のてっぺんから顎先までより少し短い程度で、円錐状をしている。緩く湾曲しているが曲率は小さく、かなり直線的だ。

シルティはこの素材を改めて矯めつ眇めつ観察し、満足そうに頷いた。

（やっぱちゃんとした刃物がないとなぁ……）

シルティは切実にナイフを欲していた。手元に刃物がないと、彼女はどうにも落ち着けないのだ。

そこで、この宵闇鷲の鉤爪をなんとかして加工し、ナイフに仕立て上げようというのである。

まず、シルティは鋭い角を持つ石を使い、趾《あしゆび》と鉤爪を分離しようと試行錯誤し始めた。が、なかなか巧くいかない。趾の皮膚は非常に硬い鱗で覆われており、鉤爪とも強固に結合している。石が物理的に負けてしまうのだ。

超常金属宵天鉄《ドゥーメネル》の強度は本当に素晴らしい。素晴らしいが、今はとても困る。

シルティはしばらく格闘していたが、最終的には嘴と趾をガリガリと擦り合わせることで鱗を刮《こそ》ぎ落《お》とし、露わになった肉を削いで、鉤爪のみの分離に成功した。

（よし）

シルティの好みで言えば、柄《つか》を設けたい。だが現実的に考えれば、刀身から握りまで全てを素材から削り出した一体型のナイフを作るしかないだろう。

柄を設けるためには、まず柄に収めることになる部分を板状に削り、そこにもう一本の鉤爪を錐《きり》のように使って目釘孔《めくぎあな》を開け、茎《なかご》を形成しなければならない。不可能ではないと思うが、どれだけ時間がかかるかわかったものではなかった。

試しに握ってみる。鉤爪の直線的な形状が功を奏してか、さほど違和感はない。また、鉤爪の基部にある末端骨が弧の内側に向かって大きく盛り上がっていて、妙に手の収まりがよかった。シルティの顔がにやける。刃渡りは指の幅で四、五本分程度しか確保できないが、武器ではなく道具なのだからこれで充分だ。

（さて、砥石……）

続いてシルティは周辺を軽く歩き回り、適当な大きさの砂岩と泥岩を見繕《みつくろ》うことにした。一応は川の近くにあるというのに、周囲にある砂岩や泥岩はほとんど浸食されておらず、酷く角張っている。非常に好都合だ。

砂岩は、割となんでもいい。なるべく重く、できるだけ平面のあるものをいくつか選ぶ。

泥岩は、堆積面に交わるような劈開面《へきかいめん》が明らかなものがいくつも散見されたので、これを選ぶ。こうした割れ方をする岩石は、泥岩の中でも特に緻密な粘板岩《ねんばんがん》と呼ばれる種類である可能性が高い。シルティの故郷でも使われていた良質の砥石材料である。

シルティは自分の頭部ほどの大きさの砂岩と粘板岩を二つずつ拾い上げ、溜め池の流入口あたりに座り込んだ。

「んふふ。刃物研ぐのも久しぶりだなぁ……」

まず、二つの砂岩同士を擦り合わせ、平面を作り出す。

ガリガリ、ザリザリ。徐々に引っかかりが失われ、動きが滑らかになっていく。

しばらく擦り合わせれば、材料が良かったのだろう、間に合わせで作ったにしては充分な品質の砥石が完成した。

「見て見てパトリシアちゃん。レヴィンもほら。なかなか良い砥石でしょ？」

「ん……うん……そうね……ふふ」

念願のスキンシップを許されたパトリシアは相変わらずの様子。レヴィンに至っては欠伸を返してきた。両者とも、全く興味が無さそうである。

「もうちょっと興味示してもいいだろー？　ナイフができたらいろいろできるし……レヴィンのご飯も作り易くなるんだよ？」

シルティは苦笑しながら、次の作業に取りかかった。

粘板岩も同様に擦り合わせて平面を出す。粘板岩は緻密で硬いが、前述の通り劈開性が非常に強いため、平面を出すのにさほど苦労はしない。

砂岩は荒砥《あらと》で、粘板岩は中砥《なかと》。

ようやく見つけた川が川とも呼べない規模なのは残念だったが、良質な砥石が得られる崖から水が湧いていたのは幸運だったと言えるだろう。

「よし、やるかっ！」

猛禽の鉤爪は、例えば琥珀豹のような猫類が持つ鉤爪とは少し特徴が異なる。

収納可能な猫類の鉤爪は、断面がかなり縦長で、弧の内側が明確に鋭くなっており、道具で言えば鎌に近い形状だ。一方で猛禽の鉤爪は断面が円形に近く、曲がった杭《くい》とでも表現すべき形状で、その代わりに長い。

これを使って、ナイフを作るならば。

「んふ……」

刃物の素材を前にして、刃物愛好家《シルティ》の口元はだらしなく緩んでいた。

鉤爪を握るシルティの脳内に描かれたナイフは、湾曲した刀身の内側に刃が付けられたナイフだ。鋸《のこぎり》鎌《がま》やハルパー、あるいはカランビットナイフ、より大型になるとファルクスやロンパイアなどと呼ばれる形状である。

あらゆる刃物という刃物を愛するシルティは、当然、この手の『鎌刀』も大好きだった。一本ぐらいは手に入れたいと、常々思っていたのだ。

中砥は溜め池の底に安置し、吸水させておく。

砂岩で作り上げた荒砥に泥水を垂らし、鉤爪を押し当て、ザリ、ザリ、ザリ、とリズムよく往復させる。

気の遠くなる作業が始まった。

ナイフを含む刀剣を製作しようとするとき、棒材から研ぎ始めることなどありえない。鋳造《ちゅうぞう》や鍛《たん》造《ぞう》の行程である程度の刀身の形を作っておいて、それから研いで刃を付けるものだ。だが、ここには、炉も鎚《つち》もない。もう、ひたすら研いでいくしかなかった。

研ぐ。研ぐ。研ぐ。

暇を持て余したレヴィンがパトリシアから離れ、シルティの背中によじ登り始めても、その際に鉤爪が素肌に食い込んでも、相手をせずに研ぎ続ける。

時折、砥石に水を供給しながら、無心になって研ぎ続ける。

いつしか、シルティの口元には無自覚の笑みが浮かんでいた。

やはり、刃物は良いな、と思う。

故郷ではよくこうして刃物を研いでいたものだ。

久々の刃物の手入れは、とても楽しかった。

◆

ドスン。

シルティは背後から腰に強い衝撃を受けた。

「んあっ!?」

ギョッとして、跳び上がるように振り返る。

そこにはシルティの腰に頭突きを見舞ったらしきレヴィンがいた。ビャアビャアと鳴き喚きながらシルティの身体をよじ登り始める。甘えるのとはまた違った様子だ。鉤爪が剝き出しになっており、全裸の身で受けるのは少し遠慮したいところ。シルティは腕でそれを往《い》なし、そして気付いた。

レヴィンの身体が湿り気を帯びている。

「なんで濡れてるの？」

「ちょっと前に水浴びしたからよ」

シルティの疑問に答えたのはパトリシアだ。シルティを半眼で見下ろしていた。見るからに呆れの表情である。

「水浴び？　あ」

そういえば溜め池を作っていたのだったと思い出し、シルティは小川へ視線を向けた。

「おおっ。いい感じになってる！」

いつの間にやら溜め池には水が満ちており、そして思っていた以上に透き通っている。地面が岩石質なためか、泥といっても粒子が大きく、沈殿しやすかったらしい。

「あなた、夢中になるとそうなるのね……」

「え、そう、なる？」

「呼んでも全然反応しなかったわよ」

「えっ？　呼ん、でた？」

「何度もね。真横でレヴィンが水浴びしてるのにも気付かなかったし」

「……全然、聞こえませんでした」

パトリシアが苦笑しつつ溜め息を吐き出した。

「とっても楽しそうにしてたから、邪魔するのもどうかと思って。放っておいたわ。レヴィンは我慢できなかったみたいだけど」

「す、すみません……」

「しゃこ、しゃこしゃこし始めてから、もうずいぶん経ったわよ」

シルティはすぐに空を仰ぎ、太陽の位置を確認した。もう中天をとっくに過ぎている。溜め池を作り始めたのは朝のかなり早い時間だったから、既に六時間以上は経過しているだろう。つまり。

「あ。お腹空いて怒ってるのか」

脇の下に手を突っ込んで持ち上げると、レヴィンは怒りの咆哮を上げた。幼いながらもなかなかの迫力。相当な空腹を覚えているらしい。

「ごめんごめん。ちょっと待ってて……水だけ飲ませて」

シルティはレヴィンを地面に下ろし、脇腹をぽんぽんと叩いて宥めてから、地面に這いつくばった。溜め池に頭を半分以上突っ込むと、獣のようにぐびぐびぐびと勢いよく二十秒ほども水を飲み続け、ようやく頭を上げる。

「……っ、くぅっ、はぁ……。今まで飲んだ水で一番美味しいかも……」

思いのほか冷たい。地下水の温度というのは一年を通してほとんど変わらないという。暑い時期ほど相対的に冷たく感じるのだ。飲み込む毎《ごと》に食道が冷やされる感覚が最高に心地よかった。

頭を全力で振り回し、水を撒き散らして野性的に脱水したあと、シルティは放置していた干物の腰蓑を拾い上げる。また一つ干物を外すと、自らの血肉と共に擂り潰して流動食を作成。周辺に落ちていた平らな石を皿代わりに盛る。盛るというより塗るという感じだが、まともな皿がないのでしょうがない。

早速レヴィンが鼻を近付け、すんすんと匂いを嗅ぎ始めた。が、やはり、まだ独力では食べられないようだ。

「パトリシアちゃん、レヴィンに食べさせてくれる？」

「わかったわ！」

パトリシアが二本の指で流動食を掬い上げて口元へ運ぶと、レヴィンは一心不乱にぺろぺろと舐め取り始めた。蕩《とろ》けたような表情を浮かべ、尻尾の付け根をとんとんとんとんと優しく執拗に叩き続けるパトリシア。彼女の飼い猫であったメリーはこの愛撫が殊更に好きだったらしい。

「シルティ、これだけじゃすぐなくなっちゃうわ」

「はいはい」

再び流動食を作り、石皿に塗ってパトリシアに渡す。これもまた、すぐに完食されてしまった。死に瀕《ひん》した親豹は満足に狩りもできず、母乳の生産量もかなり少なかったようだが、シルティに保護されてからは一転して潤沢な食料事情だ。レヴィンはこれまでの遅れを取り戻すように旺盛な食欲を発揮し、モリモリと食べ、そしてぐんぐんと成長した。

出会った当初は大きな猫ほどの体格だったが、今では一回り大きくなっている。この分ではあっという間に大型犬の体格を超え、いずれは親豹のような大きさになるだろう。でかい犬が好きなシルティとしては実に楽しみである。

満腹になったレヴィンは排泄を済ませ、シルティの傍で丸くなり、欠伸をして、目を閉じた。今日一日でパトリシアとの距離もずいぶん縮まったようだが、やはり『保護者』という観点では蛮族《シルティ》の戦士を選ぶようだ。

「おやすみ、レヴィン」

シルティは指の背でレヴィンの頬を撫でてやりながら、パトリシアに目を向けた。

「もうちょっと作業しなきゃだから。パトリシアちゃんは水浴びしてて」

そもそも溜め池を作ろうと思い立ったのは、パトリシアに水浴びをさせてあげようと思ったからだ。

パトリシアは素直に頷くと、若干の躊躇を見せながら、それでも以前よりは思い切りよく全裸になった。生誕して十年間教え込まれたお嬢様としての常識も、自然界で二十日以上も生活していれば多少は上書きされるらしい。身体を腕で隠しながら白く柔らかそうな右足を伸ばし、爪先で水面に触れる。

「ウッ……つめた……」

「がんばれっ」

「うぅ……」

パトリシアは顔を顰《しか》めながら下半身を沈めた。かなり冷たそうだが、嚼人《グラトン》がこの程度で死ぬはずもないので、シルティは気楽な様子である。

「あ、そうだ。溜め池の底に中砥……砥石が沈んでるから、取ってくれる？」

「ん……えっと……あ。これ？」

「ありがと」

パトリシアが回収した中砥を受け取り、シルティは研ぎを再開した。

砂岩の荒砥を何個も使い捨てながらひたすらに研いだ結果、鉤爪には明確な傾斜《べベル》が形成され始めている。現状でも死ぬほど出来の悪いペーパーナイフとしては使えるだろう。もうしばらく荒砥で研げば刀身形成は充分だ。その後《ご》、握りなどの形状を整えて、粘板岩の中砥で仕上げ研ぎを行ない、ようやく完成となる。

まだまだ時間がかかるだろう。気合いを入れて、鉤爪を研いでいく。

（……どんな名前にしよっかなー……）

シルティの故郷では、愛用品には個別の名を付ける風習がある。はす向かいの家では奥さんが愛用の包丁を〈寂滅《じゃくめつ》〉という幾分仰々しい名で呼んでいたし、長《おさ》のところの長男は初めて自分だけで削り上げた模擬戦用の木剣を〈虫時雨《むししぐれ》〉と呼んでいた。

無論、フェリス家伝来の宝刀〈虹石火《にじのせっか》〉も、シルティの祖先がそう名付けたものである。

シルティも、さすがに『目に付いた木から適当に圧し折って石でちょっと形を整えただけの木刀』に名前を付ける気にはならなかったが、『殺し合いをした相手の鉤爪を手ずから研ぎ上げたナイフ』ならば、十二分に愛着が湧く。

是非とも、良い名前を付けてやりたい。

◆

翌日、正午。

シルティが渾身の刃物を検《あらた》めている。

先祖伝来の宝刀〈虹石火〉の刀身もこの上なく美しかったが、このナイフの刀身もまた見事なものだ。一見すると深みのある墨色。しかし色合いから予想できるよりもずっと強く光を反射して、しかも反射面が薄っすらと赤みを帯びる。

夕焼けを遮る分厚い雲が作り出す影のような、なんとも心を擽《くすぐ》る色合いだ。

刀身を少々傾けながら微調整し、陽光の反射の推移を確認した。きらりと煌《きら》めく光の点が刃元から切先《きっさき》まで淀《よど》みなく滑る。

(刃の潰れなし、欠けもなし)

続いて、手首を返してナイフの刃を上に向け、そのまま柄《つか》を目元に近付けると、刃元側から切先を見て形状を確認する。

美しい、見事な直線だ。

(曲がりなし！)

シルティはにんまりと笑みを浮かべた。

緩い弧を描く細身の刀身。握りは鉤爪のカーブをそのまま活かしている。基部の末端骨も砥石で研磨して形を整えてあり、小指が引っかかるグリップエンドの役割を果たす。手のひらへの収まりは非常に良好だ。

形状だけで言えば、刃渡りの短いシーディングナイフに見えなくもない。鍔《つば》が無いので刺突に使うのは怖いが、総じて、大満足である。

「んひっ。ふふひひ。レヴィーン、パトリシアちゃーん」

シルティはにまにまとした笑みを浮かべ、庇護対象たちに鎌型ナイフを見せびらかした。

「見て見て、これ。良い出来栄えでしょ？」

「……そうね。綺麗だわ」

「だよねっ！」

パトリシアの投げ槍な同意に気を良くして、手の中でナイフをくるくると弄ぶ。

重量も、重心も、取り回しも、手のひらの収まりも、刀身の向きも、ここ最近使っている木刀とは全く違う。が、シルティの刃物に対する適性は病的である。すぐさま感覚の調整を終えた。

刃物の感覚を摑んだら、次にやることは決まっている。

試し切りだ。


突如、シルティが握るナイフの表面が、まるで薄い油膜の張った水面のように虹色の揺らめきを孕んだ。

眼球の不調を疑ったパトリシアは目を擦ったが、見える景色は変わらない。

シルティは足元に転がっていた石を足の甲でひょいと跳ね上げ、瞬きの間にナイフを振るう。子供の握り拳ほどの大きさの石は、甲高く小さな断末魔を残し、あっさりと分断されて地面に転がった。

「……えっ⁉」

パトリシアが目を見開く中、シルティは二つになった石を拾い上げ、満足そうに頷く。

衝撃による割れではありえない、鏡面を思わせる恐ろしく滑らかな断面。間違いなく、切断が行なわれた証明である。

「んふっ。良い切れ味っ！　きみの名前は〈玄耀《げんよう》〉にする！　よろしくね！」

宵闇鷲の鉤爪から削り出した、華奢な見た目の鎌型ナイフ。素材由来の赤みを帯びた黒……玄《げん》の耀《かがや》きを誇る刀身から、シルティはこれを〈玄耀〉と名付けた。

安直だが、こういうのは考え過ぎてもよくない。……と、シルティは思っている。

「んひひひ……はぁぁ、綺麗だなぁ……」

シルティは〈玄耀〉を恍惚とした表情でじっくりと鑑賞し、やたらと艶っぽい吐息を吐いた。

自画自賛になるが、本当に綺麗で、格好良い。

格好良いというのはとても重要だ。

格好悪い刃物は使っていて気分が乗らない。

気分が乗らなければ、切れ味が鈍るのだ。


生命力の作用により得物に超常の性能を齎《もたら》す技法、武具強化。

魔物と殺し合うことを生業とし、暴力を拠《よ》り所《どころ》とする者たちにとって、この武具強化こそが基礎中の基礎であり、同時に生涯をかけて研鑽し続けるべき奥義となる。

あらゆる技能がそうであるが、この武具強化も、同一人物が同一武具に施すならば常に同じだけの効果を見込めるというものではない。その時々に、どれだけ強く思い込めるか。どれだけの生命力で満たせるか。どれだけ体調が良いか。諸々の要素によって効果の程は容易く上下するのだ。

ゆえに戦士たちは、武具強化の冴《さ》えを安定して高く保つため、各々独自のノウハウを持っていた。

ノウハウ、などと大仰に言っても、要するに、どれだけ気分を乗せられるか、ということである。


シルティにとってのノウハウは単純明快。

格好良い刃物を使うことだ。


刃物に関してはもはや刃物というだけで格好良いと思えてしまうような刃物愛好家であるシルティだが、それでもやはり好みというものはある。製作者が使用者を思《おも》い遣《や》っているのが一目で理解できるような、煌《きら》びやかな装飾などのない、シンプルな造形のものが好きだ。というより、残念なことにシルティは機能美以外の美というものをあまり理解できない性質《たち》であった。

ゆえに、木刀を作った時はとても難儀した。この木刀はとてもではないが格好良いとは全く思えない出来栄えで、正直、全く気分が乗らなかったのだ。長々と素振りをして身体に馴染《なじ》ませ、辛《かろ》うじて武具強化を乗せているが……切断力はせいぜい蒼猩猩の首をなんとか刎ね飛ばせる程度のものに終わっている。

一方、この〈玄耀〉には即座に乗ったし、発揮できる切れ味も比べ物にならない。

たとえ自画自賛になったとしても、〈玄耀〉を格好良いと思えるのはとても重要なのである。

機嫌の良いシルティは、続いて鞘を作ることにした。宵闇鷲の後趾の鉤爪はもう一本あるが、こちらは売却用の素材として残しておく。

崖の上から落ちてきたと思われる太い木の枝を、早速〈玄耀〉を使って適度に整形し、さらに縦に割った。断面を整え、刀身が収まるようにそれぞれに溝を彫り、ぴたりと合わせて、納まりを確かめる。問題はないだろう。糊《のり》は無いので、紐をきつく巻き付けることで接着する。

さほど時間も必要とせず、鞘が完成した。

紐は少し余らせておき、〈玄耀〉を納めた際は、抜け落ち防止のために握りの部分に結んでおく。〈玄耀〉は武器でなく道具なので、咄嗟に抜くことができなくとも問題ない。

「いやぁ、なんか楽しくなってきちゃったね？」

シルティはにまにまと笑いながら二人に同意を求める。

パトリシアは理解することを諦めたような表情で目を閉じていた。

レヴィンは反応を返さず、前肢《ぜんし》の肉球をベロンベロンと舐めまわしていた。

第七話　製塩

barbarian girl adrift on a different continent

宵天鎂《ドゥーメネル》の鎌型ナイフ〈玄耀《げんよう》〉を完成させた翌々日、早朝。

シルティは一旦海岸線を離れ、かつてと同様に木々へ細かく目印を付けながら森へと分け入った。海岸線付近には生えていない、丈夫な蔓《つる》を採取するためだ。

レヴィンを連れている今、食料を持ち運ばなければならないが、紐を使って腰に巻き付けるにも限度がある。鞄《かばん》や籠など、なんらかのしっかりした運搬具が欲しい。そこで、蔓を材料に籠を編むことにしたのだ。

パトリシアたちを追従させ、下生えを払いながらやや速足で森を進む。植生が移り変わり、目当ての蔓植物を見つけた。表面はなめらかで、さほど硬くはないが引っ張りに強く、簡単には切れない。籠を作るにはもってこいだろう。

真っ直ぐで太さがあまり変化しない、均一な蔓が狙い目だ。〈玄耀〉を使い、蔓を集める。太いものは予備を含めて十五本ほどあればいい。細いものは山のように必要になる。

無心で刈り集めて、一抱えほどの蔓が得られた頃。

樹上から蒼猩猩《あおショウジョウ》が襲ってきた。

相変わらずの無音無臭の奇襲、だがこれで通算六匹目だ。もはや慣れたものである。シルティは蒼猩猩の一撃をするりと躱《かわ》し、回避動作の流れをそのまま木刀に乗せ、蒼猩猩の首を逆水平《右から左》に薙ぐ。すぱり。

見事なまでに、綺麗に殺した。

「うーん、この森はほんと、蒼猩猩ばっかりだねぇ……」

溜め息を吐きつつ、シルティが愚痴を漏らす。

海岸線に沿って進んでいる間は、蒼猩猩からの襲撃はパタリと止んでいた。基本的に見回りの際には樹上を移動する蒼猩猩たちは、木々が疎《まば》らになる海岸線を縄張りに含めないらしい。だが、森へ踏み込んだ途端にこれである。

（まぁ、お肉が底を突いても森に入ったらまたすぐ襲ってきてくれるかもしれないし、ありがたいと考えておこう……）

倒れた蒼猩猩の首から噴き出す血の勢いが落ちるのを待ってから、太い尾を切断して肉を確保。魚の干物はまだ残っているが、干物はあくまで保存食。新鮮な肉があるのならば漏らさず確保しておかなければ。

採取した蔓と蒼猩猩の尾を一纏《ひとまと》めに括り、担ぐ。

「よし。海まで帰ろっか」

「え、ええ……」

久々の襲撃にパトリシアが少し怯えていたが、レヴィンは全く平気そうだ。シルティはパトリシアの頭を撫でて宥めてから、目印を辿って海岸線まで帰還した。

◆

故郷で何度か籠を編んだ経験があるので、手順は頭に入っている。

まずは蔓を水に浸す。水を含んだ蔓は柔らかくなるため、編み込む際に折れ難くなる。また、編み込んだあとに乾燥して繊維が引き締まり、編み目が緻密になって完成品の強靭さが増すのだ。故郷では真水に浸していたが、海水でもさして問題はないだろうと判断。入り江と違ってこの辺りは岩礁海岸なので、潮溜まりはいくらでもあった。


数時間待ち、蔓を潮溜まりから引き上げ、硬さを確認。充分に柔らかくなった。これならいける。

「よし、やるかっ」

「なにか、手伝えるかしら」

パトリシアが手伝いを申し出てきた。レヴィンは現在睡眠中なので、特に見ておく必要はない。

「お。じゃ、ちょっと手を貸して貰おっかな」

一人でも作れるが、二人ならもっと簡単だ。シルティはパトリシアにざっくりと作製手順を伝えた。籠にもいくつか種類はあるが、作るべきは背負い籠。他の選択肢はあり得ないと言っても過言ではないだろう。

背嚢《はいのう》（リュックサック）のような運搬具は中身の出し入れの即時性という点ではやや劣るものの、山や森を歩く場合においては最適である。両手を自由にできるという利点はなにものにも代《か》え難《がた》い。籠のサイズの基準とするのはパトリシアとレヴィンの身体だ。

蒼猩猩や宵闇鷲《よいやみワシ》ならば問題はない。シルティが守れるだろう。だが、琥珀豹《こはくヒョウ》のようなもっと強大な魔物と遭遇した場合、パトリシアとレヴィンを籠に放り込んで全力で逃げる必要が出てくる。いざというときのために、パトリシア一人とレヴィン一匹半を余裕を持って詰め込めるサイズにしておく。

柔らかくなった蔓の長さを切り揃え、大まかなサイズを決定。太い蔓を縦芯《骨組み》とし、細い蔓を編み込んで底面を作る。底面がある程度の広さになったら縦芯を垂直に曲げ、側面部分を編み込んでいく。材料にした蔓が籠作りに向いていたのか、幸いなことに非常に編みやすい。

「そこの芯、もうちょっと広げられる？」

「これ？」

「その隣のやつ」

「こっちね！」

役立てていることが嬉しいのか、パトリシアは慣れない仕事ながらも笑顔で蔓を押さえた。

夕方。

途中でレヴィンの食事を二度挟みつつ、シルティは背負い籠を完成させた。

おおよそ角丸長方形をした籠だ。試しに背負ってみる。問題なし。背負ったままピョンピョンと軽く跳んでみる。問題なし。肩からずり落ちることもなく、安定していた。

さすがに背負ったままの戦闘は厳しいが、森歩きに支障はない。総じて、現状においては充分すぎるほど高品質な背負い籠だといえるだろう。手間暇をかけた甲斐があったというものだ。


早速、現在の所持品を籠へ詰め込んでいく。

まずは、本日仕留めた六四目の蒼猩猩の尾の肉。いくつかに分断して籠の底面に詰める。肉は空気に曝《さら》された部分から傷むので、本当はあまり切断面を増やしたくなかったのだが、大蛇のような尻尾はそのままでは籠に収まらないので仕方がない。

続いて、平たい石の皿。これは〈玄耀〉を作る際に荒砥として使っていた砂岩の一つを流用したものだ。ガリガリと鉤爪を研いでいるうちに荒砥の中央が大きく凹《へこ》んだため、皿にするにはとても都合が良かった。大きさと形を軽く整え、レヴィン用の食器として持ち歩いている。擂《す》り鉢《ばち》としても使えるので、流動食作りがとても楽になった。

それから、籠作りで余った蔓。何かに使うかもしれないので、一応取っておく。かつて入り江で糾《あざな》ったいくつかの紐と一緒に丸めて収納する。

さらに、宵闇鷲から剝ぎ取り、紐で縛り上げていた宵天鉄《ドゥーメネル》の束。

籠に入れるべき物品は、以上で終わりである。

「我ながら、なんも持ってないなー……」

改めて、自らの財産の少なさを嘆くシルティであった。

◆

「おっ」

「砂浜だわ！」

背負い籠が完成した日から数えて五日後。

午後四時を過ぎたといった頃合いに、シルティたちは砂浜を備えた大きな入り江に辿り着いていた。漂着したあの入り江に酷似した環境だが、より規模が大きく、かなり広い。

「お魚が食べられるわね！」

草食生活にほとほと嫌気が差していたのだろう、パトリシアが輝くような笑みを浮かべた。もはや魚に関しては生食が嫌などという感情は消《き》え失《う》せたようだ。ありがたい心変わりである。

「上手く捕れるといいけど……」

新鮮な魚を得られる場所は貴重だ。今夜はこの入り江で過ごすべきだろう。野営に都合の良さそうなロケーションを見繕《みつくろ》うため、シルティは入り江をぐるりと見回した。

「……んっ？　なんだろ、あれ」

砂浜の数か所が不自然に崩れ、深い溝のようなものが出来ている。

なんらかの動物の痕跡だろうか。不審に思ったシルティが崩れた地点の一つに慎重に近付いてみると、溝の底には水がさらさらと流れていた。

「おあ。川だったのか」

流量が比較的多く、幅狭で流れが速い。砂浜という柔らかい河床《かしょう》のせいか下方への浸食が顕著なようで、川がそのままの幅で鉛直に深く沈下したような、なかなか見られない光景を生み出している。川底に降り、指先に付けて舐めてみた。

「飲めそう？」

「うん。真水だ」

視線を上流の方へ飛ばしてみる。見たところ砂浜の溝はあまり長くはない。流れを遡って調べてみると、なんと、砂浜から直接水が湧いていた。

「うおわ。なにこれ。砂浜に湧水《わきみず》がある」

「こんな場所があるのね……」

細かな砂が湧き出す水に踊らされ、ふつふつと沸騰しているようにも見える。結構な湧水量《ゆうすいりょう》だ。

シルティは膝を突き、手のひらで器を作って湧水を口に運んだ。

「ん。美味しい」

パトリシアもそれに倣って川底に降り、砂が混じらないよう、慎重に両手で水を掬う。それを口に運ぼうとしたその時、レヴィンがパトリシアの手首に前肢をかけた。そのまま後肢で立つように首を伸ばし、パトリシアの手から水を舐め始める。

「ふぉわ……」

恍惚とした表情で固まった猫好き《パトリシア》をそっと放置し、シルティは食事の準備に取り掛かった。

◆

砂浜に生簀を作ったり、拳式石打漁で魚を乱獲したりしているうちに、夕暮れになった。パトリシアとレヴィンは既に眠りに落ちている。

「……塩とか、欲しいなぁ……」

入り江に腰を下ろし、海を眺めながら、シルティはしみじみと呟く。

今、シルティの中では、文明的な食事──美食というものに対する欲求が激しく燃え上がっている。

船が沈没してから数えればもう三十日以上、文明的な食事を摂っていない。割と頻繁に生肉を貪っているシルティですらこうなのだから、ほぼ毎食が生野草のパトリシアの精神的負荷は相当なものになっているだろう。美食は嚼人《グラトン》という魔物の血に刻まれた渇望と言っても過言ではないのだ。

せめて、塩。調味料として少々の塩くらい、持ち歩きたい。塩だけでもあれば、随分と違うはず。

この入り江は驚くほど環境がいい。視界が開けているから奇襲される恐れも少ないし、塩水だけではなく真水まである。しばらく滞在してもいいかもしれない。かつて干物の漬け汁を作った時のように、天日干しで海水から採塩すれば……いや。

（砂浜なら、火を使ってもいいかな？）

シルティはふと思い浮かんだ考えを検討し始めた。

これまで火を使うのを避けていたのは、立ち昇る煙や火の臭いといったものが遠方からも察知されてしまうこと、そしてそれが獣たちを引き寄せる可能性があるという理由から。

だが海岸部では、昼間は海から陸に向かって風が吹き、夜間は陸から海に向かって風が継続的に吹く傾向がある。前者は海風《かいふう》、後者は陸風《りくふう》と呼ばれており、暑い季節ではより明瞭だ。

つまり、火を使うのを夜間の海岸線に限定すれば、問題ないのではないだろうか。

立ち昇る煙は闇に紛れて遠方から見つかり難いし、臭いは陸風に乗って海原へ流れていく、はず。

もちろん、火光《かこう》については遮る必要はあるが、きっと、おそらく。

（よし）

やるとなると、問題点はなにか。

なによりまず、海水を煮詰めるための鍋が必要だ。だが、まさか胸当てを火にかけるわけにはいかない。この状況ですぐに調達できる鍋はなにがあるだろう。

金属素材は無理とすると、パッと思い付くのはやはり土器だ。

陶芸とは、人類種《じんるいしゅ》の歴史においても最古の科学技術の一つであり、連綿と受け継がれてきた知識の結晶である。

しかし、シルティに土器を焼いた経験はない。粘土を練って整形して乾燥させて焼く、程度の知識しかない。粘土の良《よ》し悪《あ》しどころか粘土がありそうな場所すらわからない。まともな土器を作るには月単位の時間がかかるだろう。

（絶対無理だなぁ……）

次に考えたのは、骨角器《こっかくき》。

例えば蒼猩猩を狩り、その頭蓋骨を水平に断って脳を取り出せば、頭頂部側を鍋として使えるかもしれない。だが、一個や二個では容量が足りず、かといって数を揃えるのも大変だ。土器ほどではないにせよ、これもまた時間がかかりそうである。

（脳みそ穿《ほじく》った猿の頭蓋骨で海水を煮詰めて塩を作るよ！　って言ったら、パトリシアちゃん、めちゃくちゃ嫌がりそうだしなぁ……）

であれば、別の素材。

例えば樹皮や木材のような可燃物で作られた鍋であっても、適度に薄肉《うすにく》であれば、直火《じかび》にかけても燃えることなく水を煮ることが可能だということをシルティは知っていた。

可燃物の鍋が燃えないためには水をしっかりと湛《たた》えている必要があるが、海水から塩を得る過程では水気が完全に飛ぶまで火にかけている必要はないので、可燃物の鍋などでも事足りるはずだ。

海水を注ぎ足しながら煮詰めていけば、いずれ充分な水分を保ちながら塩が析出し始めるだろう。

いける、とシルティは判断した。

「うん。塩を作ろう。作っちゃおう。火を使おう！　レヴィンも塩味が好きみたいだし！　パトリシアちゃんも喜ぶっ！」

シルティはレヴィンとパトリシアを口実にして明日からの製塩を決意すると、目を薄く閉じた。

あれは十五歳の頃だったか、ノスブラ大陸のとある漁村で一度だけ海水からの製塩を体験させて貰ったことがある。手順は覚えているのでなんとかなるだろう。

◆

翌朝。

この地に漂着してから今日で三十一日目。あっという間に一月《ひとつき》が経ってしまった。

日の出と共に一人目覚めたシルティは拳式石打漁で小魚を乱獲。三度やって、小魚が合計十七匹捕れた。三人分には充分な量だ。

いつものように締めて処理をしているとパトリシアが起きてきたので、この入り江であれば夜に火を使えることを説明し、少し手間暇をかけて塩を作ることを打診する。

「ぜひやりましょうっ！」

予想通り食い付いた。海岸線を進む間、パトリシアの食事は基本的に生の野草である。文句も言わずに草食動物を営んでくれていたが、やはり食事面での不満は大きかったのだろう。塩は偉大だ。美味しいとは決して言えない青臭い野草でも、塩を振れば多少は食べられるようになる。……かもしれない。

「それじゃ、パトリシアちゃんはレヴィンのこと見てて」

「なにか手伝えることがあったら、なんでも言ってね！」

「んふふ。ありがと」

「っし。じゃー、やるか！」

朝食として生魚を貪ったシルティは、両手で握り拳を作り気合いを入れた。

まず、森の浅い位置を探索し、木々を物色。先を平たく削った木の楔《くさび》を使って樹皮をべりべりと剝ぎ取って回る。シルティはこの辺りの植物の特徴を全く知らないため、どの木の樹皮が適しているのか判断が付かないが、そこは手当たり次第という手段で解決だ。

続いて、やや太めの枝を採取。シルティの拳ほどの長さの棒を作り、片方の端面から長さの半ばまで縦に亀裂を入れた。素材の弾性を利用した原始的な留め具《クリップ》だ。

長方形に切り取った樹皮の四隅を折り畳み、それぞれクリップの亀裂で挟み込んで留めれば、箱型の器が完成する。

「なにそれ？　ゴミ箱？」

レヴィンを抱き上げたパトリシアがシルティの手元を覗き込み、首を傾げた。二人の仲も随分と深まってきたようで、機嫌がいい時であればこうやって抱き上げることも許して貰えるようになっている。

「鍋だよ」

「お鍋？　……木の皮じゃ、燃えちゃうじゃない」

「んふふ。燃えないんだなーこれが」

「えー……？」

「ま、見ててよ。前に作ったことあるからさ」

最後に、箱の縁、四辺それぞれの中央に穴を開け、柄《え》として真っ直ぐな枝を十字に通す。これで、一応は鍋の役割を果たせるものが出来上がった。

(久しぶりに作ったなー。お母さんよりは下手だけど、まあまあかな)

シルティは幼い頃、母親であるノイア・フェリスにこの樹皮鍋の作り方を教わった。条件が良ければそう時間をかけずに作れる非常に手軽な鍋だ。

一度、海水を汲んでみる。ひとまず漏れはなさそうだ。出来栄えに満足したシルティはすぐに二個目の樹皮鍋を作ることにした。鍋の容量はそう大きくなく、一つの鍋で製塩するのは効率が悪い。あらかじめいくつか作っておき、日没後しばらく経ってから火を熾《おこ》して、鍋を総動員して海水を煮詰める手順がいいだろう、とシルティは判断した。


途中で食事を挟みつつ、八個目の鍋が完成したのが午後二時ごろ。これぐらいあればいいだろうと判断し、シルティは鍋作りを終了する。

「いっぱい作ったわね……。こんなに必要なの？」

パトリシアが感心とも困惑とも言えないような表情で樹皮鍋を一つ持ち上げた。レヴィンはというと、三つ目に作った一番大きな鍋の中にすっぽりと寝転がり、機嫌良さそうに洞毛《ヒゲ》をぴくぴく跳ねさせている。居心地がいいのだろうか。

「海水で塩作るとこ、見たことある？」

シルティの問いかけに、パトリシアが首を横に振る。商人の娘として、製品となった塩を見たことはあっても、製塩の場面を見たことはないようだ。

「海水って、舐めるとすっごいしょっぱいけどさ、塩にしてみると意外と少ないんだよ。この鍋一個だと、こんなちょぴっとしかできない」

親指と人差し指で小さな円を作り、パトリシアに示す。

「だから、普通は鍋で煮詰める前に、お日様で干したりしてもっと濃くするんだよ。水を煮詰めて完全にカラッカラにするのは燃料《薪》がいっぱい必要だし。まぁ今回はそんなことできないから、鍋いっぱいに燃料いっぱいで力押し！」

「あなた……結構、物知りよね……」

「いろんなとこ行って、いろんなのを見たからね！」

誇らしげに胸を張るシルティ。鍛錬と実戦に明け暮れる生涯だったので学はないが、経験は割と豊富である。

「あー、レヴィン？　それ今から使うから退《ど》いておくれー」

自らの縄張りを作り上げた琥珀豹の脇の下に手を突っ込み、鍋を強引に奪還。地面に降ろされたレヴィンが不服そうに唸り声を上げたが、冷血に黙殺だ。全ての鍋に海水を満たして放置し、自然乾燥で少しでも濃縮しておく。

「よし。それじゃパトリシアちゃん、ちょっと手伝ってくれる？」

「もちろん！　なにするの？」

「木の枝を集めよう。レヴィンも……もー、機嫌直して？　ほら、おいで」

幸い、昨日は一日中晴れていたから、地面に落ちた自然物は充分に乾燥している。火熾《ひおこ》しに必要な物資には困らない。なにせ、どう見ても人の手が入っていない原生林である。植林も伐採も採集も全く行なわれていないので、地面には乾燥した木切れが腐るほど落ちていた。

燃料となる薪は膨大な量を確保できたので、次は夜間に火を熾《おこ》す弊害である火光の対策。

光の反射という現象の影響は想像以上に大きく、直接に視線が通っていなくともそこに光源があると認識できてしまう。これもまた、煙や臭いと同様に獣を惹き寄せる。なにか、衝立《ついたて》のようなものを作って、光を遮る必要があるだろう。

シルティは集めた薪のうち、適当な長さのものをいくつか見繕い、紐や蔓で縛って四角形の骨組みを作った。そこに、木からぐるりと一周分を剝がした面積のある樹皮を、パトリシアと協力しながら貼り付ければ、原始的な衝立が出来上がる。これを、少し多めに三十枚ほど作っておく。

これで、製塩の準備工程は残すところ一つ。鍋を置くための竈作《かまどづく》りだ。

広い入り江を歩き回り、散在する岩石を根こそぎ拾い集める。空がほんのりと赤く染まり始めた。できれば今夜火を熾して煮詰めたいのだが、もうあまり猶予はなさそうだ。急いで竈を組む……といっても、集めてきた岩石を適当に円周上に並べただけのものなので、竈というよりは五徳《ごとく》と呼ぶのが正しそうである。

「よしっ、なんとか間に合った」

「これで終わり？」

「うん。お疲れさま、疲れたでしょ」

パトリシアがどこか清々《すがすが》しい苦笑を浮かべた。

「ちょっとね。でも、なんだか楽しかったわ」

「んふふ。そりゃよかった」


その後《ご》、夕焼けの中で一度だけ拳式石打漁を行ない、魚を乱獲。三人で分け合って食べる。

腹がくちくなったシルティが砂浜に胡坐をかくと、レヴィンが膝の間に来て丸まり、前肢《ぜんし》を使って入念に顔を洗い始めた。窮屈なスペースだと思うのだが、最近のレヴィンはどうにもこの位置がお気に入りのようである。咄嗟に立ち上がれないので微妙に邪魔なのだが、邪険にするのも気が咎めるので放置。慣れない作業をしてやはり疲れていたのか、パトリシアもすぐに寝息を立て始めた。

このまま、シルティも少し眠ることにする。

今はまだ海風が吹いているが、一眠《ひとねむ》りしている間に夕凪《ゆうなぎ》が過ぎ、陸風が吹き始めるだろう。

◆

「ん……」

浅い睡眠から覚め、シルティはすぐに空を仰いだ。月の位置から時刻を概算。予定通り、火熾《ひおこ》しの頃合い。睡眠時間の調整は狩猟者としての技能の一つだ。

膝の上で眠るレヴィンをそっと下ろし、月明かりを頼りに用意しておいた発火道具を手に取った。

摩擦式発火法にもいくつか種類があるが、これから行なうのは錐揉《きりも》み式《しき》と呼ばれるもの。

（さて、やるかー）

シルティは気合いを入れる。

錐揉み式で火を熾《おこ》した経験は豊富なのだが、実際にやるのはかなり久しぶりだった。というのも、遭難する前のシルティは点火用の魔道具を持っていたため、わざわざ錐揉み式を行なう必要がなかったのだ。今は海の藻屑《もくず》だろう。

シルティは溜め息を吐きながら、火切《ひき》り杵《ぎね》で火切り臼を摩擦した。

シュシュシュシュシュシュ、と接触面が断続的な音を立てる。やっているうちに感覚が戻ってきた。すぐに焦げた臭いが漂い始め、生産された黒い木屑《きくず》に赤い火種が根付く。

火種を乾燥した火口《ほくち》に落とし、熱を逃がさぬように両手でしっかりと包んでから、息を弱く長く細く吹き込む。両手の間から白煙がもうもうと吐き出され、しばらくすると黄色みがかった炎が上がった。

暗闇の中、シルティの顔が明るく照らされる。

「おあぁ……文明的ぃ……」

一体、何日ぶりの火だろうか。

シルティは思わず意味不明な内容を呟いてしまった。

数秒後、久々の火の感動から立ち直ったシルティは、竈の中へ火をそっと安置し、餌として薪を与え始める。

最初は細いものを。次第に太く。僅かな時間で、小さかった火を無事に安定した焚《た》き火《び》へと育て上げた。ここまで育てば鍋から少々の水が零れた程度では消えないだろう。作っておいた衝立《ついたて》で森へ光が向かわないように遮《さえぎ》る。

火の臭いに反応したのか、惰眠を貪っていたレヴィンがのんびりと目を開けた。鼻面をムズムズと動かし、怪訝《けげん》な表情だ。

そして、発臭源《焚き火》を見た。

目が真円を描くほどに見開かれ、口がぽかんと半開きに、背中の毛が逆立つ。

おそらく生涯初の火なのだろう、シルティが思わず笑ってしまうほど、なんとも間抜けな表情だった。

「すんごい顔してる」

シルティと焚き火に交互に視線を向けて、微妙にビクビクとしていたレヴィンだったが、保護者《シルティ》がくすくすと笑顔を見せていることから、どうやら安全だと判断したらしい。そろりそろりと焚き火に近寄り始めた。

シルティは右手でやんわりとそれを阻止する。

「それ以上近付いちゃだめ」

シルティの手を迂回し、近寄ろうとして、また阻止される。繰り返し阻止されたことで、レヴィンもこれが禁止に値する行動なのだと理解したようだ。ビャゥンと鳴き声を上げたあと、大人しくシルティの横に。若干前のめりの姿勢を取り、興味津々といった様子で焚き火を眺め始めた。尻尾はゆっくり大きく振られている。親豹とほぼ同じ山吹色に変わった虹彩が、火光を反射してキラキラと輝いていた。

ご、る、る、る、る。

名前の由来となった遠雷のような喉鳴らしまで披露しているところを見るに、とてもご機嫌らしい。

「よしよし。賢いね」

万が一レヴィンが火に突っ込もうとしても阻止できるように意識を向けながら、焚き火を少し均《なら》し、海水で満たされている鍋を竈の上にそっと置く。

焚き火から種火を取り、第二の焚き火を育て、二個目の鍋を火にかける。それを繰り返し、全ての鍋に焚き火を割り振った。

八つの焚き火から白い煙が立ち昇り、火光の範囲から逃れ、暗闇に溶けていく。

シルティは焚き火という行為が好きだった。薪の弾けるパチパチという音が実に心地いい。遠雷の音と同じで、聞いているとなぜか不思議と落ち着く音色だ。眠気を誘われてしまう。

だが、残念ながら焚き火を放置して眠るわけにはいかない。火の臭いは多分海の方へ流れて行ってくれるだろう、という程度の考えなのだ。なんらかの襲撃があるものと考え、常に気を張り詰めておかなければならない。

と、その時、パトリシアが身動《みじろ》ぎをした。

「うぅ……んん……？」

眉間と鼻筋に皺《しわ》を寄せている。レヴィンと同じく、火の臭いに睡眠を妨害されたようだ。寝返りを打ち、ぼんやりと目を開け、そして、頭を預けていた砂浜が仄《ほの》かに黄橙色《おうとうしょく》に染まっていることに気付いた。

「っ！」

急速に意識が覚醒したらしい。大慌てで身体を起こし、光源の方へと振り返る。パチパチと音を立てて燃焼する薪を見て、満面の笑みを浮かべた。

「火っ！　火だわっ!!　いちにいさん……八個も！　明るい!!　っていうか、ほんとに燃えないのね！　なにこのお鍋！」

飛び跳ねそうな勢いで快哉《かいさい》を叫ぶ。かなりの大音声《だいおんじょう》だ。

シルティはパトリシアの頭頂部に優しく手刀を落とした。

「ぬょぁっ!?」

不意に与えられた軽い衝撃に、パトリシアの細い肩がびくんと跳ね、喉からは情けない悲鳴が漏れる。それが恥ずかしかったのか、頬をほんのりと染めながらシルティを見上げて唇を尖《とが》らせた。

「……なにするのよっ」

「もーちょっとだけ、静かにしよっか」

「え？　あっ。……そ、そうね。ごめんなさい……」

今の状況を思い出したのだろう、途端に意気消沈して項垂れる。

「んふふ。そんな落ち込むようなことじゃないよ」

シルティは笑いながら小さな頭を鷲掴みにすると、敢《あ》えて乱暴にぐしゃぐしゃと撫で回し、パトリシアのしょぼくれた表情を力業で消し飛ばした。既に一月《ひとつき》も一緒に過ごしてきたので、シルティもお嬢様のスキンシップ許容範囲をそれなりに把握できている。これはセーフのはず。

「うわ、ちょっと、やめっ……もうっ！　やめなさいってば！」

静止の言葉を吐きながらも、パトリシアの顔には笑顔が浮かんでいる。嬉しそうだ。姦しくじゃれ合う二名の隣で、レヴィンは低く唸り声を上げながら尻尾で砂浜をべしべしと繰り返し叩いた。静かに火を眺める時間を台無しにされたのが気に食わないらしい。

「うるさかった？　ごめんごめん」

シルティは苦笑しながらレヴィンの頭をぽすぽすと愛を込めて叩き、顎下を擽《くすぐ》り、不機嫌そうな琥珀豹を宥《なだ》め賺《すか》す。次第に尻尾の動きが収まり、表情も僅かに柔らかくなった。どうやら許して貰えたようだ。

「さーてパトリシアちゃん、せっかくだし、もうちょっと起きてられる？」

パトリシアが嬉しそうに頷いた。おそらく生涯初の焚き火なのだろう、やけに楽しそうである。

「よし。ちょっと魚捕ってくるから、レヴィンと鍋を見ててね」

「お魚……、あっ！　もしかして！」

シルティの魂胆に思い至ったらしい。パトリシアが満面の笑みを浮かべた。

火。鍋。石。木の枝。塩水と真水。今この場には必要最低限の調理環境が揃っている。あとは食料さえあれば念願が叶うのだ。事前に作った生簀《いけす》で魚を泳がせているので、暗闇の中でも食料は調達可能だろう。

「煮るか焼くかしかできないから、期待しすぎないでよ？」

「充分よっ!!」

「ん。じゃ、行ってくるね」

焚火から松明《たいまつ》として薪を一本持ち出し、忍び足で生簀に近寄って水面を照らす。辛うじて魚影が見えた。しかしほとんど動いていない。ここに居るのは全て昼間に捕獲した魚、つまり昼行性なので、既に眠りに落ちているようだ。

右手を生簀にそっと侵入させ、静かに忍び寄り、摑んで、瞬時に引き抜く。

水の動きで目覚めたのか、他の魚影が慌ただしく動き始めたが、放置していればすぐにまた眠るだろう。

摑んだ一匹目の頸部を千切って手早く締め、砂浜の小川に曝《さら》して血抜きを行なう。細かな鱗を剝がし、ヒレを斬り取って除去したあと、内臓を掻き出して腹腔《ふくこう》を洗った。かつてと違い、今は鎌型ナイフ〈玄耀〉がこの手にあり、しかも豊富な真水まである。作業が物凄く楽だ。

さて、煮るか、焼くか。シルティは後者を選択した。適当な細い枝を見繕い、匂いを確認。無臭。先端をがじがじと噛んでみる。ほぼ無味。これなら味移りすることもないだろう。合格だ。〈玄耀〉で形を整えて串を作り、くねらせた魚体に刺した。小さな魚なのでかなり不格好になってしまったが、ご愛嬌《あいきょう》である。

一度海水に潜《くぐ》らせて雑に味付けをし、焚き火の傍に突き立てた。折を見て何度か海水を潜らせれば、ある程度塩味が付く。

しばらく経つと、鼻腔《びこう》を擽《くすぐ》る心地の良い香りが漂い始めた。嗅いだことのない刺激に興味を惹かれたのか、レヴィンが串焼きをじっと見つめている。

焼いた魚も食べるだろうか？　後ほど少し解《ほぐ》して与えてみよう。

「いい匂い。なんだかこういうの、わくわくするわ……」

野性的な料理に馴染みがないのか、パトリシアの表情は期待に満ちていた。しかし果たして、この串焼きがお嬢様の口に合うかどうか。調味料が海水なので雑味が多いかもしれない。

シルティが六匹全ての処理を終えた頃、一匹目の魚がちょうど焼き上がった。炙られた皮は見るからに香ばしい褐色に変じていて、少なくとも見た目は食欲をそそる。

シルティは串焼きを手に取り、背中の肉をほんの少し齧って味見をした。あまりにも不味かったらこれはシルティが消費するつもりだ。

「……おっ。普通に美味しい」

予想通り薄味ではあるものの、予想を裏切って雑味は感じられない。ぱりっと香ばしく焼けた皮目に、ほわりと湯気を上げる柔らかい白身。とても美味だ。

「パトリシアちゃんの分ね」

「ありがとう！」

シルティは自信を持って手渡すと、パトリシアは早速、小さな口を大きく開けて勢いよく齧《かぶ》りついた。

「どう？」

「美味しいわ！　すごく！　……ちょっと苦いけど！　でも美味しいわ！」

パトリシアは輝くような笑顔を浮かべている。どうやら串焼きはお嬢様の口にも合ってくれたらしい。夢中になってむしゃむしゃと咀嚼し、あっという間に平らげてしまった。シルティにとっては可食部である中骨が残っているが、まぁいい。

消費した串焼きの内訳は、シルティが一本、パトリシアが四本、レヴィンが一本。魚種によっては少し臭みがあるものもあったが、どれも充分に美味と言える出来栄えだった。レヴィンの分はしっかりと魚肉を解し、シルティの生き血を混ぜたところモリモリ食べてくれたので、気に入って貰えたようだ。いずれ焼いた肉も与えてみたい。

そうこうしているうちに、鍋の海水が半量前後まで嵩《かさ》を減らしたので、鍋から鍋へ中身を移し、八つの鍋を四つに減らす。空いた焚き火には水を念入りにかけて消火しておく。光源は少ない方がいい。

二倍濃縮の海水が嵩を減らし、やがて鍋の底面には白い粒が生じ始める。この白い物質は塩ではなく、海水に含まれる石膏分《せっこうぶん》だ。少しえぐみがあり、あまり美味しいものではないので、可能であれば取り除きたい。

シルティは布を用いて、これを濾《こ》すことにした。

布。つまり、服である。

使うのはシルティの上の肌着、丈夫で柔らかくきめ細かい布地で作られた戦闘用ブラジャーだ。他に選択の余地はないだろう。体形にぴったりと合わせて立体縫製された大きなカップ部分。あれは、なにかを濾すにはもってこいの形状をしている。

革鎧に手をかけつつ、シルティはパトリシアを見た。視線に気付き、パトリシアが首を傾げる。

「どうしたの？」

「……今からちょっと脱ぐけど、別に脱ぎたいわけじゃないからね」

「あー。はいはい」

「信じてなさそうな生返事ぃ……」

「ふふふ。冗談よ。ごめんなさい」

パトリシアが悪戯っぽく笑いながらシルティに近寄り、革鎧を脱ぐのを補助してくれた。シルティが鎧を着脱する場面を何度も見ているので、着脱手順を覚えてしまったようだ。

「それで、今度はどうして服を脱ぐの？」

胸当てと背当てを接続する脇腹の革ベルトを緩めながら、パトリシアが尋ねる。

「海水を濾したくてさ。私の服でごめんだけど、ちゃんと洗うから我慢してね？」

「別に、あなたの服を汚いなんて思わないわよ。……な、なによ、その顔？」

「なんでもないっす」

シルティは照れ笑いを浮かべつつ肌着を脱ぎ、砂浜に湧いた真水で丁寧に洗った。

可能な限りの清潔さを取り戻したブラジャーの肩紐《かたひも》を短く持ち、空になった鍋の上にフィルターとしてカップ部分を保持して、そこに煮えた海水をほんの少しずつ、溢れないように慎重に注ぐ。

白い泥状の石膏分がフィルターの上に残り、濃縮された塩水がぽたぽたと鍋に落ちた。

思惑通り濾過《ろか》はできているようだが、かなり時間がかかりそうである。

湯気がもうもうと立ち昇り、肩紐を持つ手が馬鹿みたいに熱かったが、シルティは喜んで受け入れた。多少の火傷《やけど》などどうせすぐに治る。より強くなるための糧と思えば苦ではない。

パトリシアが後ろから首を伸ばし、シルティの手元を興味深そうに覗き込んだ。

「……お塩、じゃないわよね？」

「うん、違う。これは石膏の粒。海水を煮詰めると最初に出てくるんだ。あんまり美味しくないからこうやって濾すんだよ」

「石膏……」

「ちょっと舐めてみる？」

「……ちょっとだけ」

「え。まじか」

要らないと言われるだろうなとシルティは思っていたのだが、パトリシアは予想外に乗り気である。美味しい串焼きのおかげで食に対する好奇心が喚起されているのだろうか。

まぁ、未知に挑戦するのはいいことだ。シルティは細い木の枝に泥状石膏を付着させ、パトリシアの口元へそっと差し出した。

「はい」

パトリシアがぱくりと咥《くわ》え込《こ》む。

「……。ん。んん……？　海の味だわ。ちょっと苦いというか、舌が変な感じはするけど……わざわざ濾す必要あるのかしら？」

「そう思うでしょ？　それが、意外と味が変わっちゃうんだってさ」

「ふぅん……」

「まぁ、私も石膏混じりの塩食べたことないんだけどね。私に塩作りを教えてくれたおばちゃんが言ってた」

と、レヴィンが近寄って来て首を伸ばし、シルティの持つ木の枝に鼻を近付けた。

「お」

すんすんと匂いを嗅いだあと、ブラジャー《フィルター》に視線を移す。

「どしたの。……もしかして、舐めたいの？」

石膏自体は無臭のはずだが、海水から析出されたこれには磯《いそ》の香りがあるのだろう。海の水は美味い、と認識しているレヴィンの興味を引いたらしい。

「それ……琥珀豹が舐めて大丈夫なのかしら」

「ほんのちょびっとなら大丈夫でしょ。猫って海水飲んだりするし」

「えっ。そうなの？」

「うん。野生の猫は結構舐めてるよ」

シルティは先ほどと同じく木の枝に泥状石膏を付着させた。ふうふうと吹いて冷ましてから、レヴィンの口元にそっと差し出す。レヴィンはどこかわくわくした様子で顔を近付けると、薄っぺらい舌で躊躇《ちゅうちょ》なく舐め取り、即座に興味を失くしたように視線を火に戻した。

残念と言うべきか当然と言うべきか、やはり美味しくはなかったようだ。

◆

時間をかけて全ての海水を濾し、さらに煮詰めていく。

量が半分まで減ったら再び鍋から鍋へ中身を移し、四つの鍋を二つに減らす。海水を煮詰め始めて早くも六時間。パトリシアとレヴィンは既に脱落しており、ぐっすり夢の中である。

木の枝を削って作ったヘラで緩く掻き混ぜながら、さらにさらに煮詰めていく。二つの鍋がとうとう一つになった。鍋の底には析出した塩の結晶が沈殿し、白い泥と化して、沸々《ふつふつ》と止め処なく気泡を吐き出している。頃合いだ、とシルティは判断した。これ以上は鍋が燃えるかもしれない。

真水で洗い直したブラジャー《フィルター》に白い泥を注ぎ入れると、塩の結晶のみが濾し取られ、煮汁は砂浜に吸い込まれる。この煮汁は苦汁《にがり》と呼ばれる海水製塩の副産物で、ノスブラ大陸南部では豆腐の原料などに用いられるが、その名の通り苦みが強く、そのものを飲むようなものではない。

（あー、久々に、豆腐とか食べたいなぁ……サウレド《このへん》で豆腐作ってるかわかんないけど……）

シルティが豆腐と呼ばれる食材を初めて食べたのは遍歴の旅に出てからだ。食べる前はなんなんだこの訳のわからない柔い物体は、と思っていたものだが、食べてみたら最高に美味しかった。以来、豆腐料理はシルティの好物の一つである。

（さて）

フィルターに残った泥状の塩を指に付け、味見。

（んっ。おおっ。美味しいじゃん！）

多少の雑味は残っているものの、しっかりとした塩だった。手間をかけたという贔屓目《ひいきめ》もあってか、とても美味である。

シルティはレヴィン用の石皿に泥塩をたっぷりと塗り付け、火の傍にそっと置いた。もう少し水分を飛ばせば塩は完成だ。二日ぐらいかかるかと思っていたのだが、環境が良かったおかげか随分と楽に作れた。この入り江には感謝しなくてはならないだろう。

月の位置を確認し、時刻を概算する。午前三時くらいか。夜明けまで少し時間がある。

（んー……せっかく籠作ったし、もうちょっと荷物があってもいいか）

火を放置して眠る選択肢はない。不寝番《ふしんばん》をすることは確定なので、シルティは暇潰しがてら工作をすることにした。

まず、用済みになっている樹皮鍋を解体。適当な大きさに切り、くるくると丸めてから一端を折り畳み、紐を巻き付けて筒状に固定する。木を削って形を整えた栓を開口部にぎゅっと詰めれば完成だ。乾燥が終わった塩はこの樹皮筒に入れて持ち運ぶつもりである。

さらに、余った薪から樹皮を手当たり次第に剝がして細く裂き、追加の紐を糾《あざな》った。〈玄耀〉の鞘やら樹皮の筒やらに紐を使い、在庫が心許なくなっていたのだ。紐というのは本当にいくらあっても良い。

それから、木の椀《わん》を一つ。舟形の器だ。適当な太さの薪を縦に割ったあと、宵闇鷲の鋭い嘴を鑿《のみ》のように使って断面を刳《く》り貫《ぬ》いた。出来栄えはお世辞にも良いとは言えないが、使用する分には問題ないだろう。

最後に、小さなまな板だ。昨日初めてレヴィンに生肉を与えたが、まな板がないと肉を刻み難くて仕方がないということをシルティは実感した。この際なので、太い枝を板状に整えて作っておく。

塩。樹皮筒。木の椀にまな板。それらの成果を前に、シルティは手に握った〈玄耀〉をうっとりと眺め、愛おしそうに優しく撫でた。

「きみがいてくれて本当に良かったよ……」

第八話　六肢動物

barbarian girl adrift on a different continent

空がうっすらと明るくなってきた。もうしばらくすれば朝凪《あさなぎ》の時間帯に入るだろう。

焚き火はもうほとんど消えていたが、燃えさしが残っている。海風が吹き始める前に臭いの元を断っておかなければならない。シルティは空になっている樹皮鍋を使い、水を念入りにかける。

ジウウッと音を立てて、文明《焚き火》が滅びた。

湿った炭と灰を、シルティは悲しげに見つめる。

今回は好条件が揃ったため例外的に火を使ったが、今後はやはり、火を使うことは滅多にないだろう。名残惜しく思いつつ念入りに消火し、砂をかけて埋めた。

火の近くで過ごさせたことで、泥状だった塩は充分に乾燥して石皿に固着している。保存料としては全く足りないが、今後しばらくの調味料としては充分な量だ。シルティはそれを〈玄耀《げんよう》〉でカリカリと刮《こそ》ぎ落《お》とし、樹皮筒に慎重に詰めた。木の栓でしっかりと封をして、腰のベルトに括りつける。余った樹皮もまた何かに使えるかもしれないので、紐で縛って取っておく。

残る荷物も全て背負い籠に収納し、ちらりと庇護対象たちを見た。

両者ともぐっすりと眠っていて、まだまだ目が覚めそうにない。

箸でも作ろうかな、串にもなるし、とシルティが薪の残りに手を伸ばした、その時。

（んっ？）

シルティは、なんらかの存在がこちらへ近付いて来る気配を察知した。

なんとなくだが、わかる。移動速度はかなり速い。

眠っているパトリシアの右足首を摑み、力任せに強く引っ張った。

「っひ!?」

直後に、その唇を手のひらで塞ぐ。

「んっ、んむんっ……!?」

己の身長の半分もの距離を引《ひ》き摺《ず》られれば、どんな寝坊助《ねぼすけ》でも一発で起きる。だが唇を塞がれているせいで悲鳴は上げられない。シルティは混乱するパトリシアに顔を近付け、間近から目を合わせた。

「落ち着いて」

「ん……！　ん……ふ……」

こくんと頷いたので、手のひらを外す。

「なにかこっちに来る気がする。隠れるよ」

「わ、わかったわ」

速やかにレヴィンを抱き上げ、パトリシアと共に砂浜の湧水の中へ身を伏せた。この入り江の湧水は、浜の砂を削りながら溝のような川を形成している。深さはシルティの膝上ぐらいだが、しっかり伏せれば身体を隠すのに問題は無い。背負い籠も、横向きにすればほとんど隠れるだろう。

「冷たいかもしれないけど、我慢して」

「大丈夫よ……」

身を隠して間もなく、一匹の動物が入り江に侵入してきた。

睡眠中を唐突に中断させられたというのに、レヴィンは全く暴れたりせず、シルティの腕の中で大人しくしている。その山吹色の瞳に眠気や動揺の色はなく、冷静に侵入者を見つめていた。

「いいこだね、レヴィン」

シルティが囁《ささや》くように呼びかける。レヴィンが腕の中からシルティを見上げた。レヴィンはもう『レヴィン』という音が自分を指しているのだとはっきり理解しているようで、呼びかければしっかりと反応を返すようになっている。

レヴィンの頭を撫でながら、シルティは目を凝らす。

(んんん……。鹿《シカ》？　いや、あんまり鹿っぽくない？)

体高（肩の高さ）が地面からシルティの臍《へそ》ほどの、小柄な四肢動物だ。細身で四肢が長く、見るからに俊敏そうな身体つき。体毛は褐色だが、腹部や臀部は乳白色。頭部には長い一対《いっつい》の角。直線的だが地を這う蛇のように規則的に波打っていて、まるで頭から二本のフランベルジュが生えているかのような姿だ。

一見すると鹿の仲間のように見えるが、角が枝分かれしていない。羚羊《レイヨウ》の仲間だろうか。食べ応えがありそうなので、是非とも狩りたいところ。

「パトリシアちゃん、あれ、知ってる？」

「んん……。わからないわ」

「そっか。じゃ、高く売れないかもね」

シルティがサウレド大陸に来る前に仕入れた情報の中に、あの姿に該当する魔物はいなかった。パトリシアも知らないようだ。あれだけ特徴的な角だから、誤認するということはないはず。

だがそれは、あの羚羊が魔物ではないという保証にはならない。現状では出会う動物は全て魔物であると考えて動く方が良いだろう。

羚羊はきょろきょろと周囲を警戒しながら、シルティが隠れたものとは別の湧水に近寄っていく。水を飲みに来たらしい。シルティたちには気付いていないようだ。

「二人とも、そのまま、静かにね」

シルティはレヴィンの背中に手を当てながら囁いた。

魔物かもしれない未知の相手。当然、危険もある。パトリシアと二人ならば狩ることなど考えず、大人しくやり過ごしていた。だが今は、レヴィンの食物を取らなければならない。狩りはいつでも成功するわけではないので、チャンスは逃せなかった。森に踏み込めば蒼猩猩《あおショウジョウ》を誘い出せるとは思うのだが……明日からぱったりと襲って来なくなる可能性もゼロではない。

小柄で細身な羚羊は、仮に真正面から取っ組み合いをすることになっても、シルティならば制圧できそうだ。もちろん楽な相手と侮ることはできないが、獲物とするには比較的危険が少ないように思えた。

抱きかかえていたレヴィンをパトリシアに受け渡す。

「ここで待ってて」

パトリシアが緊張した面持ちで頷いた。

◆

砂浜の川の流れに沿ってそろそろと接近しつつ、様子を窺う。

羚羊は頭を下げ、ぐびぐびと水を飲んでいた。顔の側面に備えられた眼球が絶え間なく動いている。長方形の瞳孔は水平に保たれており、見るからに視野が広そうだ。隠れる場所もない。これ以上近付くのは難しいだろう。

（こっち来てくれるかなー……）

シルティは接近する途中で拾った石を右手に持ち、上半身のバネのみで天へ向けて鋭く投擲《とうてき》した。鉛直に近い角度に放たれた小さな飛礫《つぶて》は空高く放物線を描き、羚羊の遥か頭上を悠々と超え、落下。落下点にあった木の枝葉に衝突し、甲高い音を鳴り響かせる。

その瞬間、羚羊は即座に逃走を開始した。

音源を確認することもなく、森へ逃げ込むのでもなく、ただひたすら、音から遠ざかるように。

つまり、シルティが潜んだ方向へ。

（おっ、よしよし）

巧く行くかは半々だったが、こちらへ誘い込めたようだ。

タイミングを見計らい、シルティは潜んでいた川から跳び出した。対面した状態から蒼猩猩の反応を置き去りにするほどの瞬発力。柔らかい砂地であってもシルティの下半身は色褪せない。瞬き一つの間に羚羊へ肉薄する。

だが、羚羊も凄まじい反応を見せた。シルティを認識した瞬間、ほとんど遅延なしで蹄《ひづめ》が浜を強烈に抉《えぐ》る。毛皮の上からでも大腿《だいたい》がボコリと隆起したのがわかった。強靭な四肢の筋力に任せて鋭角に方向を変え、逃走を継続する。

驚愕的な反射神経と脚力だ。方向転換による速度の損失はほとんどなかった。

それでもなお、シルティから逃れるには足りない。

蛮族の少女の動きは四肢動物の敏捷性《びんしょうせい》を遥かに凌駕した。たったの一歩で羚羊に追いつき、完全に捕捉。左足を残したまま右足を大きく前方へ踏み出し、前後に開脚しつつ身を沈める。

無防備に身体の側面を見せる羚羊の頸部へ向け、必殺を確信した渾身の唐竹割りを放ち……直後。

(うっ？)

シルティは怖気立《おぞけだ》った。

硬いような柔らかいような、矛盾を孕む異質な手応え。極度の集中で引き延ばされ、主観的にゆっくりと流れる時間の中、シルティは自らの得物を目視した。

刀身が半ばほどで大きく撓《たわ》んでいる。いや、波打っている。なにかがシルティの太刀筋を無理やりに歪《ゆが》めようとしている。それも、一方向ではなく、二方向、三方向へ、同時にだ。

魔法。まずい。刃筋が落ち着かない。このままでは斬り損ねる。粘りを持たせなければ。

咄嗟に手の内を締め、体重を木刀に乗せ、そして。

シルティの意識を、激痛が貫いた。

「ぎッぅ！」

耳に残る繊維質な折損音。軽くなった手のひらの感触。見ずともわかる。シルティの握る木刀が、圧《へ》し折《お》れた。

身体が物質的に傷付いたわけではない。だが、シルティは木刀を自らの身体の延長と見做《みな》していたのだ。それが損なわれれば当然、生物としての根源を犯す痛みとなってシルティへと返ってくる。

腕《うで》の骨が折れるよりよっぽど痛い。だが、そんなことはどうでもいい。

シルティの内心は羞恥によって荒れ狂っていた。目は大きく見開かれており、顔面を真っ赤に染め上げて硬直している。

（あっ）

我に返った。

茫然自失《ぼうぜんじしつ》に陥っていたのは極僅かな時間だ。だが羚羊は既にシルティの間合いの外にいた。脚力は健在の様子である。シルティの一撃は、羚羊に僅かな傷を与えることもできなかったらしい。

（クソ馬鹿ッ!!）

戦闘中に自失して動きを止めるとはなんたることか。父に見られていたら拳骨《げんこつ》一発では済まなかっただろう。

不甲斐ない己に激しい怒りを覚えつつ、それでもシルティの手足は即応した。木刀の柄《つか》をその場に放棄して全力で地を蹴り、砂浜を這うような低空疾走で追跡を開始する。

まだ獲物を逃がしたわけではない。挽回《ばんかい》は可能だ。追《お》い縋《すが》りながら乳白色の可愛らしい臀部を視界の中央に据え、動きを観察する。

姿勢を低く保って細かく足跡を刻むシルティとは対照的に、のびのびとした跳躍を繰り返していた。身軽な羚羊の類《たぐい》にはよく見られる走法で、見た目の軽快さとは裏腹に驚くほど速い。脇目も振らず森へ向けて疾走している。

木に紛れるつもりか。

シルティはあとを引く羞恥を戦意で塗り潰し、威圧的に笑った。

私ならそれまでに追い付ける。その自信がある。

肢体に生命力を滾《たぎ》らせ、姿勢をさらに低く。脚力で砂浜を凄惨に抉《えぐ》り返《かえ》し、一歩ごと速度を倍増させる勢いで猛追する。

（ん）

砂浜を流れる真水の流れを避けようとしたのか、前を行く羚羊は僅かに進路を右に取り、そして、明らかにギョッとした様子を見せた。羚羊の類は視野が広い。ほんの少し顔を傾ければ背後が見える。おかげで、恐ろしい笑みを浮かべながら恐ろしい速度で近付いてくる捕食者を直視してしまったらしい。

慌てたように進路を左に取り直し、ばしゃりと、小川に踏み込む。

残念ながらそれは致命的な誤断だった。立て続けの方向転換と小川への侵入は慣性を残酷なまでに損ない、著しい減速を齎《もたら》してしまう。対してシルティは加速する一方なのだ。必然、彼我の距離的隔《へだ》たりは失われる。

手を伸ばせば触れる距離にまで到達した。つまり、殺せる距離だ。得物はないが、殺す手段はある。

シルティは左手を羚羊の右角へ伸ばし、決死の握力でそれを把握。身を屈《かが》め、突進の勢いのまま羚羊の喉下をするりと潜り抜けると、さらに全力で跳躍を行なった。

摑まれた角に引っ張られ、羚羊の首が一瞬にしてぐるりと捻転し、湿り気を帯びた硬質な音を響かせる。角の生えた動物は得てして頸部が頑丈になるものだが、関節が存在する以上、捩じられる動きにはどうしても弱い。シルティの突進力、全体重、そして跳躍力を集約した首折りにはさすがに耐え切れなかったらしい。

羚羊の四肢がビグンッと痙攣し、身体が真上に跳ねた。シルティは跳ね上がった羚羊の背中を足場に、さらに跳躍。シルティの身体は上へ跳び上がり、羚羊の身体は反作用で砂浜に叩き付けられる。必然、互いを繫ぐ羚羊の頸部は無残にも伸ばされた。

摑んだままの角を通して筋肉が引き千切られる感触が伝わってくる。充分な手応えだ。頸髄《けいずい》は完全に断絶されただろうと判断したシルティは角を手放し、猫のように空中でくるりと体勢を整え、問題なく着地した。

速やかにしゃがみ込み、羚羊の状態を確認する。

動きはない。胸郭《きょうかく》の拡大や収縮すら見られないことから、呼吸筋が麻痺するレベルで頸髄が損傷しているようだ。魔物たちは充分な時間を費やせば断絶した脊髄すら再生して見せるのだが、今回の羚羊が復活する可能性は皆無である。脊髄が再生するより窒息で死を迎える方が圧倒的に早い。

(よし、ほぼ死んでる)

まだ死んではいないが、すぐに死ぬ。そう認識したことで、緊張が緩む。緊張が緩んだことで、シルティの思考が自動的に数秒前へと遡《さかのぼ》った。

(……。折ら、れた)

握るものを失った無様な己の手のひらを見つめ、ギギギギと奥歯を強く食い縛り。

(私が、刀を……刀を、折られ、た……)

ふつふつと煮《に》え滾《たぎ》る羞恥心を必死に抑え込もうとして、すぐに無理だと悟る。

「ぬ、ううぅ、ぐあぁあぁぁ……!　もぉぉぉ……!!」

頭を抱え、盛大に赤面しながら、悩ましい唸り声を上げて悶絶《もんぜつ》し始めた。


まさか、刀を折られるとは。

シルティたち蛮族の戦士にとって、己の得物を折られるというのは最大の恥と言っても過言ではない。基礎中の基礎である武具強化を疎《おろそ》かにしていたという、この上ない物証だからだ。たとえ得物が枝を石で削った粗雑すぎる木刀であったとしても、折られたという恥辱は変わらない。

自信満々に放った木刀を呆気なく圧し折られたのは、シルティのこれまでの人生でもかなり上位に入る汚点だった。少なくとも、遍歴の旅に出てからはぶっちぎりで最大の赤っ恥である。思わず自失して動きを止めてしまったほど、致命的に恥ずかしかった。

すうぅぅ、はぁぁぁ。

意識的な深呼吸を繰り返すこと十七回、羞恥で煮えた頭をどうにかこうにか冷却する。無理やりに冷静さを呼び込んでから、さらに戦いを思い返した。

(……なんか、使われたよね)

木刀が圧し折れる直前の異質な手応えを反芻《はんすう》する。似たような感触には覚えがある。

故郷での記憶。両手それぞれで一本ずつ剣を扱う、二刀流の戦士との模擬戦でのこと。

幼いシルティは先達《せんだつ》の胸を借りるつもりで、全力の唐竹割りを放った。

相手は絶妙な位置・角度で、両手に持つ木剣をそっと合わせた。

ただそれだけのことで、シルティの打突の力は全て綺麗に剪断力《せんだんりょく》に変換された。

まるで鋏《はさみ》で髪の毛を切るかのごとく、シルティの木剣は綺麗に断ち斬られ、負けた。

さっきの感触は、あの技に近い。

この羚羊、見たところ草食動物なのだが、かなり直接的な殺傷力のある魔法を宿しているようである。恐ろしいことに、その現象がシルティの目には映らなかった。今となっては確認する方法もないが、念動力の類だろうか。手を触れずに外へ力を加える、というような魔法は割と見るタイプだ。あるいは琥珀豹《こはくヒョウ》の魔法『珀晶生成《はくしょうせいせい》』のように、透明な物質を生成したのかもしれない。

(正直、今のは運が良かっただけだな……。もっと気を引き締めないと……)

ぶり返してきた羞恥を再度の深呼吸で抑制しつつ、シルティは羚羊の後肢を摑み上げ、パトリシアとレヴィンが潜んでいる川まで引き摺って運んだ。

無事に仕留めることのできた羚羊だが、まるごと全ては持って行けないので、ここで解体する必要がある。砂浜に血を染み込ませるよりは、湧水の小川へ垂れ流しにした方が周辺へ広がる臭いも少なく済むだろう、との判断である。

「もういいよー」

パトリシアが恐る恐るといった様子で顔を出した。なぜか、泣きそうな表情を浮かべている。

「だ、大丈夫、だった?」

「ん? うん。全然大丈夫だよ?」

「だって……苦しそうな唸り声上げてたじゃない……」

「ぇあー。そのー。……実は、恥ずかしいことに、木刀折られちゃってね……」

「は、恥ず? ……怪我は?」

シルティは自慢げに頷く。

「傷一つないです!」

「なによもう……」

安心して力が抜けたのか、パトリシアは川底にぺしゃりと座り込み、大きな溜め息を吐いた。

◆

パトリシアとレヴィンを川から引き上げたあと、シルティは小川の河口部まで羚羊を引き摺っていき、適当に横たえた。

鎌型ナイフ〈玄耀〉を引き抜き、羚羊の喉を大きく切除する。このナイフの刃渡りは指の幅で四《し》、五本《ごほん》分程度しかなく、平時の魔物であればすぐに治癒してしまうような浅い傷しか作れない。よほど小さい相手でなければ、胸に突き刺しても心臓まで達しないだろう。だが、意識を失って再生力の落ちた相手ならば、こうして頸動脈《けいどうみゃく》を切って失血死させられる。

くぱりと開いた喉の切れ目から大量の血液が断続的に噴出し、浜の小川へ流れ込んでいく。頸髄が断絶されても心臓の動きは止まらない。血抜きが捗《はかど》って助かる。理想を言えば後肢を縛って逆さに吊るしたいところだが、さすがに無理だ。小川の水を手のひらで掬《すく》い、傷口にかけて出血を促す。

シルティの作業を、パトリシアは少し嫌そうに遠目に見ている。ここに漂着してから動物の死を幾度も目の当たりにしたパトリシアだが、やはり気持ちのいい光景ではないのだろう。それでも目を逸らさないのは、本人なりになにか思うところがあるのか。

一方、レヴィンはシルティの傍らに姿勢よく座り、羚羊の喉から噴出する血液を興味深そうに眺めていた。薄っぺらい舌で鼻鏡《びきょう》を頻りに舐め、洞毛《ヒゲ》をぴくぴくと跳ねさせている。これが食料だと理解しているのだろう。

「まだ噛んじゃだめだよ？」

シルティはレヴィンに告げてから、改めて羚羊を観察した。体重はシルティよりもかなり重い。食べ切れないほど充分な肉が取れるだろう。どう解体するべきか。食べない部分まで解体するつもりはない。

美味しそうなのはやはり後肢。足の速い四肢動物は大抵の場合、後肢の筋肉が美味しい。腿肉も尻肉も最高だ。しかし、後肢の関節は骨盤と複雑に組み合っているし、骨盤周辺には大腸やら尿道やらも通っているので、綺麗に分離するのは少し手間がかかる。

それに比べて、前肢の分離は簡単だ。特に、鹿や馬のように走行に特化した四足獣には鎖骨がないことが多いので、非常に簡単だ。

首元を触ってみたところ、やはりこの羚羊にも鎖骨はない。手早く解体するなら前肢だろう。保存性を良くするために、両の前肢を毛皮ごと分離して持って行くことにする。

ただ、前肢は後肢に比べると肉が少ないので、もう少し他の部位も持って行きたいところ。取るべきは、前肢同様に取りやすく汚れ難い背筋《はいきん》だ。

「よしっ」

脳内で解体手順を決めたシルティは、まず羚羊を俯《うつぶ》せの体勢に整えた。考えているうちに血はおおよそ抜けている。

羚羊の首の後ろの毛皮を軽く引っ張りながら切り裂き、その穴に刃を上向きにした〈玄耀〉を挿し込んで、脊椎のラインに沿って腰までピーッと開いていく。やはり素晴らしい切れ味。シルティは存分に自画自賛しながら手を進めた。

開いた背中の皮を引っ張りながら、皮下の白い膜にサリサリと〈玄耀〉を走らせ、素早く最低限の範囲を剝がす。ついでに肩甲骨も剝離させておく。

まず取るのは、背筋の中でも背ロースなどとも呼ばれる最長筋《さいちょうきん》。首の根本から腰まで伸びる長い筋肉で、肩甲骨の下を通り、脊椎の棘突起《きょくとっき》を挟み込むように二本ある。

手早く肉を取るなら、この背ロースは狙い目だ。背中の皮を一枚捲《めく》れば即座にアプローチが可能だから、非常に簡単に取れる。硬い骨を割ったり断ち切ったりする必要もないし、消化器《はらわた》の中身をぶち撒《ま》ける心配もない。そのうえ、かなり大きな筋肉なので食べ応えがあり、味も良い……はず。

少なくとも、鹿や牛や馬の背ロースは美味しい。

火が使えるなら、輪切りにしてステーキにしたいところだ。


背骨の横に刃を入れ、棘突起に沿って長く切り開く。肩甲骨で隠れていたあたりに切れ目を入れて、背ロースを捲りあげた。その下には肋骨が見える。

肉と骨が織りなす紅白の縞模様《しまもよう》を見て、シルティはにやりと笑った。シルティにとっては目の保養と呼ぶべき光景である。素晴らしく美味しそうだ。

背ロースを持ち上げながら、肋骨との境目を腰骨のあたりまで切り進め、そこで分断、夜のうちに作っておいたまな板に乗せる。もう片側も同様に。

次は前肢。肋骨と肩甲骨の間に刃を滑らせ、毛皮ごと切断する。前肢の分離はそれだけで終わり。

実に簡単である。手根関節《しゅこん》より先はほとんど肉がないので切り捨て、軽量化しておく。左前肢も同様に処理すれば、解体は終了だ。

背ロースと前肢を一本ずつ持ち上げ、重量を確認する。食べ切る前に腐ってしまうかもしれない、と心配するぐらいの肉量だ。レヴィンが捕食者の目でこちらを見ている。

一度、砂と真水で両手をしっかり洗い、手で空気を斬って水を払った。シルティが全力のキレを発揮すれば、濡れた手の脱水乾燥など容易い。ある程度の清潔さを取り戻した左手で背ロースを摑み上げ、顔を近付けてすんすんと鼻を働かせてみる。臭みは全くない、とまではさすがに言えないが、蒼猩猩の尻尾や宵闇鷲《よいやみワシ》の脚の獣臭を考慮すれば、これはもう皆無と表現して良いレベルだろう。

「パトリシアちゃん」

「なにかしら？」

背ロースをぷらぷらと揺らしながら、パトリシアに差し出す。

「食べてみない？」

「えっ……。う……」

これまでシルティやレヴィンが食してきた生肉に比べ、この羚羊の背ロースはかなりお肉感のある見た目である。開けた場所でのびのびと作業を行なえたこともあるが、なにより〈玄耀〉を作製したことで作業精度が跳ね上がったおかげだ。お嬢様の抵抗感も少しは減るのではないか、とシルティは考えた。

「火は……？」

「火は夜だけかな」

火を使うのは陸風が吹く夜間のみ、と決めている。パトリシアのためにもう一晩ここで過ごして肉を焼く、というのも選択肢の一つではあるが、できればそろそろ生肉を克服して貰いたいところ。

パトリシアは絶望一歩手前の表情を浮かべ、一分間ほど背ロースを見つめていたが、やがて目尻をキッと吊り上げ、覚悟を決めた表情に切り替わった。

「食べるわ」

「おっ！　ふふふっ、偉いぞっ！」

挑戦は蛮族にとって最上級の美徳である。シルティは称賛を込めてパトリシアの頭をわしゃわしゃと掻き撫でた。やや乱暴な愛撫が痛かったのか、パトリシアは眉間に皺《しわ》を寄せていたが、目尻は下がって口元は緩んでいる。嫌がってはいないようだ。

「それじゃ、もうちょっとだけ待っててね」

二本の背ロースと二本の前肢から砂や汚れを丁寧に取り除き、背負い籠へ。大きめに作っておいたおかげで余裕で収納できる。

ようやく一息をついたシルティは、続いて羚羊の頭部へと視線を向けた。直線的に蛇行する特徴的な双角。木刀を失った直後なので、武器になりそうなものは見逃せない。指でなぞり、爪で弾いてみる。

「んふふふふ……」

シルティは恋する乙女のような表情を浮かべた。〈玄燿〉の素材となった超常金属《ちょうじょうきんぞく》宵天鉄《ドゥーメネル》ほどではないが、かなり硬質な手触りである。

この角を切り落とし、研いで刃を付け、根本を削って柄《つか》とすれば、素材の味を活かしたフランベルジュとして使えそうだ。問題は、シルティがこれを自分の身体の延長と見做《みな》せるかどうかだが、ちゃんと格好いいフランベルジュに仕上げれば大丈夫だろう。シルティは自らが刃物へ向ける愛の深さには自信がある。

とりあえず角を根本で斬り落とし、重量や重心を体感してみようと決め、そして。


唐突に、全身が粟立《あわだ》った。


まずい。

死ぬ。

根拠のない直感がそう告げていた。蒼猩猩の襲撃を察知する時とは比べ物にならない、濃密な死の匂いだ。

シルティは咄嗟にレヴィンとパトリシアを抱き上げ、他の全てを捨ててその場から跳び退いた。砂浜が炸裂《さくれつ》するほどの全力の脚が、シルティの身体に瞬間移動にも等しい加速を与える。

突然の捕獲と内臓がひっくり返りそうになる急加速に、パトリシアとレヴィンが苦痛の呻きを漏らした、その瞬間。

まるで海をひっくり返したかのような、耳を劈《つんざ》く凄まじい水音が轟いた。

「ひッ」

パトリシアが悲鳴を上げ、レヴィンがギクリと身体を硬直させる。シルティは音源を確認することもなく二度三度と地面を蹴った。ただひたすら、脇目もふらず、必死に距離を稼ぐ。奇《く》しくもそれは、先ほどの羚羊と全く同じ行動だった。今のシルティは、捕食者から死にもの狂いで逃げるだけの被食者《ひしょくしゃ》だ。

水音の正体は定かではないが、水棲《すいせい》の肉食動物が水面下から襲ってきたのだろう、とシルティは目星を付ける。入り江には小川を経由して羚羊の血が大量に流れ込んでいた。おそらくそれで誘《おび》き寄《よ》せてしまったのだ。

早さと臭《にお》いを考えて水場で解体したのだが、手間がかかっても離れた位置まで運ぶべきだったか。反省はあとだ。一目散に森へ逃げ込む。背後ではグチャグチャバキバキと咀嚼音が響いていた。放置していた羚羊の死骸に食い付いたのだろう。食事に夢中になって、こちらは見逃してくれればありがたい。

噴き上げられた水が地面に到着するより早く、シルティは森の領域へ逃げ込み、そしてすぐさま足を止めた。この距離が安全かどうかは定かではないが、なにが襲ってきたのかだけでも確認しておきたい。

咀嚼音が鳴っている間、つまり襲撃者が羚羊の死骸に夢中になっている間ならば、多少は安全性が高いだろう。

木の陰から入り江を窺う。

凄まじい巨体を誇る怪物が、そこにいた。

まるで巨木が横倒しになっているような大きさだ。特に目を惹くのは巨大な頭部……いや、これは巨大な顎部《がくぶ》と呼ぶべきか。長大な吻《ふん》を持っており、縁には無数の牙が立ち並んでいる。見るからに頑丈な分厚い鱗で全身が覆われており、特に背面は凄まじい。もはや鎧《よろ》われていると表現するべき様相だ。長い尾は鉛直方向に扁平《へんぺい》で、先端部分はまるで魚の尾びれのように二股に分かれている。

そして、胴体から真下に突き出た、三対の脚。

それを認識した途端、シルティは興奮と畏怖を綯《な》い交《ま》ぜにしたような感動に震えた。

(んっ、んふっ、んひひひ……!!)

六肢動物。

またの名を、竜。

その身に比類なき魔法を複数宿す、超常の化物の総称だ。

彼らはあらゆる生物の中でも格段に飛び抜けた生命力を持つ。魔法『完全摂食《かんぜんせっしょく》』で莫大な生命力を確保できる嚼人《グラトン》ですら、竜には遥か遠く及ばない。汲《く》めども尽きぬ夥《おびただ》しい生命力は、その作用によって身体機能を自然と極限にまで高めている。

鱗に覆われた皮膚は常軌を逸して硬く、筋力は天井知らずで、動きはいっそ笑えるほどに敏捷《びんしょう》。

ただ動くだけで破壊を撒き散らす、暴力の化身だ。事実、ただ飛び込んできただけだというのに、それを受け止めたこの入り江の形状が変わってしまっていた。

文字通り、世界最強の種である。異論などあるはずもない。

しかし。

そんな生きる災害に襲われかけたというのに。

シルティの口元はにんまりと緩み、目は無邪気に輝いていた。

「か……格好いい……ッ！」

緩み切ったシルティの口から、思わず、称賛の呟きが零《こぼ》れ落《お》ちる。

シルティのような暴力を尊ぶ蛮族の戦士にとって、竜とは、心の底から敬愛し、同時に畏怖すべき対象なのだ。なにせ、強い。文句なしに強い。この上なく強い。

だからこそ、これを打倒することはこの上ない誉《ほま》れであるし、これに挑んで殺されるのも、それはそれで誉れである。

最強は最高だ。

シルティの尊敬する父ヤレック・フェリスが、近隣で並ぶ者のいない英傑として名高かったのも、竜の中でも特に強大な存在として知られる祖竜《アルコス》を、たった五名の手勢を率いて打倒したからこそ。

いずれは自分も竜を殺してみせる、とは思うものの。

間違っても、今のシルティがちょっかいを出せる相手ではない。

(でっかすぎて、なんかもう端っことか見えないけど、多分、恐鰐竜《ディノス》だよね……)

恐鰐竜《ディノス》。

ノスブラ大陸で見ることはまずないが、非常に有名な竜の一種だ。鋭い歯の立ち並ぶ長い吻部や、全長の五割弱を占める屈強で扁平な尾など、全体的な外見としては鰐《ワニ》に近しい。半水棲であるという点も同じだ。

だが、多くの鰐とは違い、肢が胴体から真下に向かってすらりと伸びている。筋骨隆々の逞しい前肢《ぜんし》と後肢《こうし》が地面をしっかりと摑み、身体を高い位置で支えていた。

残る最後の一対の肢は、前肢や後肢に対して中肢《ちゅうし》と呼ばれている。これは六肢動物に特有の器官であり、種によってはこの中肢が巨大な翼状になっていたりするのだが、恐鰐竜《ディノス》のものは鮫や海豚《イルカ》の胸ビレのような平べったく面積の広い形となっていた。先端が二股に分かれた尾も合わせ、水中活動への適応なのだろう。

陸上で立ち上がった現在は、中肢のヒレは所在なげにプラプラと揺れている。

なんだか少し可愛らしい揺れ方だが。

多分、あれで軽く撫でられただけで、シルティは身体が千切れて死ぬ。

（すっご……初めて見た……うひ……んひ……ちょーかっこいいぃ……）

シルティの視線の先では、抉れた砂浜に身を乗り出した恐鰐竜《ディノス》が、顎を大きく開けて羚羊の死骸を食していた。身体の大きさからすると、羚羊は恐鰐竜《ディノス》の一口分もないのだが、恐鰐竜《ディノス》は何やら名残惜しそうに、やけにちまちまと食べている。

顎を閉じる度に、ブヅンという恐ろしい音を立て、羚羊の死骸が少しずつ消失していく。シルティには実に強固に思えた羚羊の角すら、まるで茹《ゆ》でたアスパラガスかなにかのようにポリポリと齧《かじ》り、美味しそうに目を細めていた。

実に馬鹿げた咬合力だ。

シルティがどれだけ生命力を振り絞って筋骨を強化しても、あの顎の前ではそれこそ豆腐も同然だろう。

（……。いや、眺めてる場合じゃなかった）

憧れの竜に熱い視線を送っていたシルティだったが、すぐに我に返った。もっと恐鰐竜《ディノス》の姿を見ていたいという気持ちがあるのは否めないが、無謀どころか自殺に等しい。竜ほど強大な魔物になると、その感覚の鋭さも完全な超常の域にあるのだ。間違いなく、シルティたちの位置は既に捕捉されている。

シルティたちがまだ生きているのは、単にシルティなど取るに足らない存在であり、かつもっと手近な位置に肉があったからにすぎない。

恐鰐竜《ディノス》が羚羊を食べ終わる前に、早く逃げなければ。

「パトリシアちゃん、レヴィン、静かにしててね」

腕の中で震える庇護対象たちに頬擦りをして宥めつつ、シルティは速やかにその場を離れた。

第九話　紫月

barbarian girl adrift on a different continent

辛《から》くも恐鰐竜《ディノス》の牙から逃れたシルティは、パトリシアとレヴィンを抱きかかえたまま、ひとまず充分に安全だと思えるまで入り江から離れることにした。

一度、森の奥深くまで踏み入る。

恐鰐竜《ディノス》に対しては森の中が安全地帯になる、というわけではない。森の木々が彼らの障害物たりえるはずもないからだ。シルティが小さな草薮《くさやぶ》を掻《か》き分《わ》けるように、竜は木々を容易く圧し折りながら進めるだろう。

重要なのは、森の中という環境ではなく、シンプルに距離を取ること。恐鰐竜《ディノス》は完全に潜水できる規模の大きな水場に定住する、とシルティは聞いていた。あの入り江付近はあの個体の住処なのだろう。そこからあまり離れることはない、はず。海岸線に戻るならば、森の中を経由して入り江から離れた位置に出るべきだ、と判断した。

「びっくりしたねぇ。まさか恐鰐竜《ディノス》がいるなんて。んふふ。私、初めて見たよ。格好よかったぁ……」

腕の中の二人に声をかけるが、反応は薄い。パトリシアは真っ青な顔をして、レヴィンは耳介をぺとりと横に寝かせて、それぞれシルティにしがみ付いている。完全に委縮してしまった。生物として圧倒的な強者である竜に食われかけたのだから仕方がない。

「荷物、無くなっちゃったなぁ……せっかくいろいろ作ったのに……」

恐鰐竜《ディノス》の襲撃を察知した瞬間のシルティに余裕などなかった。パトリシアとレヴィンを掬い上げるだけで精いっぱいで、折れた木刀の亡骸も、背負い籠も、あの瞬間に身に着けていなかったものは全て放り出して逃げるしかなかったのだ。

取りに戻れば木刀の亡骸くらいは残っているかもしれないが、背負い籠には背ロースと前肢を収納していたから、おそらく恐鰐竜《ディノス》に丸ごと食われただろう。当然、その他の籠に収納していた財産も恐鰐竜《ディノス》の腹の中だ。まな板や木椀などは作って一日すら保《も》たずに廃品となってしまった。高く売れると見込んでいた宵闇鷲《よいやみワシ》の宵天鎂《ドゥーメネル》も非常に惜しい。

まあ、塩と〈玄耀《げんよう》〉、特に手間暇をかけた二品が残ったのは不幸中の幸いか。

特に、〈玄耀〉が無事だったのは本当に嬉しい。もし〈玄耀〉を失っていたら、シルティはしばらく本気で凹んでいただろう。

「とりあえず、まず木刀かな。背負い籠も作らないと……」

と、その時。

早速というべきか、右後方頭上に微《かす》かな気配を感じた。

「おぁっと」

シルティは腕の中の二人を気遣いつつ、横っ飛びに回避行動に移る。鈍器が空を斬る様子を視界の端に捉えつつ、空中で姿勢を制御。襲撃者の姿を真正面にしっかりと据《す》える。

案の定、蒼猩猩《あおショウジョウ》。これで累計八匹目だ。

「もう来た。今日は随分と早いなぁ」

海岸線から見ればまだ森の浅い位置だというのに。縄張り巡回中のオスとかち合ってしまったのだろうか。

蒼猩猩は前傾姿勢で牙を剥き出しにして唸っている。まぁ音は聞こえないのだが。

これまでの七匹でなんとなくわかってきた。どうやら蒼猩猩は奇襲を回避されると動きを一旦を止め、獲物の出方を窺う習性があるようだ。

短期間に繰り返し襲われたおかげか、シルティは今では安定して蒼猩猩の奇襲を察知および回避できるようになっているが、魔法『停留領域《ていりゅうりょういき》』を十全に活かした奇襲は本来そうそう回避できるものではない。蒼猩猩たちも奇襲を避けられた経験は少ないはずだ。ゆえに、強く警戒するのだろう。

正直、この習性は助かる。庇護対象を二人も連れたシルティとしては、奇襲の勢いのまま休む間もなく攻め立てられる方がよっぽど辛《つら》い。

「下がってて」

声をかけつつ、パトリシアとレヴィンを背後へ投げる。

パトリシアはいつものように地面に投げ出され、肌を少々擦り剝いてしまったが、レヴィンは空中で身体をくねらせて四肢から綺麗に着地した。身体は大きくともさすがは猫類動物、空中立位反射はばっちり働いているようだ。

呻き声を上げるパトリシアを背後に庇い、シルティは蒼猩猩の方へ五歩進む。

周囲には大小さまざまな枝が落ちているが、拾う選択肢はない。シルティが自己延長感覚を迅速に確立できるのは『刃物』に限る。多少なりとも刀剣の形に整えてあるならばともかく、自然のままの枝を格好いいとは思えない。どれだけ素振りしても武具強化の対象にはできないだろう。

かといって、剛毛を誇る蒼猩猩に刃渡りの短い〈玄耀〉では分が悪い。徒手空拳の方がまだやりやすい、と判断した。

脚を広げ、腰を低く、背中を丸め、右手を顎付近に添え、左手を前に出した。

(う。我ながら不細工な構え……おっぱいが邪魔すぎる……)

徒手空拳など久しぶりすぎるし、故郷で徒手空拳を習っていた頃はこんなに胸が大きくなかったので、構えがどうにもぎこちなくなってしまう。だが、この場で修整するのは無理だ。

違和感を黙殺し、眼前の獲物を観察する。

素手で殺さねばならない。では、どう殺すか。

(私ならあれくらい、手で斬れる)

人類種《じんるいしゅ》の中には、素手で斬撃を放つことができる者もいる。

さすがに、魔物を狩る際に素手で挑むようなネジの外れた異常者は滅多にいないが、技術として、素手で斬撃を実現させることは可能だ。

己の肉体こそ至高の武具であると信じてやまない一部の拳法家たちは、自らの肉体を執拗なまでに虐《いじ》め抜《ぬ》き、鍛え上げられた自慢の肉体を生命力の作用により強化しつつ、さらに自らの四肢はあらゆる刃に勝ると骨の髄まで狂信して、身体強化の上に武具強化を重ねて無理やりに混在させるような、そんな極《きわ》まった執念の果てに、ついには手刀や足刀で紛れもない正真正銘の斬撃を成立させるのである。

達人ともなれば、裸腕で刀剣と鍔迫《つばぜ》り合《あ》いをし、手刀で人体を縦にずんばらりんと両断することも容易いという。

（とは、やっぱり、思えないなぁ……）

が、残念ながらシルティはそこまで極まってはいなかった。

現状では斬撃は実現できない。斬撃以外で殺さなければ。蒼猩猩はシルティより頭二つ分ほど大柄で、分厚い毛皮と強靱な筋肉で鎧っている。どう考えても打撃は効果が薄い。ただでさえ魔物は肉体の再生力が高いのだ。よほどでなければ打撲は致命傷にならない。

であれば、絞め落とすしかないだろう。

羚羊を殺した手順とほとんど同じだ。窒息で気絶させ、再生力を落としてから、〈玄耀〉で首を切って止めを刺す。

（よし、いける）

シルティはにんまりと笑いながら、自身の内臓へ強く意識を向けた。

腑《ふ》で生み出した生命力に、頭で生み出した意志を練り合わせ、頸の真下、心臓に流し込み、肋骨を押し広げるほどの強い鼓動の熱で練り合わせた生命力を煮詰め、沸き立ったそれを四肢へ送り出す。

そんな明確な妄想に、自身を委ねる。

血潮よりも遥かに熱量を持つ灼熱《しゃくねつ》の気合いが、全身を巡り、満たしていく。

素足が硬い地面を摑む感触が、この上なく頼もしい。

額の薄い皮膚のすぐ下で、耳の穴の奥深くで、血管がズグンズグンと脈動する感覚が、とても心地よかった。


息を静かに吸い。

止めて。

跳び出す。


シルティが蒼猩猩の目前に現れた。

鍛え上げられた肉体と精密極まる足運び、そして膨大な生命力の作用によってようやく実現される、瞬間移動じみた馬鹿げた飛び込みだ。強引に突き破られた空気が荒れ狂い、いびつに轟《とどろ》く。

確かに存在した距離を省略し、場面を切り替えたかのように肉薄したシルティに、蒼猩猩の意識は全く追従できていない。

さらに一歩踏み込み、硬直したままの蒼猩猩の顔面へ向け、左拳を放つ。屈曲していた肘が伸びるにつれて直線軌道を辿る、最速の殴打。蒼猩猩の鼻筋に突き刺さり、柔らかい鼻骨を陥没させた。

蒼猩猩が小さく仰け反り、悲鳴を上げて顔を両手で覆う。痛みに慣れていないのか、自分で自分の視界を覆っている。明確な隙だ。シルティは速やかに背後へと回り込み、尾の付け根を踏み台にして跳び上がった。

跳躍で高さを合わせ、両脚を胴体に回してがっしりとしがみ付き、腕を差し込んで首に回す。

（ぬぐう!!　太《ふっと》い首だなッ!!）

嚼人《グラトン》のそれを遥かに上回る、凄まじい太さの頸部だ。シルティの太腿よりも太いのではないだろうか。ここまで太いと、頸動脈洞《けいどうみゃくどう》を圧迫するお上品で綺麗な裸絞めなど望むべくもない。シルティは前腕を蒼猩猩の喉に押し当て、喉頭《こうとう》を乱暴に圧迫した。

全身の筋力を総動員し、蒼猩猩の気道を橈骨《とうこつ》でゴリュリと潰す。

（うぐぅ!!　硬い首だなぁッ!!）

あわよくば頸椎を折ってやろうと思っていたシルティだったが、これは無理だと即断した。木刀であれば一刀両断できた首が、素手では途方もなく強靭に思える。

とはいえ、絞まってはいるようだ。腕を通してゼェヒュゥという掠《かす》れた振動が伝わってくる。これを継続すればいずれは窒息し、気絶するだろう。先立って鼻を潰しているというのも大きい。鼻腔から逆流する血液は呼吸を著しく妨げる。

植物、菌類、魚、獣、鳥。生物である以上――竜ですら、窒息による死からは逃れられない。

気道を圧迫された蒼猩猩は、喉を潰されるという初の苦しみに困惑しつつ、ガラガラに罅割《ひびわ》れた絶叫を轟かせ、無礼にも背中に纏《まと》わり付《つ》いてきた獲物へ自慢の太い尾を叩き付けた。

「ぐぶッ!!」

目から火花が散るような凄まじい衝撃に、シルティの胸が潰れ、肺の中身が全て押し出される。これまでは蒼猩猩に尾を使わせる前に仕留めてきたのでいまいち実感がなかったが、極太な見た目通りの凄まじい筋力だ。しかも悪い事に、蒼猩猩の背中にしがみ付いていなければならない今、衝撃を逃がす術がない。

急いで空気を取り込み、振り落とされないよう腕力を振り絞る。その背中に、再度の衝撃。折角吸い込んだ空気が出ていく。

「ぐッ!!」

さらに、三度目の叩き付け。

「ぶぇッ!! んぶッ!!」

四度目。五度目。

「痛《いった》い、だろがッ!!」

繰り返される明確な被弾が呼び水となり、シルティの蛮族の血が突沸《とっぷつ》する。猛る戦意に励起《れいき》され、眼球が爛々と輝き、全身に夥しい生命力が滾《たぎ》った。ギチミチと、万力のような力を籠め、蒼猩猩の気道を圧し潰す。

尾の叩き付けではシルティを剥がせないと判断したのか、蒼猩猩は長い前肢を駆使し、届く範囲を手当たり次第に掻き毟り始めた。首に巻き付けられたシルティの腕、胴を締め付けるシルティの脚、耳のすぐ後ろにあるシルティの頭部。分厚い扁爪《ひらづめ》が革鎧や鎧下を削り、破り、皮膚と肉を刮《こそ》ぎ落《お》としていく。

それでも、シルティは剝がれない。

蒼猩猩は粘度の高い唾液を撒き散らしながら、尾をシルティへ執拗に叩き付けたり、背中から周囲の木へ体当たりをしたりと、全身を振り回すようにして散々に暴れ回っていたが、やがて立っていることもできなくなったのか、ぐにゃりと崩れるように地面に蹲り、空気を求めて喘《あえ》ぎ始《はじ》めた。

そして、その喘ぎも、すぐに止まる。

シルティは蒼猩猩が動かなくなってからも執拗に絞め続け、完全に失神させたことを確信してから、ようやく腕から力を抜く。

「はっ、はぁっ、はぁ、ひ、ふっ、へぅ……。んぐぁぁぁ……しんど、はぁ、かった……」

シルティの腕や脚、そして顔面には、蒼猩猩の扁爪で削られた帯状の傷が無数に走っており、一部は骨までもが露出していた。左の耳に至っては完全に千切れてしまっている。背中は革鎧どころか鎧下までズタボロになり、素肌が見えていて、打撲と擦過傷《さっかしょう》が無い箇所を探す方が難しいといった有様《ありさま》。

ひとつひとつの傷は深くはないが、数がべらぼうに多い。全身が血塗れだ。

「シ、シルティ……だ、だい、大丈、夫……？」

離れた位置から、パトリシアが震える声で安否を確認してくる。

「だいじょーぶ！」

シルティは笑顔を見せたが、血塗れなので全く説得力がない。

「もうちょっと、待っててね」

「う、うん……」

蒼猩猩はまだ生きている。気絶しているだけだ。止めを刺すまでは安心できない。シルティは疲れ切った身体に鞭《むち》を打ち、引き抜いた〈玄耀〉で蒼猩猩の首筋を深く裂いた。

切開した首筋から鮮紅色の血が勢いよく噴出し始める。もはや頭に充分な血は巡らない。蒼猩猩は気絶から醒《さ》めることなく失血死するだろう。

「いただきます」

シルティは噴き出す蒼猩猩の血液を手で掬い、二度三度と口へ運んだ。

嚼人《グラトン》でなくとも魔物の生き血には大量の生命力が含まれている。魔法『完全摂食《かんぜんせっしょく》』の効果も相まって急場の生命力補給にはもってこいだ。

充分に血を飲んでから目を閉じ、己の健康な肉体を脳裏に描く。負傷箇所を意識して、怒る。

弱いから肉体を損なったのだ。自らの弱さを憎み、もっと強い身体になりたいと渇望しつつ、生命力を過剰に巡らせる。

大きく息を吸い、長々と吐き出す。

すると、ヂュクヂュクと奇妙な音を立てて傷口の肉が盛り上がり、露出していた赤や白が埋まり始めた。千切れてどっかに行ってしまった左耳すら、そう時間を必要とせずに形成される。

「んンッ。あー、あー。あー」

声を出して聴覚を確認。元通りだ。

こうした意識的な再生の促進は、武具強化と並ぶ戦士の必須技能である。熟練の戦士ともなれば殺し合いの最中に失った四肢を生やすことすらあるが、シルティはその域にはまだまだ程遠い。実のところシルティはこの再生の促進が苦手なので、今後の課題である。

戦いが終わったことを理解したレヴィンが寄ってきて、血塗れになったシルティを心配そうに観察し、右足に額を擦り付けてきた。シルティは笑いながらしゃがみ、レヴィンの顎下を擽《くすぐ》ってやる。少し遅れてパトリシアも寄ってきて、無言のまま控えめに抱き付いてくる。シルティは手のひらの血を鎧下で拭い、頭を撫でてやりながら、自らの戦いを思い返した。

（さすがに、素手は、無謀だったかな……）

かなりまずかった、と言わざるを得ない。

シルティが自認する己の強みの中で、特に一つを挙げるとするならば、それは動きのキレ、である。

キレとは、単なる動作の速度や敏捷性のことではない。自らの肉体が生み出す膨大なエネルギーの、瞬間的かつ精密な制御能力のこと。指の動き、四肢の動き、重心の動き。ありとあらゆる動作の、静止状態から最高速度への刹那の到達、および、最高速度から静止状態への刹那の移行のことだ。

全力疾走した状態から急停止し、完全に身体を反転させ、逆方向に走り出し、再び最高速度走に到達するという、およそ考え得る限り最大の加減速を必要とする動作ですら、シルティは瞬《まばた》き一つの間に熟す事ができる。

常人の眼球運動では全く追い切れないそれは、鍛え上げられた筋骨、磨き上げられた身体操作能力、生まれ持った低重心の肉体、そして練り上げられた生命力が揃って初めて可能となる、極限に精密な肢体の加減速能力だ。

僅かな反応すら許さずに真正面から蒼猩猩の眼前まで接近する。宵闇鷲の襲撃を目視してから余裕を持って斬り伏せる。四肢を使って敏捷に方向転換する羚羊に後発で追いつく。それらは全て、単なる筋力や反射神経だけではなく、このキレがあってこその産物といえるだろう。

翻《ひるがえ》って、今の戦いはどうだったか。

肉薄からの目潰しの一撃は良い。だがそのあとは、ほぼ単なる力比べだった。状況的に他に手がなかったとはいえ、しがみ付くような取っ組み合いではシルティの強みが活かせない。むしろ苦手な部類だ。

指と腕が無様に震えている。握力も腕力も使い果たしていた。あとほんの少しでも蒼猩猩が暴れ回っていたらシルティは振り落とされていたかもしれない。そうなれば、殺し合いの結果はわからなかった。

十六歳の嚼人《グラトン》の女性にしてはそれなりの身体能力を持っているという自負があるシルティだが、単純な出力でも、持久力でも、野生の魔物にはやはり及ばないのだ。

現状のままではまずい。

鋭い牙や鉤爪、角を持たない嚼人《グラトン》である以上、武器が無ければどうしても決定力に欠ける。

「くっそう、やっぱあのフランベルジュみたいな角、欲しかったなぁ……」

◆

八四目の蒼猩猩の死骸から少し離れた場所で、シルティは腰を据えて装備を整えることにした。ここはあの蒼猩猩の縄張りだ。この辺りに留まる限り、少なくとも数日間は蒼猩猩からの襲撃はないし、弱い獣たちは蒼猩猩の縄張りを避ける、はず。

レヴィンの面倒をパトリシアに任せ、〈玄耀〉を引き抜いた。まず作るのは、なによりも重要な、新しい木刀だ。

一本目の木刀を作った時は、尖った石で枝を削るという実に原始的な手法しか取れなかったが、今はこの手に〈玄耀〉がある。時間さえかければ、枝ではなく丈夫な幹を削り出して木刀を作ることも可能だろう。

シルティは周囲に立ち並ぶ木々を拳でコンコンとノックしながら物色し、一本の木に目を付けた。幹の直径は拳二つ分強。木刀を削り出すにはかなり太いが、叩いて殴った音と感触から察するに、かなり緻密で硬そうだ。コンコンという澄んだ音色に一目惚《ひとめぼ》れしてしまった。枝振りも良く、生命力も豊富そうに見える。試しに〈玄耀〉の峰《みね》で強く叩いてみると、金属音にも思えるような澄んだ音が響いた。やはり、硬い。

「んふふ。これにしよっと」

斧があれば楽だったのだが、残念ながら手元にあるのは〈玄耀〉のみ。時間をかけて幹を帯状に削り、四苦八苦しながら括《くび》れを作った。

「押し倒すから、ちょっと離れててねー」

パトリシアに注意を促してから、幹を全力で押す。キ、キ、ギィ、ミシミシと、徐々に大きくなる軋《きし》み音が響き、周囲の木の枝を巻き添えにしながら地面に横たわった。

最後に物を言うのはやはり筋力である。

「おっ？　予想外の色してるな」

倒れた幹の断面を見ると、辺材《へんざい》と呼ばれる外周部は白っぽい茶色だが、心材《しんざい》と呼ばれる中心部は濃い深紫《ふかむらさき》色《いろ》をしていて、綺麗な二重円を描いていた。年輪は不明瞭で、樹齢はわからない。

シルティの声に反応して覗き込んだパトリシアが、あ、と小さく声を上げる。

「これ、鋸折紫檀《のこおりシタン》だわ」

「のこお……え？　なに？」

「鋸折紫檀。サウレド銘木《めいぼく》の一つよ。丈夫で腐らないし、真ん中、綺麗な色でしょ。家具の材料としては最高なんだって。うちにもこれで作ったチェスセットがあって、お父様とお母様がよく対局してたわ」

「へえー？」

シルティはにんまりと笑みを浮かべた。丈夫で腐らないということはつまり、組成が緻密で重いということだろう。木刀の材料としてはもってこいだ。

斬り倒した幹を改めて観察する。

クッキリと色の分かれた辺材と心材。心材の方が物理的に強靱なので、木刀の材料にするなら絶対に心材の方だ。

（もったいないけど、周りは削っちゃお）

シルティは伐《き》り倒《たお》した幹をさらに分断して丸太を切り出すと、樹皮を剥がしてから辺材をごっそりと取り除き、心材のみを残した。持ってみると、やはりというべきか、相当に重い。おそらく水に入れればストンと沈むだろう。

そこから、丁寧に丁寧に、ひたすら木刀の形を削り出していく。

丸太からたった一本の木刀を削り出すのだから、九割以上も削り屑になるのだ。贅沢な話であり、同時に気の遠くなる話である。

だが、シルティはむしろ喜んで作業を進めた。

かつて入り江に漂着した時。

シルティは、仕方なく、間に合わせで、適当に、木刀を作ってしまった。

今思えば、あれは実に良くなかったと反省している。

〈玄耀〉の製作と使用を通して、シルティは思い出したのだ。

お気に入りの刃物を作り、振るうのは、とても気分が良いのだということを。


一夜明け、次の日の昼過ぎ。

「……よし」

シルティは渾身の木刀を完成させた。

姿は一本目の木刀と同様、家宝〈虹石火《にじのせっか》〉を可能な限り模す。だがその完成度は桁違いだ。滑《なめ》らかな弧を描く刀身に歪みはなく、明確な刃と鎬《しのぎ》が形成されており、鎬地《しのぎじ》に至っては樋《ひ》までもが彫れていた。大事な大事な鍔《つば》ももちろんある。誰がどう見ても太刀を模していることがわかるだろう。柄《つか》には滑り止めとして簡素な凹凸加工《ローレット》が施されており、手の収まりも素晴らしい。吸い付くような感触だ。

材質由来の深紫を主張する、美しい木刀……いや、木製の太刀。

立ち上がり、音もなく上段に構える。

太刀の表面が、まるで薄い油膜の張った水面のように虹色の揺らめきを孕んだ。

肝が冷えるような美しい唐竹割り。間髪入れず左逆袈裟に移行し、一歩踏み込んで逆胴、水平《左薙ぎ》突き。そして、残心。最後にひゅるんと回して血振りを挟み、左腰の存在しない鞘へと納刀する。

「んふ。んふふふふふっ……」

素振りを終えたシルティの口は、だらしなく緩み切っていた。

「良い。素ん晴らしい。きみの名前は……〈紫月《しづき》〉。〈紫月〉だ。よろしく！」

気分が乗って、名前まで付けてしまった。

「これなら、あの羚羊も絶対殺せるね」

「……あの」

満足そうに刀身を撫でながら恍惚とした表情を浮かべるシルティに、パトリシアが声をかける。

「ん？」

「シルティ、殺すって言うの、やめて欲しいわ……」

「えっ？　……なんで？」

「こ、怖いから。……その、倒す、とか、他の言い方で……」

「うーん……。そういう他の意味にも取れる言葉で表現するのはよくないよ。倒すって言って殺したら嘘《うそ》吐《つ》きになっちゃうでしょ。命に誠実じゃない」

「そ……そうよね」

蛮族的になにか譲れない部分だったらしい。パトリシアはすぐに引き下がった。


「よし、次！」

続いて作るのは、食器の類だ。〈紫月〉の材料となった木の幹の残りを使って、レヴィンの食器とまな板、そして擂《す》り鉢《ばち》と擂粉木《すりこぎ》を削り出す。

それから、背負い籠。

水がないので蔓《つる》に吸水させることができず、前回より少し難儀したが、問題なく完成した。以前に作ったものより少し容量を増やしておく。

背負い籠作りで余った蔓は叩き潰して柔らかくし、靭皮《じんぴ》を剥ぎ取る。それを裂き、縒《よ》り合《あ》わせて、大小さまざまな紐を綯《あざな》う。

大量に、大量に、パトリシアにも手伝ってもらって、とにかく大量に。これに最も時間がかかった。また、帯状に編み込んだ硬い平紐《ひらひも》を二本だけ作っておく。

そして、それらの紐と樹皮を使った鞘《さや》もどき。

木から剝ぎ取った樹皮を適当な長さの筒状にし、合わせ目に〈玄耀〉で縫い穴を開け、紐を通してしっかり縫合した構造だ。一本目の木刀と違って、今回の〈紫月〉にはしっかりとした鍔《つば》が設けられているため、刀身より大きく鍔より小さい輪があれば引っかけることができる。こんな短い筒でも一応は鞘の役割を熟《こな》してくれるだろう。

（雑貨はこんなもんか）

最後の作業は、製作ではなく補修だ。

蒼猩猩との取っ組み合いにより、シルティは搔き毟られ、地面や木々に押し付けられ、そして擂り潰された。おかげで、いろいろとボロボロである。

身に着けていた跳貂熊《とびクズリ》の革鎧は目も当てられない。ただでさえ海水漬けで劣化していたのだが、蒼猩猩との取っ組み合いが完全に止めを刺したようで、特に酷いのが背当て。無残にも擦り切れ、いくつもの裂け目が生じてしまっている。

この革鎧の胴部は、胸当てと背当てで身体を挟み、脇腹を革ベルトで接続して着込む構造なので、背当てがここまで裂けてしまうと必然的に胸当ても固定できなくなる。シルティは試しに長い紐を使って胸当てのみを身体に縛り付けてみたが、これが死ぬほど動きにくかった。

もはや革鎧の装着は不可能、ここに捨てていくしかない。

損傷は背当てだけに留まらず、鎧下や肌着までにも到達していた。

やはり背中部分は擦り切れていて、衣類の体《てい》を成していない。鎧下はともかくとして、肌着——ブラジャーが千切れてしまったのはとても困るシルティだ。

少し動くだけでばるんばるん揺れる。死ぬほど動き難い。

シルティは木の枝を細く削って作った針もどきと、細く縒《よ》った植物繊維の糸で、鎧下と肌着をどうにかこうにか補修した。ギリギリ、なんとか、使える。

どの工程も地道で時間はかかったが、木刀の製作に比べればあまり集中力のいる作業ではない。シルティはパトリシアと雑談しつつ、レヴィンに言葉を教えながらのんびりと手を進め、三日かけて全ての準備を終えた。

◆

準備が完了した翌日。

この地に漂着して三十五日目の朝だ。いつものように、細切れにした肉、擂《す》り潰《つぶ》した肉、そして己の生き血を混ぜ、さらに塩をほんの少し振って、レヴィンに与える。

「今日からは歩くからね。いっぱい食べときなよ?」

はぐはぐと夢中で離乳食を貪るレヴィンの背中を撫でながら、シルティは指で摘まんだ自分の朝食を口内に放り込み、奥歯で潰した。心地の良い歯応えと共に、甘酸っぱい汁が口内に溢れる。

「んー、美味し。パトリシアちゃんのおかげだなぁ」

「ふふふ。感謝してよねっ」

「ありがとー」

左手を伸ばし、得意げなパトリシアの頭を撫で回した。

嚼人《グラトン》二名の朝食は名も知れぬ淡い緑色の果実だ。昨日の夕暮れ時、やや暇を持て余していたパトリシアが目敏《めざと》く発見したもので、大きさはシルティの親指ほど。意識してみれば頭上にたくさん生《な》っており、味見してみると予想を遥かに超えて美味であった。生食でここまで美味しい野生果実というのも珍しい。もちろん目に見える全てを掻き集めた。昨日の夕食のデザートとしても少し摘まんだが、今日の朝食分ぐらいはまだ残っている。


全員が食事を終え、さらにレヴィンが排泄を済ませたのを確認し、シルティは財産を詰め込んだ籠を背負った。

ベルトには鞘もどきの筒が二本の平紐で吊るされており、シルティ渾身の力作である〈紫月〉が納められている。これまでは常に片手が木刀で塞がっていたが、これで両手を自由に扱えるようになった。剣帯の役割を担う平紐の調整には随分苦心したが、その甲斐あって抜刀は極めてスムーズに行なえる。蒼猩猩や宵闇鷲から不意打ちを受けたとしても、迎撃に難は無い、はず。

「よし。二人とも、行こっか」

「また木の実を見つけてあげるわ！」

「んふふ。期待してるね」

◆

移動を再開した日から数えて三日後、午後六時頃。

海岸線にて、シルティはいつものように離乳食を作っていた。まな板と〈玄耀〉を使って肉を細切れにし、五割ほどを擂《す》り鉢《ばち》を使って液状化させ、自らの生き血をたっぷり混ぜる。

材料は、二時間ほど前に仕留めた二匹目の羚羊、その背ロースだ。食料が心許なくなってきたため、蒼猩猩でも襲って来てくれないかと海岸線から森の奥へ踏み入ったところ小一時間で発見。迷わず襲った。

どうやら羚羊は反射神経が相当に優れているらしく、一匹目と同様に二匹目もシルティの強襲にしっかりと反応して魔法を使ってきたのだが、問題ない。不可視の魔法ごと、力ずくでぶった斬ってやった。

初対面では木刀を圧し折られるという屈辱を味わった相手だが、〈紫月〉を振るう今のシルティの敵ではなかったようだ。

「できたよー」

専用の木の椀《わん》にたっぷりと離乳食を盛って提供すると、レヴィンはすぐさま寄ってきて顔を近付けた。しかし、ふすふすと匂いを嗅ぐばかりで一向に口を開こうとしない。見た目は大差ないのだが、食べ慣れている蒼猩猩の肉ではないとわかるのだろう。

「ほら、食べて食べて。大丈夫、このお肉、めちゃくちゃ美味しいから」

離乳食作りの前に少し味見をしていたので、シルティは自信満々に羚羊の肉の美味しさを保証した。

基本的に生物の筋肉というのは仕留めた直後より少し熟成させた《寝かせた》方が旨《うま》みが増す。美味しく食べたいなら、最低でも死後硬直が解ける程度は待つべきである。だがこの羚羊、まだ硬直も始まっていないというのに、なぜか驚愕的なほどに旨みが強い。数多《あまた》の野生動物を殺して食べてきたシルティの生涯でも初の体験だった。

また、食感も素晴らしいものがある。弾力に富みつつ、噛み締めれば容易く剪断《せんだん》できる、絶妙な柔らかさ。羚羊の肉はまだ残っているが、時間的にもうそろそろ硬直が始まるだろうから、この歯応えを楽しめるのは今だけだろう。

それに、香りも素晴らしい。肉に鼻を近付けて直接嗅げば仄《ほの》かな獣臭を感じられるものの、食べてみればそれは、臭みではなく癖と呼ぶべき、心地のいい風味に変化してくれる。

二口目《ふたくちめ》は軽く塩を振ってみたのだが、塩気が加わったことで脂が持つ微《かす》かな甘味がくっきりと際立ち、これがもう泣きそうになるほどに美味しかった。同じ肉でも塩の有無で満足感が桁違いである。

あの入り江で製塩しておいて本当によかった。あの決断は間違いではなかった。さすが私。シルティは衝撃的美味しさに震えながら思う存分に自画自賛をした。

「絶対気に入るから。マジで美味しいから」

この地に漂着してから口にした肉の中で、この羚羊の肉がぶっちぎりで一番美味しい。

蒼猩猩の尻尾の肉の味を一とすると、宵闇鷲の脚の肉は三ぐらい。入り江で乱獲した中で最も味が良かった魚が十五くらい。

そして羚羊の背ロースは、百ぐらいある。

恐鰐竜《ディノス》がちまちまと味わうように食べていたのも納得の美味しさだ。

「ほら。大丈夫だから、まずは一口、ね？」

木椀をさらにレヴィンの方へ差し出し、額を擽《くすぐ》って促す。レヴィンはなおもしばらく躊躇していたが、やがて恐る恐るといった様子で顎を開き、ほんの少しだけ齧る。

直後、長い尻尾が凄まじい勢いで真っ直ぐに伸び、全身の筋肉が強張《こわば》って動きが止まった。

そのまま、三秒、沈黙。

「うっそ。美味しくない？」

まさかこの美味な肉が口に合わなかったのか。嚼人《グラトン》と琥珀豹《こはくヒョウ》の味覚はそこまで違うのか。シルティが困惑の表情を浮かべた次の瞬間、幼い琥珀豹は堰《せき》を切ったように離乳食を貪り出した。

「あ、やっぱり？」

感動から動きが止まっていただけのようだ。

「んふふ。美味しいでしょ」

蒼猩猩の尻尾肉を使った離乳食とは比べ物にならない反応の良さ。物凄い勢いで喰らい付いている。それなりに重量があるはずの木椀がひっくり返ってしまいそうだ。よほど口に合ったのだろう、レヴィンは食事を継続しながら、ミヌャァオゥ、ミヌャァオゥ、と初めて聞く珍妙な唸り声を繰り返し響かせていた。

「さて」

夢中になっているレヴィンをそっと放置し、シルティはまな板の上に目を向ける。鎮座するのは背ロースの残り。こちらは噛人《グラトン》たちの取り分だ。〈玄耀〉を使って手早く薄切りにし、塩をぱらぱらと多めに振りかけた。

「はい、どうぞ」

木の枝を適当に削った一膳の箸と共に、パトリシアの前にまな板ごと差し出す。

恐鰐竜《ディノス》の襲撃で中断されてしまったが、シルティはパトリシアが肉の生食を決意したことを忘れていなかった。しかし、ここで生食を促せば連鎖的に恐鰐竜《ディノス》の恐怖を思い出してしまうかもしれないと判断して、しばらく保留していたのだ。再び生食を勧めるのは恐怖がもう少し風化してから、と考えていたのだが……さすがにここまで美味しい肉があると考えも変わる。

美食を本能とする魔物として、是が非でも味わわせてあげたい。

無言のまま、青い顔をして箸を受け取るパトリシア。恐鰐竜《ディノス》を思い出して恐怖に青褪めているのか、はたまた単純に生食に対する抵抗感で青褪めているのか。どちらも蛮族からは縁遠い感覚ゆえ、シルティには判断が付かない。

「大丈夫だよ。美味しいから。レヴィンも美味しそうでしょ？」

「そ……。……そう、ね。大丈夫、食べるわよ」

覚悟を決めたのか、目尻を吊り上げたパトリシアが箸を綺麗に持ち、羚羊の刺身を一切れ摘まみ上げた。震える手の振動が伝わり、柔らかい肉がぷるぷると小刻みに揺れている。だが、シルティが思っていたより躊躇はなかった。すぐに小さな口を大きく開け、勢いよく、ぱくり。目を閉じ、眉間に皺《しわ》を作り、無言のまま静かに咀嚼していたが……すぐに顔の強張りが取れ、細く白い喉が微かに動いた。飲み込んだようだ。

「どお？」

「……美味しいわねっ!?」

「でっしょお？」

パトリシアが驚愕の表情を浮かべながら刺身を摘まみ、再び口へ運ぶ。もはやその動作に躊躇など微塵《みじん》も存在していない。

「……本当に、びっくりするくらい美味しいわ。生のお肉……こんな味なのね……」

「こんなに美味しい生肉は私も初めてだけどねー。蒼猩猩の肉は臭《くさ》いから、パトリシアちゃんはやめといた方がいいかも」

「……一回だけ、試してみるわ」

「おっ？　いいね。それじゃ、次に狩ったときに挑戦してみよっか」

パトリシアは無言で頷きつつ、二枚目三枚目四枚目と次々に刺身を口へ運んでいく。と、レヴィンが近寄ってきた。木椀に盛られた離乳食は欠片も残さず綺麗に舐め取られていたが、どうやらま

だ物足りないらしい。無作法にもまな板の上に進出し、刺身を強奪しようと顔を寄せる。

「こらこら。それはパトリシアちゃんのだよ」

シルティは素早く腹の下に手を差し入れ、これを捕獲した。するとレヴィンはぴたりと動きを止め、大人しくなる。これまでの経験から、シルティに抱き上げられた時に暴れてはいけないと理解しているのだろう。

「お代わりならちゃんと作るから……あ、そうだ。ちょっと噛み噛みしてみよっか」

今は刻んだ肉を離乳食として与えているのだが、こうして自発的に刺身を食べようとしたのだし、もう少し大きな肉を食べる練習を始めるいい機会かもしれない。そう判断したシルティは、羚羊の背ロースを拳一つ分ほどの塊に切り出し、木椀に乗せてレヴィンの前に差し出した。咬合力は肉食獣の最大の武器。幼少の頃から鍛えておくべきだろう。

「噛んでみて？」

シルティが促すと、レヴィンは即座に顔を近付けた。薄っぺらい舌でれるんれるんと繰り返し舐め、不慣れながらも門歯や犬歯で咀嚼を始める。

「ね、ねえシルティ。私も、おかわり欲しいわ……」

「ん。ちょっと待っててね」

レヴィンもパトリシアもこの羚羊の肉を気に入ってくれたようだ。背負い籠にはまだ前肢が二本分収納されているが、この分ではすぐに食べ尽くしてしまうだろう。自分のためにも、庇護対象たちのためにも、羚羊を見たら確実に狩らねば、とシルティは食欲に塗れた決意をした。

◆

翌日、朝。

「よし。二人とも、そろそろ行こっか」

「ええ」

「レヴィンは前を歩いてね」

朝食を終え、前肢を使って顔を入念に清潔にしていたレヴィンが、シルティの声に反応して立ち上がった。さらに、ビャゥン、と鳴いて返事。

なんとなく、肯定の意が込められているような気がする。

食後や就寝前などの空き時間に、シルティとパトリシアはレヴィンへ人類言語の教育を施してきた。二人とも異種族に言語を教えた経験などなかったが、幸いにもレヴィンは腕や指で指し示す動作の意図をかなり理解できるようだ。周囲にあるものを見せながら名前を発音して繰り返し聞かせる、という手順で名詞を教えることができた。

名詞以外にも、『見ろ』『待て』『行け』『来い』『歩け』『走れ』などの単純な指令や、それらに対応する動作などは、既にかなりの精度で理解できている。今では、『木を見て』と言えば木を見るようになり、『籠に行って』と言えば背負い籠に近寄るほど。

とても賢く優秀な生徒に、シルティとパトリシアはご満悦である。

同時に教師たちもまた、耳や体毛の起き上がり方、尻尾の動き、表情や姿勢、そして声の調子などから、レヴィンの意図をかなり察することができるようになってきた。

肯定と否定の意、そして物事の好き嫌いがわかれば、最低限の意思疎通はできる。時間をかけて学習を深めれば、さらに精度も上がっていくだろう。

「パトリシアちゃんはレヴィンのちょっと後ろね」

「うん」

庇護対象たちを視界に入れ、シルティは今日も今日とて海岸線を辿《たど》る。この海には少なくとも恐鰐竜《ディノス》が生息できることが確認できたので、海岸から多少の距離を保ちつつだ。頂点捕食者の頂点である竜の個体数は極めて少ないはずだが、遭遇する可能性はゼロではない。

一度目の邂逅《かいこう》では、幸運にも逃れることができた。

二度目の幸運を期待するのはやめておいた方がいい。

第十話
鱗と角

barbarian girl adrift on a different continent

この地に漂着してから四十三日目。

海岸線から多少の距離を保ちつつ進む一行《いっこう》の前に、見慣れぬ動物が姿を現した。

現在地は岩礁海岸で、地面の起伏は多い。シルティは起伏の陰に身を潜め、目を凝らす。

（……猪《イノシシ》、かな？）

口唇から飛び出る、湾曲して上向きに伸びた長大な牙。流線型で、前後に短く、上下に大きな樽《たる》型《がた》の胴体。短い四肢。

全体的に猪に近いが、鼻の先から尻尾の先まで背筋に沿って一列、暗い黄土色の鱗が生えているのが特徴的だ。最も大きなものは水瓜《スイカ》の実、最も小さなものは李《スモモ》の実ほどの大きさ。五角形の鱗は一枚一枚が独立しており、爬虫類《はちゅうるい》などの鱗よりは魚鱗《ぎょりん》に近いように見える。鱗以外の体表は、短く硬そうな体毛で覆われていた。

シルティの知識にはない動物だ。

「あれ、知ってる？」

隣で同じく身を潜めているパトリシアに小声で尋ねる。

「……多分、鬣鱗猪《りょうりんイノシシ》って魔物、だと思うわ」

「おおっ。パトリシアちゃん、ほんと物知りだねぇ。魔法もわかる？」

「魔法は……その……ごめんなさい」

「そっか。ありがと」

シルティはパトリシアの頭を撫で、そして鬣鱗猪の全体像を確認した。

身体能力は、見た目通り猪に近いと考えるべきか。初見の相手の特徴を決めつけるのは良くないが、可能性として頭に入れておくのは重要である。

肢《あし》が短い動物というのは走行の最高速度が低い傾向があるのだが、猪は別だ。奴らは四肢の短さに似合わず優れた突進力を誇り、その体重も相まって馬鹿げた破壊力を発揮できる。また、重心が低いまま四肢の筋力を存分に発揮できるため、俊敏性・敏捷性においても素晴らしいものを誇った。速さにはいろいろあるが、シルティは特にこの『重心の低さに由来する俊敏性および敏捷性の高さ』を最も警戒している。

(猪って、いつ見ても……なんというか……親近感が湧くなぁ……)

なぜなら、他ならぬシルティ自身が、それに大きく依存した戦闘スタイルを取っているからだ。

猪は強い。間違いない。彼らを弱いと評するなら、シルティが弱いということになる。そんなことはありえない。自分を弱いと思ったとき、生命力の作用は失われ、戦士は死ぬのだ。

(さて)

鬣鱗猪はシルティたちに気付いていないらしい。岩礁に生じた潮溜まりに口を付け、美味しそうにぐびぐびと飲んでいる。水分というよりは塩分を補給しに来たのだろう。

（……行くか。いや。危ないかな。……いや。行こう！）

シルティは前のめりになりつつ、これを狩ることに決めた。

羚羊《レイヨウ》の肉がとても美味だったので、この鬣鱗猪の肉も食べたくなったのだ。

現在、シルティは食欲に支配されていた。支配されている自覚はあったが、どうにも、抗《あらが》いがたい。

（あの見るからに硬そうな鱗、ぶった斬ったら、気持ちよさそう……）

そして、せっかく作り上げた自信作〈紫月《しづき》〉の切れ味をもっと試したい、という幼い蛮族的思考もかなり大きかった。

「二人はここで待ってて」

ビャゥン。レヴィンは小さく鳴いて返事をし、パトリシアは無言で頷いた。


シルティは足音を殺しながら、獲物への接近を開始する。長年の狩猟経験が導き出す『ギリギリで気付かれない位置』に身を潜め、獲物の様子を窺《うかが》った。

ここでは常に波が打ち寄せており、岩礁に波が砕かれる大きな音が周期的に響いている。かつて羚羊にやったような、投石と音を利用した誘い込みは難しそうだ。鬣鱗猪の習性も全くわからないから、効果的な待ち伏せもできない。真正面から突っ込むしかないだろう。

姿勢を低く、右手には〈紫月〉。肩に担いで峰を背中に沿わせつつ、鬣鱗猪を睨み付け、距離を測る。全力で奔《はし》る自分の脚力なら七歩で届く、とシルティは判断した。地面はしっかりとした岩礁だ、裸足《はだし》のため足の裏がちょっぴり痛いが、安心して蹴ることができる。襲撃に気付いた鬣鱗猪が、逃げるか立ち向かってくるかはわからない。立ち向かってきてくれると、楽なのだが。


息を静かに吸い。

止めて。

跳び出す。


一歩。二歩。

鬣鱗猪がこちらに気が付いた。

三歩。四歩。

鬣鱗猪がこちらに頭を向ける。どうやら、鬣鱗猪は立ち向かうことを選んだようだ。さすがは猪、方向転換が速い。

望むところ、とシルティが脚に力を込めた、その瞬間。

平べったいなにかが、シルティの顔面へ向かって一直線に飛来した。

(んッ)

極度の集中の影響で引き延ばされた時間感覚の中、シルティの眼球は、自らの視線の上をなぞるように飛来する物体を克明に捉えていた。

鱗だ。手のひら大の、黄土色の鱗だ。背筋に沿って生えていた鱗が一枚、剝がれ落ち、ぞっとするような回転数で空気を切り裂きながら飛来してくる。

どう見ても鋭利だ。どう見ても切断力がある。筋肉で受け止めるのは遠慮したい。

とはいえ、直線的な速度は大したこともない。これなら弩《いしゆみ》の方がよっぽど速いな、とシルティは判断した。

首を傾け、鋭利な飛鱗《ひりん》を躱《かわ》して擦れ違う。

この程度ならば回避は容易い。だが、単発ということはないだろう。鼻から尾の先まで、鱗はたっぷり生えていた。正確な枚数はわからないが、少なくとも二十枚以上。全ての鱗を射出できる、と考えておく。

弩などとは比較にならない密度で攻撃できるに違いない。

気を引き締めつつ鬣鱗猪を凝視した、次の瞬間。

背筋を突き抜ける、ぞわりとした怖気《おぞけ》を感じた。

「んのぁッ！」

自らの直感に従い、シルティは前後に大きく開脚して身体を沈める。

直前まで頭部があった空間を、黄土色の鱗が後ろから引き裂いていった。逃げ遅れたシルティの髪が数本、犠牲になる。

（おおっ!?　戻ってきた!?）

どうやら、シルティが回避した鱗が空中で折り返し、再び襲いかかってきたらしい。シルティの視界では今もまた、鱗の軌道がなにもない空中でカクンと折れ曲がり、再三、シルティへと飛来し始めている。

さらに、鬣鱗猪の背筋から、二枚目、三枚目の鱗が剥がれ落ちた。

予想通り、単発では終わらないようだ。計三枚の刃が、シルティを襲う。

獲物を追尾して切り裂く、複数の鱗。これが、鬣鱗猪がその身に宿す魔法か。

「んふっ」

シルティの頭の中が、じわじわと、蕩けるような熱を孕んだ。

シルティの口元には、にまにまと、楽しそうな笑みが浮かぶ。

爛々と輝く瞳で、シルティは自らを襲う三枚の鱗を凝視する。

首を狙う一枚を頭を振って避け、左太腿を狙う一枚と胸部を狙う一枚を身を大きく翻して擦り抜けたあと、背後から戻ってきた一枚目を跳躍して躱《かわ》した。

空中に浮かんだシルティへ殺到する二枚目と三枚目の側面を両足の足刀で蹴り飛ばし、同時に反動で鬣鱗猪の方へ跳ぶ。足刀の角度が少し甘かったようで、左足の小指と薬指が切断された。まぁ、この程度であれば動きに支障はない。

着地点に先回りするように四枚目の鱗が射出された。シルティは空中にいながら〈紫月〉を地面に突き立て、支点を作って着地点をぐるりとずらし、やり過ごす。

さらに戻ってきた一枚目を、鋭く振り回した〈紫月〉の峰で打ち据える。

耳障りな金属音を鳴り響かせ、飛鱗が明後日の方向へ向かった。

（おおっ、硬いなっ）

あわよくば割ってやろうという一撃だったのだが、残念ながら罅《ひび》一つなさそうだ。薄くて鋭利なくせに、随分と頑丈である。素晴らしい。

間髪入れず、残る三枚の鱗がシルティを襲う。

「ぁはっ」

シルティの笑みがますます深まった。

こういう、手数で攻めるような魔法は、シルティの大好物なのだ。

相手が自信を持って放つ攻撃の濃幕を、シルティが誇る反射神経と動きのキレで以《もっ》て悉く躱《かわ》し、捌き、すり抜け、封殺して、必殺の太刀の間合いまで肉薄する。

その時こそ、シルティは自らの素晴らしさに酩酊《めいてい》し、この上ない達成感を味わうことができるのだ。

悪い癖だという自覚はある。だが、どうにも抑えきれない。興奮してしまう。

冷静になり切れない部分が、声高に主張するのだ。

敵に、私の身体の素晴らしさを見せてやれ。

己が磨き上げてきた、最も自信のある性能《キレ》を存分に見せびらかし、死ぬほど圧倒してやれ、と。

「んふっ、ふふふ、んふふふッ」

この辺り、フェリス家の性《さが》というべきかもしれない。

実のところ、シルティの父ヤレックも、そういうところがあった。

ヤレックは筋肉自慢だったので、真正面からの力比べの際にギンギンに興奮する男だった。

「猪くん、四枚じゃ全然足んないよ。気張れ。じゃないと、すぐ、近付いて、斬り殺せちゃうよ」

薄く開いた唇から、軽口が零れ落ちる。

シルティの挑発を理解したわけではないだろうが、鬣鱗猪の背筋から追加の鱗がバラバラと剝がれ落ちた。その数、一挙に七枚。

シルティの視線にも熱がこもる。

最大で何枚までいけるのだろうか。

生えた鱗、全部、飛ばせないのだろうか。

もういっそ、一気に襲ってきてほしい。

全部、漏れなく、躱してみせる。

血塗れで躱して、逃がさず近付いて、ぶった斬ってあげる。

シルティはにまにまと笑いながら、うきうきと死地へ踏み込んだ。

◆

この地に漂着してから四十八日目。

食料がなくなったため、お肉を求めて森の中へ踏み込んだ一行の前に、見慣れぬ動物が姿を現した。

　レヴィンを地面に低く伏せさせ、シルティとパトリシアは太い木の陰に身を隠しながら、遭遇した動物の姿を確認する。

（んん……）

　全身が黒い体毛で覆われた四肢動物だ。どうやら食事中のようで、地面に顔を近付けて一心不乱にモグモグとやっている。何を食べているのかはよく見えない。

　かなりの巨体で、肩甲骨が瘤《こぶ》のように盛り上がっていた。続いて目を引くのは、空恐ろしさを感じるほど巨大な丸い頭部。そして、その頭頂部と後頭部からそれぞれ一対、湾曲しながら前方へ伸びる、四本の角だ。羊や山羊のような渦巻き状、色は銀色で金属光沢がある。木漏れ日の中で光り輝いていて、とても綺麗だった。

　四肢は少し短めだが素晴らしく逞《たくま》しい。筋骨隆々という表現がとてもよく似合う肉体だ。特徴的なのは、後肢の踵《かかと》がしっかりと地面についていること。人類種《じんるいしゅ》や猿のような蹠行動物《せきこうどうぶつ》。おそらく、後肢だけで立ち上がったり、前肢《うで》を器用に動かすのが得意なはず。

　姿形を表現するならばそれは、四本の巻き角が生えた巨大な熊のように見えた。

　これもまた、シルティの知識にはない動物である。

「あれ、わかる？」

「……知らないわ」

「そっか」

「その……ごめんなさい」

「ん？」

「私、知識《これ》くらいしか、役に立てないのに、あの熊も、前の、猪も……」

「ふふっ。謝る必要なんてないよ。私、獲物のことを知って殺し方を考えるのも好きだけど、知らない相手と殺し合うのも大好きだから」

「そっ……そう……」

引き攣った表情のパトリシアを撫でながら、シルティは獲物をじっくりと観察する。

（……多分、真っ直ぐ立ったら蒼猩猩《あおショウジョウ》よりでっかいな、あれは……）

仮称、角熊《つのグマ》。

立ち上がれば、上背はシルティの倍を超えそうだ。とてもではないが、筋力では敵わない。

（行こうか。いや。さすがに危ないか。……いや。強そうだ。行こう！）

シルティは前のめりになりつつ、これを狩ることに決めた。

先日、鬣鱗猪と殺し合ったのがとても楽しかったので、ついつい好戦的な判断を下してしまう。

あまり正しいとは言えない判断だという自覚はあったが、本当にもう、全く、抗いがたい。

普段は冷静に思慮深くあろうと（本人なりに精いっぱい）心掛けているシルティであるが、やはり一皮剝けば蛮族の道徳が顔を出してしまうのだ。

（あの見るからに硬そうな角、ぶった斬ったら、気持ちよさそう……）

それから、先日の鬣鱗猪ではあまり〈紫月〉の切れ味を試せなかったので、そういう意味では欲求不満に終わっていたという点も現在の好戦的《蛮族的》な思考に大きく影響しているだろう。

鬣鱗猪が精密に操る二十枚強の飛鱗を回避して懐まで潜り込むのは、とても楽しい時間だった。

情報過多の世界で自らと敵を把握し、致命傷だけを避け、全身のあらゆる場所を浅く切り刻ませて進む。

本当に、本当に、楽しかった。

だが。

潜り込んでいざぶった斬るという段階では、鬣鱗猪の背筋《せすじ》の鱗は全て射出されていた。つまり、とても柔らかかった。

あれでは一本目の木刀でも結果は変わらなかっただろう。〈紫月〉的には、やはり消化不良は否めない。

ちなみに、鬣鱗猪の肉は羚羊の肉の次くらいに美味であった。

「二人はここで待ってて」

ビャウン。レヴィンは小さく鳴いて返事をし、パトリシアは無言で頷いた。

◆

ひゅっ。

シルティの投擲した飛礫《つぶて》が空気を貫く。

シルティは動きの精密性を身上とする戦士である。針の穴を通すような精密な投擲も大得意だ。三十歩までの距離であれば百発百中、飛ぶ鳥にすら当てられるだろう。放たれた飛礫は狙い通り角熊の後方に立つ木の幹に命中し、甲高い音を響かせた。

ビクリと身体を強張らせた角熊が、食事を中断して音源の方向へ振り返る。

その瞬間、シルティは身を隠していた木の陰から跳び出した。

木製の太刀〈紫月〉を右肩に担ぎ、地を這うような前傾姿勢で瞬時に肉薄。狙うは頸だ。立てば見上げるような巨体も、四肢を地につけた今ならば、存分に体重を乗せた一刀で頸を狙える。

障害となるのは角熊の頭部から生える四本の渦巻き角。まるで後頸部《うなじ》まで覆う兜《かぶと》のように頭部を守っている。残念ながら角度が悪い。ただ真っ直ぐ振るうだけでは、角に阻まれ、頸の肉まで届かない。

シルティの目が、反骨に燃え上がった。

(角ごとッ!)

絶好の位置で、身体を瞬時に停止させる。

生み出した制動エネルギーを束ねて太刀に乗せ、渾身の袈裟斬りを放った。

「がハッ!」

全身を貫く衝撃に、暗転していたシルティの意識が覚醒する。

「はっ、ぐッ……ぅ？」

いつの間にか、シルティは木の根元に右半身を預けるような形で倒れ伏していた。

明滅する視界の中、思考を走らせる。

袈裟斬りを放った。そこまではしっかりと覚えている。

だが、その直後に視界が白く染まり、音が消えて、気付けば倒れていた。

何が起きたのか、全くわからない。

わからないが、今はそれどころではない。

惚《ほう》けていたら、死ぬ。


息を吸う。跳ね起きる。

ふらつく。空気を貪る。

喉が痛い。耳鳴りがする。

体勢を整えつつ、敵の姿を探す。

やけに視界が狭い。だがすぐに見つかった。角熊の姿勢は記憶に残る姿からほとんど変わっていない。意識が飛んでいたのは極僅かな時間のようだ。

ただ、四本ある頭部の角に明確な差異が見られる。美しい銀光を示していた角が、今は醜く黒ずんでいた。

四本角を振り回しながら、角熊が立ち上がって咆哮を上げる。おかげでわかった。左耳が死んでいる。右耳しか聞こえていない。

（くっそう、斬れなかったか……）

シルティは構えた〈紫月〉の切先と視線を角熊から外さずに、呼吸を整えながら自分の肉体を検めた。

右側頭部、右肩、右の肋《あばら》、右腰に、ズキズキという鈍い痛みがある。先ほどまで身を預けていた木に身体ごと強く打ち付けられたのだろう。とはいえ、シルティにとってただの打撲など日常茶飯事。動きに支障はない。〈紫月〉も無事だ。手の内にある。

しかし、左半身の負傷は少々問題だった。左の小指と薬指は完全に千切れて行方不明。中指も大きく抉れている。人差し指は形は残っているが、まともには動かせない。

指だけではなく、左半身が全体的に熱くて痛くて引き攣る。皮膚が焼《や》け爛《ただ》れている感覚がする。視野が狭いと思っていたら、どうやら左目がほとんど見えていないようだ。皮膚と同様、眼球も焼けているのかもしれない。

呼吸する度に、喉から胸が痛む。気道の中まで火傷が及んでいるようだ。鼻を働かせると、凄まじく焦臭い。空気中の塵《ちり》が燃えたのか、それとも鼻腔が焼けているのか。いや、両方か。

諸々の情報から、シルティは自分を襲った現象に目星を付けた。

（爆発の魔法かな？　すんごい威力だ）

斬りかかったシルティの至近で、衝撃と熱を伴う爆発が起き、敢え無く吹き飛ばされて木に叩き付けられたのだろう、とシルティは推測する。

爆発を生じさせる魔法はいくつか知っていた。最も有名なものは、六肢動物の中でも特に理不尽と知られる冠竜《コロノス》がその身に宿す魔法、『睥睨爆破《へいげいばくは》』だ。両目で注視した座標を問答無用で即時爆破するという凶悪極まりない魔法であり、射程は視程《してい》に等しく、威力も想像を絶する。

つまり、冠竜《コロノス》は敵を目視すればほぼ殺せるのである。

この角熊が身に宿す魔法に関して言えば、『睥睨爆破』ほど理不尽ではないにせよ、少なくとも威力はそれなりらしい。とてもではないが、皮膚で耐えられる威力ではなさそうだ。

「ふふ……」

シルティは笑った。

戦いはこうでなくてはならない。

(ていうか、今のは完全に不意打ち入ってたでしょぉ……)

シルティには、角熊の意識外から強襲を成功させたという確信があった。だが、現実に手痛い反撃を喰らっている。

角熊の方が一枚上手《いちまいうわて》で、シルティの存在を把握されていたのか、あるいは。

(多分、恒常魔法かな。珍しい。なんて魔物なんだろ)

蒼猩猩の『停留領域《ていりゅうりょういき》』然り、琥珀豹《こはくヒョウ》の『珀晶生成《はくしょうせいせい》』然り、ほとんどの魔法は意識的に行使されるものだ。明確な行使の意志を込めた生命力が迸《ほとばし》り、肉体を巡ることで魔法が発現される。

しかし、一部の魔物が宿す魔法は違った。非常に燃費がいいのだ。生きていれば自然と肉体を巡る程度の、ごく微量な生命力を糧にして、魔法が常に準備された状態になるらしい。無意識に使える。言い換えれば、意識的に使わないということができない。こういった形態の魔法を、俗に『恒常魔法《こうじょうまほう》』と呼んだ。

何を隠そう、嚼人《グラトン》がその身に宿す魔法『完全摂食《かんぜんせっしょく》』もこれに含まれる。

（どうやったら、あれ、斬れるかなぁ……）

角熊の動向に油断なく目を向けながら、シルティは魔法の考察を進めた。

恒常魔法は、なんらかの要因を呼び水として半自動的に強い効果を発現させることが多い。おそらくこの角熊の魔法も一定の条件に合致する対象を爆破するのだろう。条件に合致さえすれば対象を認識する必要がないのだ。だから、シルティの不意打ちにも対応できた。

どんな条件だろうか。

よく見るのは、海月《クラゲ》の刺胞《しほう》のように、接触した相手を自動的に攻撃するような魔法だ。シルティの斬撃に反応して魔法が発動した可能性は高い。

もっと凶悪なものを想定するならば、一定以上近付いた同種以外の動物を爆破する、とか。同種を対象外とする魔法というのは割と普遍的だ。広範囲を破壊しつつも巻き込んだ同種には傷一つ付けない、というような魔法はよく見る。特に群れを成す魔物がそういった魔法を宿す傾向があった。

この角熊は見たところ単独であるし、恒常魔法でそういうのはあまり聞かないが、可能性はゼロではない。

（まぁ、一番怪しいのは、どう考えても……）

シルティの視線が、角熊の頭部に注がれる。

渦巻き状の四本の角。消し炭のように黒く変化していた角は、今は手入れを怠った銀器のような色合いになっている。こうして見ている間にも、どんどんと黒ずみが消えていく。どうやら時間経過で元の銀色に戻るらしい。

実に魔法的だ。

経験上、あの角が魔法の成立に大きく関与している可能性は高いように思える。

（よし。ちょっかい出してみよ）

来るとわかっていれば、生命力の作用による肉体の強化を防御へ偏らせることも可能だ。シルティが皮膚を意識しておけば、爆破されても多少は堪えられるだろう。

現状、左腕は使い物にならないが、左足は充分に動く。ならば、問題はない。


息を静かに吸い。

止めて。

跳び出す。


先ほどの展開を繰り返すように、〈紫月〉を右肩に担いだ前傾姿勢で肉薄する。

それを愚直な突進と見た角熊が、迎え撃つようにこちらも突進を開始した。頭を前に突き出した姿勢のまま、素晴らしい加速度だ。立派な角の生えた頭部を叩き付けようとする意図がはっきりとわかる。熊のような身体をしているが、戦い方は牛や羊に近いかもしれない。

シルティは内心でほくそ笑んだ。

いろいろと迎撃されるパターンを考えていたが、視野が狭まる頭突きは楽なパターンだ。

正面衝突。

の、寸前。

シルティは自らの誇るキレを十全に発揮し、左方へ直角に折れ曲がった。その回避には一切の減速が伴わない。角熊が頭部を激しく振り回しながら、直前までシルティがいた空間を通過する。

強い衝突を予想していたのか、角熊はまるで足を踏み外したかのようにつんのめり、無様にたたらを踏んだ。その隙に、シルティは再度の肉薄を終えた。角熊の右側面後方、完全な死角に身を潜り込ませ、ぴたりと止まる。詳細不明な魔法の脅威が無ければこのままぶった斬るところだが、下手に手を出してまた爆破されてはまずい。

敵《シルティ》を見失った角熊が、不用心にも頭を上げる。

その瞬間、シルティは斬撃を放った。片手で放たれた高空の右袈裟。目にも留まらぬ〈紫月〉の切先が角熊の右眼球を浅く斬り裂く。

一瞬の静寂ののち、悲痛な絶叫が轟いた。

(んっ、爆発しないな)

右袈裟を繰り出すのに並行して防御態勢をとっていたシルティだったが、杞憂《きゆう》に終わったようだ。

今のは爆発の条件に合致しなかったらしい。速やかに後退し、距離を取る。

角熊は血の涙を垂れ流しながら狂ったように暴れ、両前肢と頭を無茶苦茶に振り回していた。

全ての魔物は漏れなく超常的な再生力を備えている。眼球が少し裂けたくらいは軽傷だ。あの程度であれば小一時間で再生されるだろう。

が、それはそれとして、眼球を斬り裂かれれば普通に痛い。

シルティのように痛みに慣れていなければ、我を失って暴れ回るのも当然である。

「お揃いのお目々になったね！　反対だけどさ！　指もお揃いにしない？」

レヴィンやパトリシアの方に行かれてはまずい。大声で呼びかけつつ、右手に持った〈紫月〉をこれ見よがしに大きく動かして注意を引く。

巨大な鞴《ふいご》の吐き出す音のような、ざらついた荒い呼吸を繰り返しながら、角熊がシルティを見た。牙を剥き出しにし、粘性の涎《よだれ》を盛大に撒き散らしながら、凄まじい咆哮を放つ。肌で振動を感じられるほどの大音声だ。残った左目が憤怒《ふんぬ》と殺意に染まり、血走っている。

シルティは表情に出さずに苦笑した。

角熊の気持ちが痛いほどわかってしまったのだ。

（ご飯の最中に斬りかかられて、目まで潰されたら、私もブチ切れるなぁ）

角熊が再三の咆哮を上げ、跳びかかってきた。両前肢を伸ばしての圧《の》しかかりだ。二歩だけ退いて、これを回避。間髪入れずに続く、角で空間を掘り返すような豪快な攻撃は、角熊の右側面に回って躱《かわ》す。

シルティを追いかけるように、角熊が首を振った。二度、三度、四度、執拗に繰り返される角での攻撃。

身体ごと叩き付けるような頭突きは、予備動作が大きく、とても躱しやすい。これが延々続くならば、シルティは三日三晩だって無傷で過ごせる。

角が当たらないことに業を煮やしたのか、角熊が左前肢での薙ぎ払いを放った。シルティの胴回りほどもありそうな太い腕と、その先端に生える長く伸びた褐色の鉤爪。まともに喰らえば膾《なます》にされるだろう。

シルティは上体の反らしのみでこれを躱す。シルティの顎下を、薄皮一枚の距離で鉤爪が撫でた。

直後、そのまま前肢の陰に隠れるように身を沈めつつ、右前方へ深く踏み込む。

角熊が自らの太い腕のせいで獲物を見失った。シルティにはそれが手に取るようにわかった。

擦れ違いざま、再度の斬撃。狙ったのは、角熊の後頭部から生える左の巻き角だ。稲妻のような速度で弧を描く切先が、狙い違わず角の中程に吸い込まれる。

チンッという、微《かす》かで涼やかな衝突音。

そしてほぼ同時に、それを上書きする爆発音。

(おっ、爆発した)

ちょうど、〈紫月〉と角が接触した座標に咲いた、小さな爆炎。

衝撃で弾かれた〈紫月〉をくるんと回して反動を制御しつつ、刀身を素早く検める。武具強化の甲斐あって、相変わらず美しい深紫《ふかむらさき》の刀身。無傷だ。対して、角はうっすらと黒ずんでいた。

より致命的な眼球に命中しても魔法は発動しないのにもかかわらず、あの角に当たれば発動するらしい。

やはり、角が起点。おそらく、角に衝撃が加わった際に爆発が起きるのだろう、とシルティは推測した。

前肢が器用な傾向のある蹠行動物《せきこうどうぶつ》の割に、角を使った攻撃を執拗に繰り出してくるのも、角による爆破に自信と実績があるからか。

シルティが気絶させられた初撃と比べ、今の爆発は随分と規模が小さかった。連続して大きな爆発を発生させるのは難しいのか。あるいは、角に加わる衝撃の強さに比例するのかもしれない。

「んふふ……」

予想よりずっと与《くみ》し易《やす》そう魔法だな、とシルティは思った。

要するに。

角以外を斬ればいいのだ。

◆

頭部を刎ね飛ばされ、力を失って頽《くずお》れる角熊。

シルティは〈紫月〉をひゅるんと回して血振りを行ない、息を吐いた。

すぐさま自己診断し、左半身の負傷を再生させるために必要な日数を見積もる。

聴覚の死んだ左耳。これは軽傷だ、小一時間で治る。爛《ただ》れた肌や気道も軽症だ。後回しにしていても明日の晩には自然と治る。爆破されて吹き飛んだ左手の小指と薬指は即日とはいかないが、明後日ぐらいには再生できるだろう。一番の重傷は左眼球。ここまで焼けているなら一旦刳《く》り貫《ぬ》いた方が早そうだ。明明後日《しあさって》を目標とする。

幸い、目の前に大量の肉があるので、生命力の補給については心配ない。

シルティは〈紫月〉を鞘に納めつつ、庇護対象たちを潜ませていた木の陰に向けて手を振った。途端、パトリシアが跳び出し、当人なりの全力で駆け寄ってくる。遅れてレヴィンがそろりそろりと出てきた。初めて聞いた爆音を警戒しているのか、まだ周囲をきょろきょろと見回している。

「だ……大丈、夫？」

蒼白《そうはく》な顔面に涙を浮かべ、震えた声で安否を確認するパトリシア。彼女の主観では相当な重症に見えるのだろう。

「全然大丈夫だよ」

「で、でも……あなた、目が……」

「目？　ふふふ。こんなの、刳り貫いてご飯食べてたらすぐ治るってば」

「刳り貫っ……」

なぜか絶句してしまったパトリシアを放置し、シルティは角熊の死骸を眺めた。これもできれば美味しく食べたいところだが、今はとにかく生命力を補給しなければ。

まだ血の滴っている頭部を持ち上げる。頭頂部と後頭部から伸びる二対の巻き角、おそらくこれが角熊の魔法の起点だ。こういう魔法的な部位は大抵の場合、嚼人《グラトン》が捕食した際、質量に対して補給できる生命力の割合が多い。

シルティは頭部をひょいと放り投げ、〈紫月〉の抜き打ちを放った。深紫の刃が角熊の頭頂部から側頭部に抜け、巻き角が一本、頭蓋骨から綺麗に分離される。放物線を描く頭部と巻き角を左手で順番に捕獲した。

頭部を脇に抱え、巻き角を摘まみ、口元へ。

口を大きく開け、砕くつもりで、ガチリと嚙み付く。

次の瞬間。

「んがあッ!?」

シルティは口から爆炎を噴いた。

レヴィンがびよんと高く跳び上がり、パトリシアは悲鳴を上げて尻餅をついた。

◆

二十分後。

「いやー、びっくりしたねぇ」

手に持った角熊の巻き角を眺めつつ、シルティが呟く。先ほど嚙み付いた際の歯形が残っており、色合いは黒ずんでいた。角熊が生きていた頃は時間経過で銀色に戻っていたのだが、こちらは今のところ黒のまま変化はない。

「……死ぬほど、びっくりしたわ」

やや離れた位置に座り込んだパトリシアが涙の痕の残る頬で苦笑を浮かべた。シルティの怪我にかなり狼狽《ろうばい》していたうえに、不意の爆炎に完全に腰を抜かしてしまったのだが、さすがに二十分も経てば落ち着きを取り戻せる。

パトリシアの背後にはレヴィンが隠れており、シルティをじっと見つめていた。丸く見開かれた目、真横に倒された耳介、大きく広げられた洞毛《ヒゲ》。全身全霊の警戒中だ。爆発音が相当に気に障ったらしい。

「まさか、これだけで魔道具みたいになるとはなぁ……」

魔物の肉体には、魔法を生み出すための固有の構造が備わっている。魔術の研究では、魔物の死骸から固有構造を特定し、それらを組み合わせて魔道具を作るのだが、角熊の場合は固有構造が極端にこの『巻き角』に集中しているらしい。そのおかげで、斬り飛ばした巻き角が単体で原始的魔道具となっていたのだ。

そんなこととは夢にも思わないシルティは、なんの覚悟もないまま無邪気に巻き角に噛み付き、口から爆炎を噴く羽目になってしまった。無敵の口腔を誇る嚼人《グラトン》でなければ下顎が吹き飛んでいたに違いない。

もちろん、生命力がなければどんな魔道具であっても起動しないのだが、今回の場合は斬首した直後ゆえに多少残留していたのだろう。そこに、燃費の良さや半自動という恒常魔法の特徴が噛み合い、奇跡的に発動してしまったのだと思われる。

「ねぇ、シルティ。それ、もう爆発しないの？」

シルティの手にある黒ずんだ巻き角を指差しながら、パトリシアが尋ねた。

「多分ね」

〈玄耀《げんよう》〉でコツコツと叩いてみたが、爆発は起きない。

「そっちの、銀色のも？」

「どうかな」

パトリシアの疑問を確かめるため、シルティは再び〈紫月〉を振るった。角熊の頭部から銀色の巻き角を一つ斬り取り、同じく叩いてみる。

「やっぱり爆発しないね。生命力がなくなっちゃったんだと思う」

「じゃあ、生命力があればまた爆発するのかしら」

「んー……ちょっと実験してみよっか」

武具強化の対象がそうであるように、『自らの身体の延長と見做《みな》せる』物品でなければ生命力を導通させることはできない。だが、この自己延長感覚の確立には対象との長い触れ合いの時間が必要だ。シルティと刃物のように病的に相性が良い組み合わせでもなければ、普通は月単位の時間がかかる。

この親睦を深める時間を省略するために、魔道具には生命力の導通を助ける専用の機構が組み込まれるのが普通だ。

しかし当然ながら、角熊の巻き角にはそんな機構は設けられていない。そして、巻き角を自分の身体の延長と見做すこともシルティにはできない。……もう少し刃物っぽければいけたかもしれないが。

というわけで、この巻き角に生命力を導通させるには別の手段が必要である。

シルティは左手薬指の断面を噛《か》み解《ほぐ》し、巻き角に生き血《生命力》をたっぷり塗り付けた。生き血は豊富な生命力を含むが、致命的なまでに劣化が早い。乾いてしまう前にパトリシアとレヴィンを庇える位置に移動し、真正面にあった木の幹に軽く投げ付ける。

甲高い破裂音と共に、ごく小さな爆発が起きた。

「ひゃっ」

パトリシアが可愛らしい悲鳴を上げ、レヴィンが首を竦《すく》めて尻尾を膨らませる前で、巻き角が衝突の反発と爆風によりあらぬ方向へと転がっていく。

「おー！　すっご。ぶっちゃけ爆発するとは思ってなかった！」

「……この熊……お手軽だわ……」

「ふふふっ。確かにお手軽！」

幹には小さな焦げ跡が残っていた。貧弱な魔物であれば驚かせるくらいはできるかもしれない。斬り取って血を付けただけで魔道具として働くとは、パトリシアの言う通りまさしくお手軽だ。

地面に転がった巻き角を拾い上げ、検める。熱の影響か、塗り付けた血液は硬化して罅割《ひびわ》れていた。指で擦って落とすと黒ずんだ表面が露わになる。

劣化した血液を綺麗に落とし、新たに血を塗り付け《生命力を共有し》ながら少し待ってみたが、黒ずんだままだ。銀色に戻すための魔法的固有構造は巻き角ではない別の部位にあるのかもしれない。そして、黒ずんだ巻き角を幹に投げ付けてみても爆発は起きなかった。

「使い捨てなのね……。あんまり高くは売れなさそうだわ」

パトリシアが商人の視点で評価を下す。

「まーでも、見た目も綺麗だし、売れないってことはないんじゃない？　そんな重くないし、こっちの二本だけ持って行こうよ」

完全に無一文の今、お金になりそうなものは少しでも確保しておきたい。

「……危なくないかしら？」

「血が付かなきゃ大丈夫だよ、多分」

シルティは荷物の中から樹皮を取り出し、巻き角を幾重にも包んで縛り上げ、背負い籠の中に収納した。これなら血を浴びたとしても巻き角までは到達しないだろう。

「よし。それじゃ、ご飯にしよっか」

◆

三日後、角熊との殺し合いで負った傷が癒えた。

それもこれも、角熊の巨大な死骸を一心不乱に腹に収め、全力で生命力を補給した結果だ。申し訳ないが、今回ばかりはレヴィンやパトリシアの取り分は最低限である。肉はもちろん、歯牙や骨、体毛に至るまで……巻き角以外のほとんど全てをシルティが消化した。

どんな物質からでも生命力を超高効率で補給でき、負傷を極めて短期間で癒せるというのは、嚙人《グラトン》という魔物の非常に大きな強みだ。生存するという競技において嚙人《グラトン》の右に出るものはない。世界最強の竜種の皆様方でさえ、糧にできないものはあるのだから。

ちなみに、生命力の作用による肉体の再生は、普通はその個体が自認する『健康な身体』を目指して再生されるため、大抵の場合は髪の毛なども元通りになる。

なお、角熊の肉は筋張っていたが強い旨味があり、意外なほど臭みなどもなく、非常に美味であった。


そういうわけで、肉体は問題ない。

問題となったのは鎧下《よろいした》。つまり、服である。

蒼猩猩との取っ組み合いでボロボロになった鎧下や肌着を、植物の糸で補修してどうにか使っていた状態で、気道が焼けてしまうほどの爆発を受けたのだ。耐えられるはずもなく、左半身を中心に大きく焼け落ちてしまった。

残念ながら、いくら生命力を注ごうとも、ただの服は勝手に治ったりしない。

シルティは比較的無事だったズボンの右裾《みぎすそ》から端切れを作って縫い付けたり、柔らかい樹皮を切り取って縫い付けたり、大いに試行錯誤をして、お世辞にお世辞を重ねればギリギリで服と呼べるかもしれない程度に、衣類を補修することに成功した。

「……いや、ひどいな、これ……」

肌触りも劣悪であるが、なにより、乳房の固定能力が低すぎる。かなり動《うご》き難《にく》い。

「その……勇ましくて、格好いいわよ？」

「いくら私でも、今の格好が酷いことくらいわかるぜ、パトリシアちゃん……」

自他ともに認める鮮烈なファッションに身を包むことになってしまったシルティだが、自分の格好を極力無視することにした。

第十一話　夜戦

barbarian girl adrift on a different continent

この地に漂着してから五十五日目、夜。

森の中、浅い眠りで身体を休めていたシルティが、パチリと目を開いた。

微かだが、獣臭がする。シルティ自身やパトリシアの臭いではないし、レヴィンの臭いでもない。

「二人とも、起きて」

レヴィンとパトリシアの身体を叩いて起こす。ただならぬ雰囲気を察したのか、目を覚ましたレヴィンは寝惚《ねぼ》けることもなく速やかにシルティに寄り添った。パトリシアは小さく呻《うめ》きながら上体を起こしたものの、まだ完全には覚醒できていないようだ。手のひらで両の瞼《まぶた》をぐりぐりと圧迫している。

シルティはレヴィンの脇腹を撫でてやりながら、周囲の気配を探った。

鼻を働かせる。極めて薄いが、やはり確かに獣の臭いがある。陸風の時間帯。風上はシルティたちの進行方向に対し右手の方向。

耳を澄ます。夜の虫の鳴き声に混ざる葉擦《はず》れの音を聞き分ける。幹や枝に力を加えられた木が揺らす葉擦れの音と、風による葉擦れの音は、良く聞けば全く違う。

目を凝らす。すでに日が沈んで長い。一寸先すら闇だ。膨大な生命力をぶち込んで、眼球を無理やり活性化させながら、動くものを必死に探る。

そして、説明も証明も言語化もできない、だがシルティが最も信頼を置く、超常の第六感。

全ての感覚に引っかかる気配が、薄くて、広い。方角が絞れない。うなじの辺りがぞわぞわする。

(蒼猩猩《あおショウジョウ》じゃないな。なにか別の群れだ)

まだ相手の姿も位置も確認できないが、シルティは自らに注がれる複数の視線ははっきりと感じていた。数は定かではないが、一匹や二匹ではない。しかも、もうこちらをしっかりと見付けている。そんな気がする。

(んー……)

対多数の戦いはシルティの大好物だ。

幼い頃のシルティは、故郷の近くに生息していた渡狼《わたりオオカミ》という魔物の群れにちょっかいを出し、集団で襲ってきたのをひたすらに捌《さば》き続《つづ》けるのがお気に入りの遊びであった。普通ならば避けられないようなタイミングの連携を、自らの脳と眼球の性能を振り絞って漏れなく把握し、動きのキレと判断の冴えに任せて強引に切り抜けることに、シルティは脳髄が蕩《とろ》けそうになるほどの快感を覚えるのだ。

だが、夜間となると話は別。

生命力の作用で多少は改善できるとはいえ、噛人《グラトン》という魔物の眼球はそもそも闇を見通すようには作られていない。森の中では星の光もほとんどが遮られてしまう。シルティがどれだけ生命力を注ぎ込んで眼球性能を振り絞っても、闇夜の中で得られる明瞭な視程はたかが知れていた。

(よし、逃げよっと)

これがシルティ単独であれば挑戦していたかもしれないが、今は庇護対象が二人もいる。さすがに挑めない。

暗闇の中、シルティは地面に置いていた背負い籠を覗き込んだ。一昨日、またもや蒼猩猩のオスが襲ってきたので、それを返り討ちにした分の食料《生肉》が入っている。勿体ないが仕方がない。輪切りの尻尾を掴み、全て地面へと投げ捨てる。気配たちがこの肉に食い付き、こちらを見逃してくれればいいのだが。

「ひっ……。シ、シルティ……居るわよね?」

生肉の立てる粘着質な音に驚いたのか、パトリシアが短く悲鳴を上げ、怯えた声で尋ねた。完全に目が見えていないようで、暗闇の中できょろきょろと視線を巡らせている。

「こっちだよ。手を握るから、静かにね?」

シルティは囁き声で応えつつ、パトリシアの左手を優しく握った。パトリシアはほっとしたように小さく息を吐き、少し身体を寄せてくる。

「なにかがこっちに来てる。数が多そう。暗すぎて戦《たたか》い難《にく》いから、逃げるよ」

シルティの言葉を聞いたパトリシアは微かに身体を硬直させたあと、しっかりと頷いた。

「わかったわ」

「ん。じゃ、レヴィンと一緒に籠に入っててね。ちょっと生臭いと思うけど、我慢して」

パトリシアの脇の下に手を突っ込み、抱き上げ、背負い籠の中へ降ろす。続いてレヴィンを抱え上げ、パトリシアに受け渡した。出会った当初と比べるとレヴィンの身体も随分大きくなっていたが、これを見越して製作していたので、まだ余裕がある。

「レヴィンのことお願いね」

「任せて」

パトリシアがレヴィンを胸の内にしっかりと抱え込み、背負い籠の中で体勢を整えたのを確認してから、シルティは籠を背負い上げた。重量的には全く問題なし。

「行くよ」

足音を殺しつつ歩み出す。その僅か一秒後、周囲の雰囲気ががらりと変わった。

(うわマジかっ)

静かな夜の森でことさらに目立つ騒音。シルティにはわかる。これは葉擦れと重なって響く無数の足音だ。どういうわけか、敵は獲物が逃走を開始したことをほとんど遅延なく察知したらしい。気配を隠すことを止め、背後から猛然と追いかけてくる。

シルティは即座に加速した。もう足音を気にする必要などない。闇の中、地面を遠慮なく蹴りつけ、障害物だらけの森を矢のように奔《はし》る。包囲網が狭まる前に、進路上の個体密度が高まる前に、さっさと押し通ってしまいたい。

と、その時、前方からも騒音が響く。シルティの視界にこちらへ向かってくる三つの黒い影が薄っすらと映った。やはり囲まれていたか。眉間に皺《しわ》を寄せ、目を凝らす。

（んんっ？　なにあれ）

まだその姿は定かではない。だが、それぞれの頭部らしき位置に、赤い光の点が二つ並んでいるのが見えた。位置からして眼球だろうか。光を反射しているのではなく、完全に発光しているようだ。

詳細は不明だが……おかげで、おおよその位置がわかる。

「んふっ」

シルティはにやりと口元を緩めた。おおよそでも相手が見えるのならば、シルティは自分の性能を振り絞ることができる。たった三匹の網など掠《かす》らせもせずに擦り抜けてみせると、蛮族の血が大いに猛《たけ》った。

一段減速しつつ、素足で地面を刻む。右、左、直進、右、沈身を挟み、また右へ。慣性を無視しているかのように進行方向がかくかくと切り替わるくせに、速度自体はほとんど変わらない。不慣れな者が同様の動きを強いられたら足首を捻転骨折してしまいそうな、観測者に生理的嫌悪感すら与えかねない奇怪な足運びだ。

背負い籠の中で振り回されたパトリシアが、微かに悲鳴を上げる。

野生界ではまず目にしないであろう不気味な動きに困惑したのか、襲撃者たちの連携が僅かに乱れた。

「んふふっ」

シルティはにんまりと口元を緩めた。想定通りだ。見逃さない。全力で加速する。

著しい緩急差が襲撃者たちの猶予を根こそぎ奪い取った。シルティは包囲網に生じた綻《ほころ》びを瞬時に貫通し、襲撃者たちと拳一つ分の距離で擦れ違う。

（おおっ、狼《オオカミ》だっ！）

ここまで接近すれば、シルティは暗闇の中でも相手の姿を観察することができた。

すらりと長い四肢。スマートながら大きな身体。しゅっとした口吻《マズル》。暗闇の中ではさすがに毛の色まではわからない。二つの赤い点はやはり眼球のようだ。超常的に、真っ赤に、発光している。目が赤く光るなどという特徴を持つ狼は、シルティの知識には存在しない。

だが、とりあえず。

（超かっこいい！）

身体がでっかくて、四肢がすらりとしていて、口吻《マズル》が長い犬が特に好きなシルティである。この狼たちはかなり好みの見た目であった。

包囲網をさらりと突破したシルティは、逃走を継続しつつ、横目で背後を窺う。擦れ違った三匹はすぐさま反転し、獲物を追跡し始めたようだ。速い。進行方向の右側にもいくつか気配がある。

（狼か……）

このまま逃げ切れるだろうか。

あるいは今が昼間であったなら、全力で走って追跡をぶっちぎるのも手だったかもしれない。シルティは障害物走では無類の強さを発揮する。森の中、草木を避けながらの競争ならば、そんじょそこらの相手に負けるつもりはなかった。

だが、今は夜間だ。日中の視界とは比べ物にならない。現に今も最高速度には程遠い状態である。果たして彼らの追跡をちぎれるほどの速度差を得られるかどうか。

（どうしよっかな）

シルティは知っている。狼や犬の類の持つ持久力は半端なものではない。それが生命力に溢れる魔物ともなれば尚更である。

瞬発力には大いに自信のあるシルティだが、持久力は誇れるほどではなかった。かつて海上を泳ぎながら長期間に亘《わた》り漂流できたのは、船の残骸という浮きに身体を預け、好きな時に好きなだけ休息を挟めたからである。

余裕ぶっこいて全力で走ったのに狼たちを振り切れなかった、という状況になってしまうのが最悪だ。まず助からない。

シルティは足を止めずに、ちらりと、周囲に立ち並ぶ巨木の数々を見上げた。この辺りの木は背が高く、密度も高い。

（よし、登ろ）

即断したシルティは勢いをつけ、一本の木に向かって跳躍した。着幹《着地》の直前、シルティは〈紫《し》月《づき》〉を振るう。水平《左から右》、そして逆水平《右から左》。絶妙な角度を付けられて瞬時に往復する刃が、幹の表面を楔《くさび》状《じょう》に削《そ》ぎ飛《と》ばした。

それを文字通りの足掛かりとして、さらに上方へ跳躍。跳躍先でも同様に足掛かりを作る。曲芸としか言いようのない連続跳躍で木々の間を往復し、シルティは瞬く間に樹上へと駆け昇って行った。

充分に高さを稼いだら太く安定した枝の上に乗り、即座に地表を眼下に見る。

湛えられた暗闇に浮かぶ、対《つい》になった赤い光点。超常的に発光する狼たちの目だ。シルティが見ている間にも光点は続々と増えていく。包囲網を築いていた個体たちが刻一刻と合流しているのだろう。

（おぉー、すごい数だ……。二、四、六……うおー。まだまだ増えてく……やっばぁ……）

しばらく観察していると、光点が二十六個を数えてから増えなくなった。群れの構成員が全てここに集合したらしい。二十六個、十三対の赤い光。つまり、この狼たちは十三匹にもなる大規模な群れを作っていたことになる。

逃走を選んで正解だった。とてもではないが、夜間に籠を背負ったまま相手取れる数ではない。

光点の群れはシルティの眼下をうろうろと動き回っている。もし枝から落ちてしまえば即座に殺到し、骨も残さず貪られるだろう。前肢で幹を掻いているのだろうか、時たまガリガリという音が響く。

だが、彼我の距離は決して縮まらない。

（やっぱり、登れないっぽいな）

シルティはほっと安堵の息を吐いた。

狼や狐《キツネ》などの犬類《イヌるい》動物の前肢は、猫類《ネコるい》のそれよりも走行に特化した作りをしている。前後に動かすことは大得意だが、左右に広げることはほとんどできないし、肘や手首を回すこともできない。物を上から押さえ込むことはできても、なにかを抱え込むような動きはできず、言ってしまえば不器用だ。

また、常に露出している鉤爪は地面と触れ合って摩耗が進むため先端が鈍くなり、対象に深く食い込ませるということも不得意。

要するに、犬類動物は基本的に『木登り』が下手なのだ。

低い位置に都合のいい枝がいくつも伸びているならともかく、樹幹を身一つでよじ登るようなことは難しい。それを考慮し、シルティは逃げ場に木を選んだのである。

予想通り、眼下の狼たちも木には登れないようだ。今のところはシルティを見逃す気は無さそうだが、打つ手も無いらしい。警戒しながらしばらく観察していたが、赤い光点は小さく唸りながら樹幹の周りをうろうろするばかり。確定ではないが、遠距離から攻撃が可能な魔法は宿していない可能性が高い。

場は膠着《こうちゃく》している。

(んー。しょうがない。待とう)

シルティは狼たちが諦めるまで待つという持久戦を選択した。

噛人《グラトン》が先に飢えることはない。木の葉でも樹皮でも、手の届く範囲から適当に採取すればいい。レヴィンが飢えることもない。シルティの肉を削ぎ取って与えればいい。だが、あの赤目の狼たちはそうもいかないはず。シルティたちを食えないとなれば、いずれは他の獲物を求めて去るだろう。

どれほどの時間がかかるかわからないというのが難点だが、シルティは眼下の狼たちが自分たちに強く固執するとは思っていなかった。なぜなら、十三匹もの群れの腹を満たすのに、小柄な嚼人《グラトン》二名と幼い琥珀豹《こはくヒョウ》では肉量が少なすぎるからだ。

魔物は総じて賢いが、狼や犬の魔物は特に賢い。獲物の狩り易さや大きさを正しく認識し、労力と得られる肉を天秤《てんびん》にかける判断力を持つ。小賢《こざか》しくも木に登って逃げるような獲物には執着せず、もっと簡単に狩れる獲物やもっと大きな獲物を探しに行くだろう。

(とりあえず、明るくなるまではこのままかな)

シルティはこのまま夜明けを待つことに決め、自らの背中をちらりと窺った。

(あー、ちょっとキツかったか……)

常軌を逸した急制動の連続により籠の中で激しくシェイクされ、敢え無く撃沈したらしい。パトリシアとレヴィンは仲良く気絶していた。脳内で二人に謝罪をしつつ、口元を確認する。呼吸は正常だ。脈拍も落ち着いている。これならすぐに目を覚ます。

シルティは手持ちの紐の中から最も長いものを取り出し、先端に錘《おもり》としてまな板をしっかりと結び付け、頭上でひゅんひゅんと振り回すと、自らが体重を預けている大木の幹へと横薙ぎに投げ付けた。幹を中心とした円運動を経て戻ってきたまな板をそつなく捕まえ、幹と背負い籠をしっかりと結合する。長い紐をもう一本使い、同様のことを行なった。これでパトリシアたちが寝返りを打ったとしても落ちることはないだろう。

(さて)

眼下への警戒を疎かにするつもりはないが、夜明けまで暇になってしまった。こういう時、シルティは刃物を愛《め》でることにしている。右腰から〈玄耀《げんよう》〉をするりと引き抜き、鎌のような刃を空気に曝《さら》す。明るい陽光の下ではほとんど黒に見える刀身が、どういうわけか星明りの下では赤みを増して見えた。実に妖美《ようび》である。

「んふふっ……」

いやはや、自分の作品ながら、本当に格好いい刃物だ。シルティは十分間ほど鑑賞を楽しんだあと、ズボンの右裾から小さな端切れを作り、〈玄耀〉を磨き始めた。丹念に、入念に、愛情を込めて。その顔はこの上なく蕩けており、まるで恋する乙女のようだ。

この〈玄耀〉を磨き終われば、次は〈紫月〉を……とそこで、レヴィンが弱々しく唸り声を上げた。パトリシアに先んじて気絶から復帰したようだ。

「あ、起きた？　ごめん、急にぴょんぴょん跳んだから、びっくりさせたよね」

腕を伸ばし、レヴィンの眼前にそっと指を差し出す。レヴィンは迷わず鼻先を寄せ、洞毛《ヒゲ》をぴんぴんと跳ねさせながら匂いを嗅いだ。この暗闇の中でもしっかり見えているようだ。多くの猫類動物と同様、琥珀豹の眼球にも輝板《タペタム》が備えられているらしい。

「まだ危ないから、もうちょっとそこにいてね。寝てても良いよ」

◆

結局、赤目の狼たちは夜明けまで木の根元で屯《たむろ》していたが、日が昇るとすぐに退散していった。

この地に漂着してから五十九日目。

相変わらず、シルティたちは海岸線から多少の距離を取りつつ森の中を進んでいる。

時たま川に突き当たり、その流れを遡ってみたりするものの、どれも短い小川だった。すぐに源泉に辿り着いてしまう。この森は川が形成され難《にく》い代わりにあちこちに湧水があるのだろう、というシルティの予想は正しそうである。

ちょうど太陽が正中に届いた頃、昼食を取った。材料は通算十二匹目となる蒼猩猩の尻尾肉で、今回で品切れだ。手持ちの肉がなくなってしまったので、森の奥へ踏み込んで獲物を探さねばならない。

木々に目印を付けながら森を直進し、午後三時をいくらか過ぎた頃。いつものように蒼猩猩が樹上から跳びかかってきた。この森は本当に、呆れるほど蒼猩猩の生息密度が高い。

だが、これまでとの相違点が一つ。それは、蒼猩猩が単独のオスではなく、四匹のオスの群れだったということだ。三匹がレヴィンを、一匹がパトリシアを狙っていた。

シルティは蒼猩猩たちが空中にいるうちに前方へ踏み込み、パトリシアの首根っこを引っ張って後方へ投げ飛ばした。シルティとパトリシアの位置が交換される。

さらに一歩踏み込み、〈紫月〉を抜き放つ。深紫の殺意が空気を裂き、レヴィンを襲ったうちの一匹の首を刎ねた。動きを止めず、ちょうどいい位置に居た一匹の脇腹へ右脚の回し蹴りを叩き込み、残った一匹に衝突させて弾き飛ばす。二匹の蒼猩猩が縺《もつ》れ合《あ》って地面に投げ出された。無論、蒼猩猩相手に打撃では大したダメージにはならないが、しばらく行動は阻害できるだろう。

蹴りを放った反動を利用して反転、己へ向かって来る一匹の殴打を避けつつ、がら空きになった首筋へ右袈裟。二匹目を仕留めたあと、折り重なって地面で踠《もが》いている生き残り二匹が立ち直る前に肉薄、一刀のもとに頭部をまとめて輪切りにする。

わずか一呼吸の間に、四匹の襲撃者はその命を散らした。

「……ふぅ。びっくりした。群れになると、弱いところから狙うようになるのかな？」

今までの蒼猩猩たちは常にシルティに襲い掛かってきてくれたので対応が楽だったのだが。単独と群れでは蒼猩猩たちの判断基準に違いがあるのかもしれない。

シルティが血振りを熟しつつ振り返ると、パトリシアが微かな呻き声を上げながら地面で丸くなり、両手で後頭部を押さえていた。いきなり後ろ向きで投げ出されたため、地面に後頭部を打ち据えてしまったらしい。

「パトリシアちゃん、大丈夫？」

「大、丈夫よ……頭、打っちゃったけど……」

「どれどれ」

パトリシアを助け起こし、後頭部を触診する。薄いタンコブができていたが、問題ないだろう。

もう一人の庇護対象、レヴィンはというと、息絶えた蒼猩猩たちをじっと観察しつつ自らの鼻の頭をぺろんぺろんと舐めていた。身体こそ動いていないが、目は爛々としている。

そろそろ次の食事の時間なので、空腹を覚えているのかもしれない。シルティが守らなければ死んでいたかもしれない状況だというのに、呑気なものである。宵闇鷲《よいやみワシ》に襲われかけてビビりまくっていたあの頃とは大違いだ。

肝が据わったというより危機感が麻痺したと表現するべきかもしれないが、シルティは『子供は臆病すぎるより蛮勇の方がよっぽど好ましい』と考える蛮族の娘である。是正するつもりはなかった。

蛮勇に見合うだけの力は、追々身に付ければいい。シルティもそうやって育ってきたのだ。

「さて。んー……と。一番肉が多そうなのはこれか」

シルティは周囲を警戒しながら四つの死骸を眺めた。まだ若いのか、あるいは肉体的資質に恵まれなかったのかは定かではないが、この四匹はどれもかなり華奢な見た目をしている。目視した瞬間にシルティが『これなら私でも簡単に蹴り飛ばせる』と判断したほど、明確に小柄だ。まぁ、それでもシルティよりは大きいが。

最も大柄な蒼猩猩の尾を根本から切断。〈紫月〉を死骸の毛皮に擦り付け、付着した血を拭ってから納刀する。

残念ながらのんびりと血抜きをしている暇はない。尾の先端を持ってぐるんぐるんと勢いよく振り回す。強烈な遠心力により、尾の内部に蓄えられていた血液が周囲へ飛び散って、血抜きは完了だ。ある程度の長さで輪切りにして小分けにし、背負い籠へ詰め込む。

「群れで出てきたの初めてだね？」

「そう、ね……」

蒼猩猩は一匹のオスが複数のメスを囲い込む群れ《ハーレム》を形成し、群れのリーダーであるオスが単独で勤勉に狩りを行なうが、ハーレムを持てないオスはハーレムを持てないオス同士で三匹前後の互助的な群れを作るという。小柄なこの四匹はハーレムを持つことができず、縄張りの隙間を縫うようにこそこそと放浪していたのだろう。

これまでの経験から言って、蒼猩猩のリーダーを殺した場合、その周辺はしばらく静かになるのだが、今回はこの辺りを縄張りとするリーダーが健在のままだ。濃密な血の臭いを撒き散らしてしまったことだし、なるべく早くここを離れた方がいいだろう、とシルティが判断したその時。

「……人里が近いのかもしれないわ」

パトリシアがぽつりと呟いた。

「ん？　どうして？」

「お父様が教えてくれたの。蒼猩猩は、人里に近いほど小さいオスが多くなるんだって」

「……。それは……。んーっと……」

シルティは思考に耽《ふけ》り。

「なるほど！」

すぐに納得して頷いた。

考えてみれば当然かもしれない。

強いオスが率いる群れは、食料が多かったり、危険が少なかったり、居心地が良かったりと、より良い環境の縄張りを勝ち取れるだろう。逆に、競争に負けた弱者たちが身を潜《ひそ》めるのは、蒼猩猩にとって劣悪な環境となるはず。蒼猩猩は森の深い場所を好むので、彼らにとって劣悪な環境とはつまり、森の浅い位置のはずだ。

「いいこと聞いちゃった。じゃ、きっともうすぐ森を抜けられるね。レヴィンもそう思うでしょ?」

ビャウゥンァ。曖昧に鳴きながら、レヴィンは首をこてんと傾《かし》げた。

レヴィンは本当に賢い。肯定では頭部を縦に振り、否定では横に振り、意味がわからなければ傾げる、というジェスチャーを完璧に覚えてくれたおかげで、嚼人《グラトン》と琥珀豹の意志疎通は随分とスムーズになってきた。

ちなみに、レヴィンが最も良く頷くのは、生肉を前にシルティが塩入り小袋を取り出した瞬間である。

「よしっ、行こっか! パトリシアちゃんもなるべく周りを見ててね。もしかしたら、森の中に集落《むら》みたいなのあるかもしれないし」

「任せてちょうだい!」

◆

この地に漂着して六十四日目、夜。

森の中、浅い眠りで身体を休めていたシルティが、パチリと目を開いた。

直後、嫌でも異常に気付く。視界が真っ白だ。濃密な夜霧《よぎり》が出ている。

シルティは即座に戦闘態勢に移った。

月明りも星明りも樹冠に遮られ、地面まではほとんど届かないはず。他の光源もない。だというのに、なぜこうも視界が白いのか。霧全体が滲《にじ》むように発光しているからだ。

明らかに自然現象ではない。

魔法による霧。だとすれば。

良くて煙幕。悪ければ毒だ。

この濃霧がいつから一行《いっこう》を包んでいたのか不明だが、既にかなりの量を体内に取り込んでしまっているだろう。魔法による毒は超常的な再生能力を持つ魔物ですら簡単に殺す。経口摂取であればあらゆるものを糧にできる嚼人《グラトン》とて、肺腑《はいふ》を侵《おか》す毒には無力なのだ。

今のところ身体は絶好調だが……遅効性で、もう全員の死が確定しているかもしれない。

だとすれば。

(まぁ、どうしようもないか)

解毒剤などないのだから、考えるだけ無駄である。

シルティはすぐさま庇護対象たちを揺り起こした。レヴィンは瞬時に覚醒し、周囲の白さにも狼狽えず保護者に寄り添ってじっと動きを止める。一方のパトリシアはまだ寝惚けているようだ。眉間に皺《しわ》を寄せて目を細め、周囲をきょろきょろと見回して首を傾げている。

「しゃきっとして。夢じゃないよ」

シルティは少し強い声を出した。

「シル……。ンッ！」

自らの両頬をバチリと叩き、パトリシアは自力で意識を覚醒させる。

「ごめんなさい。起きたわ」

「ん、いいこ」

青みがかった黒い髪を撫でながら抱き上げ、周囲を見回す。滲むように発光する霧のせいで視程が恐ろしく短い。五歩先の風景すら曖昧だった。赤目の狼たちの時は逃げるという選択肢を取れたが、今回は難しそうだ。

不鮮明な視界の中、記憶を頼りに見つけ出した籠にパトリシアとレヴィンを収納し、背負い込んで〈玄耀〉を引き抜く。

逃げられないのなら持久戦を選ぶしかない。地上よりは樹上の方がいいだろう。狼に襲われて以来、シルティは枝ぶりのいい大木の根元で野営することにしていた。我ながら良い判断だったと自賛しつつ幹に〈玄耀〉を食い込ませ、するすると登攀《とうはん》する。

ある程度の高さを稼いだら太い枝の上に立ち、背負い籠を紐で幹に固定して、庇護対象たちに籠から出ないことを指示。二人揃ってこくりと頷く様子に、少し和んだ。

「こういう霧を作る魔物、知ってる？」

地表を眼下に見つつ、パトリシアに問いかける。

「……ごめんなさい」

「そっか。じゃああんまりお金にならない魔物かな」

「本当に、ごめんなさい……」

パトリシアが泣きそうな声を出した。どうにも最近、守られるだけの自分が情けなくなっているらしい。

「もー。謝《あやま》んなくていいってば。前にも言ったけど、私、知らない相手と殺し合うの大好きだから」

「うん……、ゔッ」

突如、レヴィンがパトリシアの左頬にズンと頭突きを見舞った。そのまま首筋を擦りつける。消沈を察して慰めようとしているのだろう。若干、圧が強すぎるが。

「あ、ありがと。大丈夫よ」

パトリシアは苦笑しながらレヴィンの喉元を掻き撫で、そのまま頬擦りをする。出会った当初からすれば考えられないほど親密な様子だ。出会って二か月余り、パトリシアは完全にレヴィンの身内として認定されたのだろう。

「ふふ」

シルティは微笑ましく思いながら、ふと、微かな気配を感じ、目線を上に向けた。

白く滲んだ視界に。

橙色《だいだいいろ》の円が二つ、浮かんでいた。

猫類動物のような縦長の瞳孔を持つ、瞼のない、無機質な眼球だ。

（蛇《ヘビ》ッ！）

正体を看破すると同時、シルティの手が〈紫月〉の柄《つか》へ向かう。だが、襲撃者は既に攻撃に移っていた。

間に合わない。

撓《たわ》んでいた胴体が瞬間的に伸び、無数の歯牙が並んだ咢《あぎと》がパトリシアの右手首を捉える。

刹那の遅れで抜き放たれた〈紫月〉が奔《はし》り、引き伸ばされた女児の腕を肘関節で分断した。

束ねた絹糸を一息に斬るような、柔らかく儚い手応え。守るべき弱者の身体を斬るのは決して愉快なものでない。だが、蛇の類を見てまず警戒せねばならないのが毒の存在だ。血流に乗る前に負傷箇所を切り離さなければならなかった。

動きを止めず枝上《しじょう》で前へ踏み込み、切り返した愛刀で高空の逆水平《右薙ぎ》を放つ。

だが、これは空振りに終わった。頭を落とすつもりの一撃だったのだが、まさかこのタイミングで避けられるとは。稲光のような見事な一撃離脱だ。襲撃から撤退までが早すぎる。

半秒後、パトリシアが背負い籠の中で転倒した。一瞬とはいえ身体を持ち上げられ、さらに腕を失ったことでバランスを大きく崩したのだろう。身体を支えようと、籠の底に右腕を伸ばす。

「えっ？」

そこでようやく、己の惨状に気が付いた。目を大きく見開き、震える左手で右肘の断面を押さえ、しかし断続的に噴き出す血液は止められない。

「ひっ、ぃっ……、あ、ぅッ……はっ……ハ……」

あまりのショックに呼吸が上手くできないのか、パトリシアはしゃくり上げるように痙攣を起こしている。涙は流れていないが、多分、まだ感情が追い付いていないだけだ。気が付いたら肘から先がなくなっていたのだから無理もない。これほどの怪我を負ったのは生涯でも初めての経験だろう。

レヴィンが全身の被毛を逆立たせ、視線を頭上に、戦意に溢れた幼い咆哮を放った。長い尾をパトリシアの首元に巻き付け、強く引き寄せている。まさかパトリシアを守ろうとでもいうのだろうか。愛おしい勇ましさだ。

シルティはクスリと笑ったあと、〈紫月〉の鍔元《つばもと》で左の手のひらを深く切開し、それをパトリシアの口元に押し付けた。

「んッ、む!?」

「飲んで」

「ん、ぶっむぁ、……ん、ぅ……」

こく、こく、こくん。細く白い喉が何度か動いたのを確認し、シルティは手を離す。

「どう、美味し?」

「つは……美味しく、ないわ、よ……う、っ、痛《いっ》……ぐぅ、うぅぅ……」

「だーいじょうぶ大丈夫。嚼人《グラトン》は強い魔物だよ。そんくらい掠《かす》り傷だって」

「……わた……の手……っ、ふっ、ひッ、ひ……」

「ほら、上向いて、口開けて」

シルティが左手を掲げると、パトリシアは大人しく顎を上げて唇を開いた。拳を近付けて握り締め、傷口を潰して血液を搾り出す。噛人《グラトン》の生き血はこの場にある物質の中で最も生命力に富んだ食材だ。パトリシアは辛《つら》そうに顔を顰《しか》め、遅れてきた涙を流しながら、それでも口内に滴り落ちた命を必死に飲み込んでいく。

「よーしよし。しっかり飲んだね」

「……、っ、ふーッ、ふっ、く……」

「それじゃ、『腕が痛《いて》えじゃねぇかクソがふざけんな!』って唱えてて。そしたらすぐ治るからさ」

「う……腕が……いてえじゃ……ね、げホッ。ゲッホげふガふっ……」

シルティは紐を手早く取り出すと、激しく咳き込んでいるパトリシアの腕を強く括《くく》って雑な止血を施した。か弱いとはいえパトリシアも『完全摂食《かんぜんせっしょく》』を宿す噛人《グラトン》だ。生命力さえ潤沢ならば、この程度の傷で死ぬことはない。

「蛇だった」

「くそが、ふざ……ぇ?」

「パトリシアちゃんの腕に噛み付いたやつ。丸太みたいにめちゃくちゃでっかい蛇だった。毒持ってるかもだから、斬るしかなくて。ごめんね」

「へ、び……」

一瞬の邂逅《かいこう》にも拘わらず、シルティの眼球は襲撃者の姿を克明に捉えていた。蒼猩猩でも容易く丸呑《まるの》みにできそうな巨大な蛇。視界を遮る霧のせいで全体は確認できなかったが、頭部の大きさから言って、全長はシルティの七倍くらいあってもおかしくない。

伸ばした腕の先すら定かではない霧の中であれだけ見事な一撃離脱を披露してくれたのだから、あの大蛇がこの霧を生み出している魔物という可能性は高そうだ。もちろん断言はできないが、こちらが一方的に索敵能力を殺されていると考えておく。

シルティは〈紫月〉を一振りして籠と幹を結束していた紐を切断すると、籠を持ち上げて幹から速やかに離れた。相手が蛇とわかった以上、幹の近くは襲撃されるリスクが高い。幹からほどよく離れた位置に手早く固定し直す。

「ね、蛇って食べたことある?」

「……え」

「ない? 美味しいんだよ。見た目の割に肉は少ないんだけど……でもあんだけ大きかったら食べ応えばっちりだね。パトリシアちゃんも一緒に食べよ?」

唐突なシルティの発言に痛みを忘れたのか、パトリシアは啞然として絶句している。

「自分を食べた相手を食べられるなんてなかなかないよ。幸せだね!」

「……う、うん」

「よし。それじゃ、身体を小さくしてて。籠の外に手とか出さないように」

「わかっ、たわ……」

「レヴィン。パトリシアちゃんのこと、頼んだよ」

ビャゥン。レヴィンが了承の鳴き声を上げる。

「よしよし。頼りにしてる」

背負い籠を背後に庇うように、シルティは幹の方に振り向いた。


「ふふっ」

犬類動物にも猫類動物にも雑食の種は存在するが、雑食の蛇は存在しない。肉食行動が種の根源に刻み込まれた純血の捕食者、それが蛇という動物なのだ。そんな相手との殺し合いを前にした蛮族に、興奮するなという方が無理というもの。

シルティの嗜好としてはこちらから突っ込んで斬りたいが、超常の濃霧に覆われた樹上という環境ではさすがに難しい。まあ、あの大蛇もパトリシアの前腕ぐらいでは満足しないだろう。待っていれば、きっと襲ってきてくれる。

取るべき選択肢は一つ。

待ち構え、近付いてきたところを斬る。

シルティは体内に逆る生命力を耳へ集中させ、己の聴覚を振り絞った。視覚はほぼ殺されている。他の感覚で補うしかない。前に出した左足に体重を乗せてやや前傾に、寝かせた〈紫月〉の峰を右の上腕に乗せる変形八相の構え。視界は広く保ち、体幹筋に力を蓄える。

息を静かに吸い。

ゆっくりと吐く。
息を静かに吸い。
ゆっくりと吐く。
息を静かに吸い。
ゆっくりと――微かな異音が耳に届いた。

致死の気配がシルティの主観を自動的に引き延ばす。音源は左下。停止したように感じる視界の端。超常の濃霧の向こうに浮かぶのは橙色の眼球。辛うじて見える長い胴体は九十九折《つづらお》りに畳まれ、ぴたりと静止していた。

数百の脊椎を持ち、万に及ぶ筋肉から成る蛇の身体は、四肢動物の中でも稀に見る特化構造だ。長大な胴体に蓄えた力を解放し頭部を射出するという動作において、彼らはまさに超越的なキレを発揮できる。生命力に溢れる魔物ともなれば、その速度は音を軽く超えるだろう。

だが、シルティの〈紫月《うで》〉の切先《さき》も、音くらいは軽く超えられる。

左足を浮かせ、大きく一歩前へ。大蛇を間合いに取り込み、沈身、そして枝を圧し折らぬ程度の踏鳴《ふみなり》。重力と足で生み出した暴力を体幹で束ね、左腕へ流すと同時に右手を放す。柄頭《つかがしら》を握り締めた〈紫月〉に愛を込め、未だ動かぬ大蛇の頭部へと片手右袈裟を繰り出した。

万全の体勢。完璧な踏み込み。勝利を確信して振るわれた深紫の刃は音すらも斬り裂き、シルティの視界に映る大蛇の頭部を両断した。

現実には、空振《からぶ》っていた。

（な）

想定外に空転した慣性を持て余し、シルティは無様につんのめる。

大蛇は回避行動を取っていなかった。だというのに空振っている。シルティが間合いを見誤ったのだ。切先が届いていない、ということはつまり、現実よりもずっと近いように見えているということ。

思い当たる理由は一つしかない。この滲むように発光する濃霧だ。視覚を潰すだけでなく、距離感を狂わせる作用があるのか。

それは半瞬にも満たない硬直。

純血の捕食者の口先で曝すには、あまりに大きすぎる隙。

（あっ）

シルティの視界に桃色の楕円《だえん》が広がった。なんとなく見覚えのある形状。大きく開かれた口腔だ。上顎には二重に並んだ細かな牙の列。下顎には特徴的な気管の穴。丸呑みという摂食方式に特化した形状をしている。

鋭く息を吐き出し、膝を脱力。最速で重心を落としつつ全力で仰け反る。半瞬前までシルティの上体があった空間を鱗に覆われた丸太が貫いた。

改めて、本当に凄まじい太さだ。どれだけ自惚《うぬぼ》れてもシルティが対抗できる筋肉量ではない。締め付けられたら最後、逃れるのは不可能だろう。

「ははッ！」

九死に一生の興奮がシルティの理性を焼き、楽しげな嬌笑《きょうしょう》が漏れた。

仰け反った流れのままに身体を投げ出しつつ、空中で両膝が胸に付くほどに曲げ、首と背中を丸めて身体を小さく、自由な右手は耳の横に。肩が足場に接触し、尻が持ち上がったその瞬間、身体のバネを全力で解放。殺意に塗れた後転片手倒立により、揃えられた両足が大蛇の腹に突き刺さる。

緑褐色の鱗に蜘蛛《くも》の巣《す》のような罅《ひび》が広がり、長大な身体がへの字に浮き上がった。

だが、それだけだ。

蹴り飛ばしてやるつもりだったのだが、威力が全く足りていない。単純な重量というより、長すぎる身体に衝撃が分散吸収されてしまう。

直後、真正面から致死の気配。空中で引き返してきた大蛇がそのまま喰らい付いてきた。逆立ち中の今、もはや躱《かわ》す手段などない。見えている光景よりも対象は遠い位置に居るということを強く意識。一瞬の溜めを作り。

「ふッ！」

現状で実現できる最高の左薙ぎで迎え撃つ。

耳を劈く金属音が鳴り響き、蛮族の娘は大きく弾かれた。体重差は歴然だ。ぶつかれば軽い方が負けるのは当然の摂理である。距離感の混乱のせいで想定より鍔元《つばもと》に来てしまったのもまずかった。衝撃点が重心に近過ぎて上手く往《い》なせない。

（くそッ）

噛み付かれることこそ回避したが、枝上で強く弾かれれば待っているのは自由落下だ。

四肢の屈伸と腰の捻《ひね》りで与えられた回転運動を必死に制御。空中に放られた猫のように体勢を整え――ああ、と。シルティは笑った。

視界に広がる桃色の楕円。

三度目の喰らい付きだ。

さすがは純血の捕食者。食うと決めれば動きが速い。

「お見事」

大蛇が容赦なく獲物に喰らい付いた。

直後、速やかに絞殺に移る。丸太のような胴体が幾重にも重なり、空中で塒《とぐろ》が構築され、小柄な嚼人《グラトン》は一瞬のうちに見えなくなった。唯一、その手に握っていた〈紫月〉だけが大蛇の隙間から飛び出している。

ギチギチと悍ましい微音を響かせながら、ゆっくりと、鱗の螺旋《らせん》が圧縮されていく。

哀れな獲物が独力で逃れる術《すべ》は、もうない。

◆

パトリシアは目を見開き、眼下の景色に絶望していた。

優しくて、明るくて、強くて、格好良くて、でもちょっと変なあのヒトが。

信じられないほど巨大な蛇に、殺されようとしている。

「シル……ティ……」

背負い籠の中、パトリシアはレヴィンを強く抱き締めた。もはや腕の痛みなど感じない。

レヴィンは全身の被毛を逆立たせ、鼻面に幾重にも皺《しわ》を刻み、幼い牙を剝き出しにしながら低い唸り声を響かせている。背負い籠の網目を透かし、眼下の大蛇を親の仇《かたき》のように睨み付けていた。シルティの致死的状況が理解できるのだろう。今すぐ跳び出して大蛇に噛み付きそうなほどの戦意を露わに、だが、じっと我慢している。『パトリシアちゃんのこと、頼んだよ』という最後の言いつけのために。

「は……はッ……ひっ、ふっ……」

パトリシアが喘いだ。

うまく、息ができない。

いろんな話をしてくれた。寒いときはくっついてくれた。眠るときはいつも撫でてくれた。ご飯は美味しいところを譲ってくれた。でも、好き嫌いが多くて、困らせてしまった。なにもかも助けてもらってばかりだった。唯一提供できそうな魔物の知識ですら中途半端で役に立たないものだった。見捨てられてもおかしくないのに、あのヒトはいつも笑顔を絶やさなかった。

なのに、私は、なにも……。

(……お礼《れい》を)

まだ何一つ、お礼ができていない。

その瞬間、愛する両親の姿が脳裏に浮かび、パトリシアという個の根底に火が灯《とも》った。

そうだ。

私は淑女の卵にして商人の卵。

お母様は言うだろう。淑女たるもの受けた恩は命懸けで返さなくてはならないと。

お父様は言うだろう。貪るだけ貪って利益を返せないような商人はカスなのだと。

今、シルティ・フェリスを助けなかったら、パトリシア・ダウンズは三回も死ぬ。

生物としても死んで、淑女としても死んで、商人としても死ぬ。

そんなのはごめんだ。死ぬのはせめて一度がいい。

奇妙な興奮と錯乱に呑まれたパトリシアはやや狂気的な光を目に宿し、歯を食い縛りながら立ち上がった。


背後の急な動きに不意を突かれたのか、レヴィンがびくりと硬直し、振り返る。そして、背負い籠から脱出しようとしている庇護対象《パトリシア》を発見した。レヴィンは強く鳴き声を上げながら即座に飛び掛かり、前肢《ぜんし》の鉤爪を背中に引っ掛けて抑え込みにかかる。

だが、パトリシアは濡れた獣のように身体を震わせ、無事な左手でレヴィンの首根っこを掴んで引き剝がした。眼前に吊り下げ、瞳孔が開き気味の眼球で、目線を合わせる。

「レヴィン。邪魔しないでちょうだい」

ぎらぎらとした眼光に気圧されたのか、レヴィンは耳介を横に倒しながら小さく頷いた。了承を得たと判断したパトリシアはレヴィンを降ろし、背負い籠の側面に足をかけ、よじ登って脱出。興奮のあまり恐怖心が掻き消されているのか、地面の見えない濃霧の枝上だというのにその動きは淀みない。

縛られた右肘の断面からたぱたぱと血液を垂れ流しながら、淑女かつ商人である女児は眼下を睥《へい》睨《げい》した。

彼女の『お礼』を邪魔している巨大な蛇。パトリシアの知識にはない魔物だ。パトリシアたちが身体を預けている木の幹に巻き付いて自身を支えつつ、頭部側の胴体で塒《とぐろ》を巻いている。彼我の距離はおよそ六歩。滲んだ緑褐色の鱗が蠕《ぜん》動《どう》し、中身を少しずつ圧縮していた。

大丈夫だ。あのヒトは強い。まだきっと生きている。

(どうすれば)

極度の集中が生命力に偏りを産み、彼女が最も自信を持つ臓器――脳へと、無意識に殺到させた。

もっと多くのことを。もっと早く。考えなくては。私ならできる。私なら助けられる。

痛ましいほどの確信を帯びた生命力が幼い渇望を世界に容認させ、彼女の脳機能はこの瞬間、過去最高の領域に至った。単位時間当たりに処理できる情報量が膨れ上がり、主観時間は数十倍に引き延ばされる。

（なにか投げるにしても、重いものは無理。私が飛び降りるしかない。あそこなら届く。思いっきりぶつかったら、もしかしたらあの蛇を倒せ、……殺せるかも。武器が欲しい。シルティのナイフがあったら……、あっ）

パトリシアに閃きが走った。

爛々と輝く目で自らの右腕を見つめ、威圧的に笑う。

「血はあるわね」

◆

全身を全周囲から柔らかい万力で締め上げられるような地獄の中、シルティはまだ生きていた。

「ぐ、ぅ……」

膝を抱えるように身体を小さく丸め、折り畳んだ右腕と両脚を全力で駆使し、胸郭《きょうかく》と頭部へ加えられる圧力に抵抗している。あくまで抵抗であって拮抗《きっこう》はできていないのが辛いところだ。少しでも身体能力の増強が弱まれば、そのままぐちゃりと潰されてしまいそうな圧縮力。息が詰まるのも問題だが、血の流れが堰《せ》き止《と》められている感触がある。長くは持たない。

咄嗟に盾にした左腕には巨大な頭部が喰らい付いたままだ。巻き付く際に何か所か骨折させられてしまったので、数日は動かせない。定期的にシルティを呑み込もうと下顎が動き、傷口が広げられる。幸いにもこの大蛇は長い牙を持っていないため、傷自体は浅いものだが……獲物が力尽きるまで、顎を開くつもりはないだろう。

だが、まだ負けたわけではない。意識がある限り殺意を忘れないのが蛮族という動物である。

絶体絶命の状況。

ぱっと思いつく手段は二つ。

一つ目は、シルティが力尽きるか大蛇が力尽きるかというシンプルな根競《こんくら》べ。しばらく前に蒼猩と取っ組み合いをして死にかけたので、ちょうど持久力も鍛えなければならないなと思っていたところである。死が目と鼻の先にある状況なら、シルティの肉体はより一層の飛躍を見せてくれるだろう。

二つ目は、大蛇の腹の中に入ってから斬るということ。完全に抵抗を止めれば大蛇はシルティを頭から呑み込むだろう。まぁ、呑まれる前に何十本か骨を折られるかもしれないが、それは仕方がない。右腕さえ無事なら大丈夫だ。なんとかして〈玄耀〉を手に持っておき、腕まで綺麗に呑み込まれたあと、腹を裂くことができれば。いやはや、想像するだけで興奮してくる。

ここはより貴重な経験を積めそうな後者にしよう。

失敗しても悔いはない。これほどの強者の糧となれるなら本望だ。

シルティが覚悟を決めた、その瞬間。

腹の底に響くような凄まじい爆発音が轟いた。

(んッ!?)

なんだ。なにが起きた。わからない。わからないが、シルティの全身を締め付けていた力が緩んだ。噛み付かれていた左腕まで解放されている。普通、蛇というのは獲物に喰らい付くと異常なまでに頑固になり、滅多なことでは締め付けを緩めることなどないのだが。

ともかく、好機だ。

締め付けられながらも手放さなかった〈紫月〉を握り直し、両足で大蛇の身体を踏み締め、右肩に担ぐ愛刀を内巻込投《うちまきこみな》げの要領で振るった。大蛇の強靭な鱗を筋力で強引に圧し斬り、塒《とぐろ》内部の空間を広げる。

眼前に噴き出す大蛇の血液。

シルティは嚼人《グラトン》の本能に逆らうことなく口を開け、それを啜《すす》った。

嚼人《グラトン》の誇る魔法『完全摂食』が瞬時に働き、胸骨の裏側が燃えるような熱を帯びる。ああ。気持ちがいい。乾き切った魂が潤いを取り戻す。心拍数が跳ね上がり、心臓が破裂してしまいそうだ。鼓膜の破れた耳の奥で、ズグンズグンと、血管が膨縮する心地のよい音が響いた。

右膝をついたような体勢から脚力を振り絞り、前方へ跳躍、というより体当たり《ぶちかまし》。角熊《つのグマ》も斯《か》くやという全身を使った頭突きで大蛇の胴体を掻き分け、シルティは致死の絞め技から生還した。

（おっ、いいとこに）

ありがたい。ちょうど跳び出した方向に木があった。足場に使おう。柔らかく屈曲させた両足で頭突きの慣性を蓄えつつ振り返る。

空気に溶ける爆発の残滓《ざんし》があった。血塗れの身体をぐねぐねと絡ませながら自由落下する大蛇がいた。周囲を包み込む超常の濃霧が薄くなっているのがわかった。そして、放物線を描くパトリシアの姿が見えた。

直後、幹を蹴る。全力の全力だ。太い木の幹が半ばほどまで潰れて抉れ、シルティの身体は足場の破壊に見合った加速を得た。瞬間移動に等しい速度で地面に降り、さらに疾走。パトリシアの着地点に到達し、全身全霊の柔らかさで守るべき弱者を受け止める。

「パトリシアちゃんッ！」

呼吸はあるが、しかし意識がない。

腹部から喉まで、身体の前面が広い範囲で爛れていた。特に酷いのは左腕。五指は全て吹き飛び、中手骨《ちゅうしゅこつ》までもが露出している。

これは。この傷は。そして、あの爆発音は。

(巻き角！)

シルティは事態を完全に理解した。

金になるかもしれないと背負い籠に収納していた角熊の巻き角。あれは生命力さえあれば原始的魔道具として働く。パトリシアは、己の生き血を塗りたくった巻き角を握り締め、シルティを救うべく大蛇へ向かって特攻を仕掛けたのだ。

「んふっ……ふふっ、ふふふっ」

堪え切れず、シルティはこの上なく嬉しそうに笑った。

守るべき可愛いお嬢様だとばかり思っていたが、めちゃくちゃ格好いいじゃないか、と。

「ありがと。助かったよ」

尊敬すべき戦士を地面にそっと寝かせ、シルティは振り返る。おそらく、これはパトリシアにとって初めての狩りだ。是が非でもあの大蛇を殺し、彼女に食べさせてやりたくなった。

木の根元に落下した大蛇は逃走することなくその場に留まり、胴体をぐねぐねと畳み込んで力を蓄え、真っ直ぐにこちらを見ている。先ほどから思っていたが、周囲の霧が随分と薄くなっているようだ。彼我の距離は十歩ほどだが辛うじて見えている。足場についても枝上とは比べ物にならない安心感。

これならば。

シルティは〈紫月〉を中段に構え、どこか気楽な様子で近付いて行った。

九歩。八歩。七歩。

六歩。五歩。四歩。

三歩。二歩。

瞬間、大蛇が動いた。

畳まれていた胴が伸び、頭部が射出される。狙いはこちらの頭部だ。静止状態から即時に最高速度へ到達する抜群のキレ。熟練の剣士の放つ刺突《つき》を思わせる無駄を削ぎ落とした美しい最短軌跡。素晴らしい。

シルティも動いた。右腕を折り畳んで愛刀を右肩に添えつつ、倒れ込むように左前へ踏み込む。

低く、低く、とにかく低く。蛇のお株を奪う地を這うような挙動で極上の暴力を潜《くぐ》り、担いだ〈紫月〉の鍔元《つばもと》を大蛇の喉に押し当て、全身の筋肉を酷使。手の内を締め、さらに一歩前へ出つつ、滑らかに振り抜く。

擦れ違いざまの撫で斬り。

相手の突進をも利用して生み出された極限の切れ味が、丸太のような大蛇の頸部を斜めに両断した。

間違いなく致命傷だ。だが、安心するのはまだ早い。

直後に反転、身を翻しつつ足を振り上げ、跳躍。慣性のままに転がる大蛇の頭部を側宙のような動きで追いかけ、体重と回転力を乗せた刺突をお見舞いする。深紫の刀身が頭頂から下顎まで貫通し、地面に深々と縫い付けた。

「……っ、ふ」

緊張を短い息に乗せて吐き出す。

これで、ようやく安心だ。

広く知られているように、蛇の生命力は凄まじい。この大蛇もまだ意識を有しているようで、透明な瞼鱗《ブリル》の向こう側で眼球がキロキロと動いていた。頭部には胴体の切れ端が残っているので、少し這い回るくらいは余裕だろう。無防備なパトリシアの元に到達させるわけにはいかなかった。

視線を頭を失った胴体の方へと向けると、木の幹に巻き付き、ギチギチと締め上げていた。斬首されたショックに由来する反応に過ぎないが、獣たちのそれと比べるとやはり豪快だ。万一あれに締められればただでは済まない。

「ふふ」

いやはや、手強《てごわ》い相手だった。あの時、パトリシアが勇気を出してくれなかったら、少なくともシルティはここで死んでいただろう。

頭部を念入りに刻み潰して無力化したあと、シルティは勇敢な戦士の元に向かった。

◆

大蛇との死闘を終えたシルティはまず、意識を失ったパトリシアの口に自らの生き血を垂らした。嚼人《グラトン》の『完全摂食』は恒常魔法だ。たとえ意識を失っていたとしてもその効果を発揮する。噎《む》せさせないよう口内をほんの少し湿らせるように、一滴一滴、ゆっくりと。充分に生命力を補給させたと判断したら地面にそっと寝かせ、視線を頭上へ。

枝に固定された背負い籠。蔓の隙間に黄金色の被毛が見える。パトリシアの蛮勇により枝上にただ一人残されてしまったレヴィンだが、それでパニックになることもなく、辛抱強くじっと待っていてくれたようだ。

シルティは片腕でなんとか木を登って枝に辿り着き、背負い籠を覗き込む。

「大丈夫だった？」

山吹色の瞳がこちらをじっと見上げていた。その視線に怯えの色はない。だが、どこか不安そうな表情。

「大人しく待っててくれたね。いいこ」

高い音色で小さく鳴いたレヴィンが棹立《さおだ》ちになり、シルティの頬に頭突きを見舞って、そのまま擦り付け始める。

なんとなく、謝罪の意が込められているような気がする。もしかして、パトリシアちゃんのことを頼んだ、という言葉を守れなかったことについてだろうか。

「んふふ。下に降りるから、もうちょっとそこに居てね」

籠を背負い、シルティは慎重に地上へ戻った。


（……さて。とにかく、怪我を治さないと）

一行《いっこう》で無傷なのはレヴィンのみ。シルティは大蛇に巻き取られた際に左腕を数か所骨折してしまい、パトリシアは左手と右前腕を欠損、さらに広い火傷を負っている。シルティは二日もあれば再生できるが、パトリシアはどのくらいで動けるようになるか……。

なんにせよ、食事が必要だ。周囲を覆う発光する霧が急速に薄まってきている。やはりこの霧はあの大蛇の魔法だったのだろう。霧がなくなれば闇に包まれ、料理は不可能になってしまう。急がなければ。

シルティは動かなくなった大蛇の胴体を適当に輪切りにし、断面を見た。筋肉が凄まじく分厚い。小さな蛇であれば骨ごと食べてしまうのだが、これだけ大きければちゃんと捌けそうだ。〈玄耀〉

を使って丁寧に皮を剝いだあと、背骨の横に刃を入れ、肋骨を覆うようについている筋肉を剝がす。魚を三枚に下《お》ろすより簡単だ。

一口分に切り、味見。

(んっん。まああかな)

かなり硬い肉質だが臭みはなく、淡白な味わい。素直に美味しい。血が少し臭いので、流水で洗えばもっと美味しそうだ……と、その時。

「うッ。……ッい」

パトリシアが呻き声を上げた。

すぐさま傍に駆け寄り、その頰を撫でる。

「しっかり。聞こえる？　痛い？」

「……痛《いた》……い……」

「なにがあったか、覚えてる？」

「……蛇、が」

「よしよし。大丈夫そうだね」

呼吸はか細く、言葉は途切れ途切れだが、意識ははっきりしており記憶も失っていない。聴覚も無事そうだ。一安心である。嚙人《グラトン》は生存能力に特化した魔物。食事さえしっかり取れれば、外傷が原因で死ぬことは少ない。

「殺、した、の？」

「殺したよ。パトリシアちゃんのおかげ」

「……私、役に、立てた？」

「うん。すっごく助けられちゃった。あの蛇はパトリシアちゃんが殺したようなもんだね」

「ふ。ふふ……」

苦しそうに、だが満足そうに、パトリシアが笑みを零す。

「さっ。キツいかもだけど、ご飯にしよっか。早く傷を治さなきゃ」

シルティが手に持っていた蛇肉を差し出す。

「えっ……」

「はい、あーん」

パトリシアは泣きそうな表情を浮かべた。

◆

その後《ご》、シルティは真っ直ぐに海岸線に出て、そこを一時的な拠点とすることに決めた。さすがにこの状態で進むのはまずいと判断したのだ。

これまでの経験上、海岸線であれば蒼猩猩は襲って来ないだろう。また、かなり高い崖になっているので、恐鰐竜《ディノスス》が近辺を泳いでいたとしてもここに上がって来ることはないはず。

大蛇の肉を三人で大量に貪りながら安静に過ごし、シルティが左腕の骨折を直すのに要した時間は一日半。特に体調に異変はなかったので、幸いにも大蛇は無毒だったようだ。

焼けてしまったパトリシアの服の補修を行ないつつさらに八日後、パトリシアも動くのに支障はない程度にまで回復した。左手は指も全て生え、身体の火傷についてもつるりと綺麗な状態。右前腕の再生はまだ完全には終わっていないが、もう三日も経てば手も形成されるだろう。


翌日。この地に漂着して七十五日目の朝。

食事を終え、装備品を整えて、シルティは庇護対象たちの頭を撫でた。

「よし、出発しよっか。二人とも、準備はいい？」

「ええ！　行きましょう！」

継《つ》ぎ接《は》ぎだらけの服で身を包んだ二人の嚼人《グラトン》と全裸の琥珀豹は、今日も今日とて海岸線を行く。

エピローグ　生還

barbarian girl adrift on a different continent

この地に漂着して、七十九日目の、夕暮れ時。

シルティはこの上ない達成感を味わっていた。

最初の入り江から海岸線を辿ること二か月間、常に右手側に見えていた森が、今日になってようやく途切れたのだ。

二十日前、四匹の蒼猩猩《あおショウジョウ》に襲われ、森の浅い位置に辿り着いていると予想したのは正しかったらしい。今、シルティの目の前には、鬱蒼と茂る森とはうって変わって、広大無辺な草原が広がっていた。

そして。

「あぁ……」

「ひぅ……」

シルティとパトリシア、両者の両目からつうっと涙が零れ落ち、唇からは万感の籠った吐息が漏れる。

海岸線沿い、視界の果てに、夕日で真っ赤に染まったなにかが見えた。この距離からでもよく見える。幅が広くて、背が高くて、表面が滑らかで、頑丈そうで、分厚い、明らかな人工物。

それは、海に面して作られた巨大な都市の外縁部──城壁、だった。

この地に漂着し、約八十日間の遭難の末に。

二名の嚼人《グラトン》は、ようやく、文明に帰ってきたのだ。

「無人島じゃなくて良かったぁあぁ……ッッ!!」

「シル、ひぃい……!」

抱き締め合って感涙する嚼人《グラトン》たちの横で、幼い琥珀豹《こはくヒョウ》は大口を開けて欠伸を披露していた。


しばらく経ち。

ようやく落ち着いたシルティは改めて城壁を観察した。左方にはもはや見慣れた大海原が広がっている。右方に視線を向けると、これまで見つけてきたいくつもの小川とは比べ物にならない大きな川が悠々と流れていた。そしてその川の終点、河口を覆い隠すように、周囲を城壁で囲んだ都市が置かれている。防波堤の役割も担っているのだろうか。城壁は一部、海の中にまで伸びている。

つまりあれは、河口部に作られた港湾城郭都市《こうわんじょうかくとし》とでも呼ぶべき都市のようだ。

目を凝らせば、城壁には複数の門が設けられており、そこからは舗装された街道が伸びている。見える範囲だけでも二本。胡麻粒《ごまつぶ》の群れのようにしか見えないが、人類種《ヒト》の往来も確認できた。この分なら城壁に隠れて見えない向こう側にもあるだろう。

海岸線に沿ってシルティたちの居る方向へ伸びる道らしきものもあるのだが、他の街道と違って舗装されておらず、しかも途中で途切れている。シルティが抜け出してきた森を開拓しようとしている最中なのだろうか。まぁ、途切れていようとも道には変わりない。使わない手はないだろう。

なんにせよ、かなり経済規模の大きそうな都市である。

シルティは顔を綻ばせた。

海底から〈虹石火《にじのせっか》〉を回収するために莫大な資金を必要とするシルティにとって、活動拠点の経済規模は大きければ大きいほどありがたい。

「二人とも、聞いて」

シルティが声をかけると、レヴィンとパトリシアはすぐさまこちらを振り向いた。

「すぐにあの街に行きたいところだけど、まだレヴィンを連れていくわけにはいかないの」

「えっ」

「今日はもう遅いからさ。明日になったら一度、パトリシアちゃんと二人で行ってみよう」

「……どうして？」

「どういう街かわからないからね」

「どういう街、って……普通の街じゃない。そんな、危ないことなんてないでしょう」

「危ないっていうかさ。レヴィンは琥珀豹なんだよ。すっごく貴重な魔物でしょ？　みんな欲しがるくらいにさ」

「……ああ。なるほど。確かにそうね」

シルティの言葉を聞き、パトリシアの目に理解の色が宿った。さすがは商人の娘、勘定能力は年齢不相応な領域にある。

生きた琥珀豹の仔。どれだけ望んでも普通は絶対に得られないような、極めて貴重な存在だ。魔術研究者にとってはまさに垂涎《すいぜん》の的だろう。

あの都市に猟獣（狩猟の際に伴う動物類のこと）の個人所有を保障するような制度があれば問題ない。だが、貴重な魔物の生体を捕獲した者はこれを行政に提出しなければならない、などという法がもしも制定されていたら、合法的にレヴィンを連れ去られてしまう。そういった生体の末路は、繁殖用に生かされるか、研究のために解剖されるかのどちらかである。そんなこと、絶対に許すわけにはいかない。

どのような人々が住んでいるのか、どのような法律があるのか、わからないことだらけだ。まずは人類種《じんるいしゅ》のみ、つまりシルティとパトリシアであの都市を訪問し、諸々の規則を調べる必要があるだろう。

「でも。そんな。こんなところで独りぼっちじゃ、危ないじゃない……まだ赤ちゃんなのよ？」

パトリシアがまるで守るようにレヴィンを抱き締めた。体重的にはもうパトリシアとレヴィンは大差ないくらいなのだが、パトリシアの言葉通り、レヴィンは幼い。シルティの推測が正しければ生後五か月前後だろう。好奇心もまだまだ旺盛で、狩り以外の場面……特にシルティの傍で安全を確信した状況では、少し我慢が利かないところがある。森の中でも、ちょっと待てといってもじゃれつきが止まらないことなど日常茶飯事だった。

「んー。そうなんだけどさ。でも、多分大丈夫だよ？」

だが、シルティはレヴィンを留守番させることについて、特に心配はしていない。

「確かにちょっとふざけちゃう時はあるけどさ。ぶっちゃけ私、レヴィンのこと天才だと思ってるんだよね」

「うわっ……親馬鹿だわ……」

「姉馬鹿と言って欲しい……じゃなくて。だってさ、この仔、どう考えてもめちゃくちゃ賢くない？」

シルティはパトリシアの傍にしゃがみ込み、レヴィンの頭を撫でながら視線を合わせる。

「レヴィン。私とパトリシアちゃんは、明日、ちょっと……狩りに行ってくる。レヴィンはここで待ってて。わかった？」

レヴィンはぐるるると唸りながら、頭を小さく縦に振った。

「明後日までには絶対に帰ってくるから、静かに、じっとしておくこと。わかった？」

レヴィンは再び頭を縦に振った。

「ね？」

嚼人《グラトン》たちが教師となって教え込んだレヴィンの人類言語は、既にこの指示を理解できるほどまで習得が進んでいる。

「……よく考えてみたら、確かに、凄いわよね」

パトリシアが神妙な顔で頷く。

「私とシルティが適当に教えただけなのに」

「でしょ」

シルティやパトリシアが語学教師に特別向いていた、というわけではもちろんない。シンプルに、レヴィンが賢いのだ。さすがに最初期の頃は全く進まなかったが、単語の記憶ができるようになるとあっという間に語彙が増え、今ではちょっとした会話なら熟せるほどの領域に達している。

パトリシアはその後《ご》、三分ほど黙り込んで思考していたが、やがて納得したのか、小さく頷いた。

「そう、ね。レヴィンなら、お留守番くらいできるわよね」

「よしっ。んじゃ、レヴィンの隠《かく》れ家《が》、作っちゃおっか」

シルティは〈紫月《しづき》〉を手に立ち上がると、草原のただ中、草藪に隠れる位置に穴を掘り始める。

出会った当初は片手で摑み上げられるほど小さかったレヴィンだが、出会ってから約七十日間、毎日お腹いっぱいに食べてきたのだ。それも、魔物の肉と噛人《グラトン》の生き血を混ぜ合わせた栄養食である。そこらの野生動物とは比べ物にならないほど生命力に満ち溢れた食生活の結果、レヴィンは強く大きく健やかに育った。今ではもう、犬に当《あ》て嵌《は》めれば完全に大型犬の範疇。おかげで、その身を隠せる穴を掘るのも大仕事だ。

満足のいく穴を掘り終わる頃には、満天の星が輝いていた。

◆

その場で一夜過ごし、翌日。

この地に漂着してから、ちょうど八十日目。

存在感を主張する城郭都市を見て、シルティは昨日の光景が夢ではなかったと安堵した。昨日は夕暮れのため真っ赤に見えた都市の城壁だが、明るい日の光の下では真っ白に輝いている。とても美しい都市だ。

シルティはまず、海で水浴びをすることにした。

遭難生活の間、シルティはシルティなりに清潔な生活を心掛けてきたつもりだが、実状はお察しである。

髪の毛はベットベト、全身の肌は薄汚れており、植物繊維の糸と樹皮で継ぎ接ぎした衣類は、血痕やら土汚れやら植物の汁やらで斑《まだら》に染まっていて、全体的にめちゃくちゃ臭《くさ》い。パトリシアの衣類も自爆特攻により焼け焦げたため、同じような状況。まともな人類種と相対すれば顔を顰《しか》められて当然の有様である。

これから文明に帰るのだ。衣類については今更どうにもならないが、せめて身体の汚れだけでも落としておきたいところ。念入りに念入りに身体を洗う。ついでに、拳式石打漁《いしうちりょう》で魚を乱獲し、締めておく。

さっぱりとしたシルティは、自分とパトリシアの身なりを精一杯に整えてから、同じく海水浴びを終えたレヴィンの全身をわしゃわしゃと撫で回した。短い被毛の弾力に弾かれ、海水が霧状になって飛び散る。パトリシアも撫で回しに参加してきた。レヴィンは瞼《まぶた》を閉じ、喉を絶え間なくごるるるると鳴らしながら、されるがまま。

仕舞いには仰向けに寝転がり、四肢を無防備におっぴろげて柔らかい腹まで見せてきた。良きに計らえ、とでも言いたげな様子だ。

シルティが五指を曲げた両手で腹をガシガシと掻き、パトリシアが両手で喉元を揉んでやると、全身がぐてりと脱力。顎は半開きになり、薄っぺらい舌が零れ落ちている。思わず笑ってしまうほどの無防備さ。本当に、いつの間にやら、随分と信頼してくれたものだ。


「レヴィン、ちょっとここに入ってくれる？」

ひとしきり撫で終えたシルティが昨日掘った穴を示しながら促すと、レヴィンは気怠《けだる》そうに身を起こし、穴の中へのそのそと入り込んだ。光がほとんど入らないので閉塞感はあるが、かなり真面目に掘ったので、レヴィンが悠々と身体を伸ばせる程度の広さはある。

シルティは背負い籠から取り出した食器を置き、乱獲した魚をこんもりと盛った。

「昨日言った通り、私たちはちょっと狩りに行ってくる。レヴィンはここで待ってて。お腹が空いたらこれを食べていい。わかった？」

レヴィンは唸りながら、頭を小さく縦に振った。

「明日までには絶対帰ってくるから。わかった？」

レヴィンは再び頭を縦に振った。

「よし。それじゃ、行ってくるね」

「待っててね、レヴィン。すぐ戻って来るわ」

中身を空にし、代わりに土を詰め込んだ背負い籠で巣穴の入口をしっかりと塞ぐ。空気と光の通り道として僅かな隙間は残してあるが、レヴィンを害せるような大きな動物は入れないだろう。背負い籠を破壊できるような存在は別だが、あれだけ立派な都市が目視できる距離に、そこまで凶悪な魔物が生息しているとは考《かんが》え難《にく》い。

「パトリシアちゃん、急ごっか。早く戻ってこなきゃ」

「ええ」

「さすがにそんな強い魔物はいないと思うけど、一応、前を歩いてね」

「わかったわ」

パトリシアは都市に向かって七歩だけ足を進め、ふと立ち止まり、振り返った。

「……あの、シルティ」

「ん？」

「こんなときに言うのも、どうかとは思うんだけど」

「うん？」

「私のこと……パティって、呼んでくれないかしら」

「！　んふふっ!!」

シルティは自らの誇るキレを全力で発揮してパトリシアに突進し、直前で砂埃《すなぼこり》を巻き上げながら停止、僅かな反応すら許さずに女児を持ち上げ、抱き締め、むにゅむにゅと頬擦りをし始める。

「ちょ、うぬゎ……なにを……」

「パティ！　んふふっ！　かぁわいいなぁ！」

「……やっぱり嫌《いや》かも」

「そぉんなこと言わないでよぅ」

「もう！　離してよ！」

「うひひひっ」


こうして二人の遭難者は、八十日の遭難生活を経て、姦しくも文明に生還した。

あとがき

はじめまして、霜月十日《しもつきとおか》と申します。

本作は『小説家になろう』に投稿していた『蛮族の娘がデカい豹と一緒に金のために狩猟しまくる話』に加筆修正をしたものになります。

完全に趣味で投稿を始めたうえ、実のところ私の処女作でもありました。ゆえに、好きなものをとにかく詰め込もう、と思って書き始めました。

漂着からのサバイバルものが好きなので、まず始まり方が決まりました。刃物が好きなので、主人公も刃物好きになりました。朗らかで明るいバトルジャンキーなキャラが好きなので、主人公が太刀を振り回す蛮族娘になりました。ライオンやトラといったヒョウ属の動物が大好きなので、でっかいヒョウが義妹になりました。

そんなこんなで二十万文字ほど書き溜めて、いざ投稿を始めたところ、ありがたいことにブックマークなどもぽつぽつと増え。ああ楽しいなあ、と思っていたら、メッセージボックスに通知の知らせが。

『企業様からのご連絡』、そして『電撃の新文芸で書籍化したくご連絡させていただきました』の文字。

ひぇ……。どっきりではなく……？

それからは怒涛の日々でした。加筆修整をして、キャラクターの設定をしっかりと決め、校正を行ない、正式なタイトルを決めて……。

人生初の出来事の連続でしたが、しかし小説を書く・読むは私の趣味ですので、加筆修正や校正作業はとても楽しく思いました。また、イラストのラフ確認は、なんというか、ただひたすらに感動を覚えていた記憶があります。

なので、思い返してみるとメンタル的に一番つらかったのは、初っ端も初っ端、本業の上長へ副業可否の確認を取ったことだったり。

半笑いで『すごいね』『どんな内容なの』『公序良俗に反するものじゃないよね』と問われたので、『おっぱいの大きい女の子が……野生動物を斬り殺す感じの……』と答えるしかありませんでした。

副業申請、本当に無事に通ってよかった……。


ぐだぐだと書くのもどうかと思いますので、以後は謝辞を。

お声がけいただいた担当編集のS様、ならびに編集部の皆様、関係各社の皆様。可愛らしいイラストを描いてくださった市丸きすけ先生。皆様のおかげで私の文章が本として世に出ることができました。心からお礼を申し上げます。

そしてなにより、数ある書籍の中から本作をお手に取って下さった読者の皆様。

『蛮族娘の異大陸漂流記』をご購読いただき、誠にありがとうございます。楽しんでいただけたのなら、これに勝る幸せはありません。

２０２４年３月　霜月十日

電撃の新文芸

蛮《ばん》族《ぞく》娘《むすめ》の異《い》大《たい》陸《りく》漂《ひょう》流《りゅう》記《き》
～お嬢様《じょうさま》と仔豹《こひょう》と一緒《いっしょ》に魔物《まもの》狩《か》り放題《ほうだい》を楽《たの》しむ～

著者／霜《しも》月《つき》十《とお》日《か》
イラスト／市《いち》丸《まる》きすけ

2024年4月17日　初版発行

発行者／山下直久
発行／株式会社ＫＡＤＯＫＡＷＡ
〒102-8177　東京都千代田区富士見2-13-3
0570-002-301（ナビダイヤル）
印刷／図書印刷株式会社
製本／図書印刷株式会社

【初出】

本書は、「小説家になろう」に掲載された『蛮族娘の異大陸漂流記』を加筆・修正したものです。
※「小説家になろう」は株式会社ヒナプロジェクトの登録商標です。

ISBN978-4-04-915561-7　C0093　Printed in Japan

ファンレターあて先
〒102-8177
東京都千代田区富士見2-13-3
電撃の新文芸編集部
「霜月十日先生」係
「市丸きすけ先生」係

かませ犬転生

~たとえば劇場版限定の悪役キャラに憧れた踏み台転生者が赤ちゃんの頃から過剰に努力して、原作一巻から主人公の前に絶望的な壁として立ちはだかるような~

著／一ノ瀬るちぁ
イラスト／Garuku

もう【かませ犬】とは呼ばせない――俺の考える、最強の悪役を見せてやる。

ルーン文字による魔法を駆使して広大な世界を冒険する異世界ファンタジーRPG【ルーンファンタジー】。その世界に、主人公キャラ・シロウと瓜二つの容姿と魔法を使う敵キャラ『クロウ』に転生してしまった俺。このクロウは恵まれたポジションのくせに、ストーリーの都合で主人公のかませ犬にしかならないなんとも残念な敵キャラとして有名だった。

――なら、やることは一つ。理想のダークヒーロー像をこのクロウの身体で好き勝手に体現して、最強にカッコいい悪役になってやる！【覇王の教義】をいまここに紡ぐ！

ご近所JK伊勢崎さんは異世界帰りの大聖女

~そして俺は彼女専用の魔力供給おじさんとして、突如目覚めた時空魔法で地球と異世界を駆け巡る~

「さすがです、おじさま！」会社を辞めた社畜が、地球と異世界を飛び回る！

アラサーリーマン・松永はある日、近所に住む女子高生・伊勢崎聖奈をかばい、自分が暴漢に刺されてしまう。松永の生命が尽きようとしたその瞬間、なぜか聖奈の身体が輝き始め、彼女の謎の力で瀕死の重傷から蘇り——気づいたら二人で異世界に!?　そこは、かつて聖奈が大聖女として生きていた剣と魔法の世界。そこで時空魔法にまで目覚めた松永は、地球と異世界を自由自在に転移できるようになり……!?　アラサーリーマンとおじ専JKによる、地球と異世界を飛び回るゆかいな冒険活劇！

著／深見おしお
イラスト／えいひ

ダンジョン付き古民家シェアハウス

著／猫野美羽
イラスト／しの

ダンジョン付きの古民家シェアハウスで自給自足のスローライフを楽しもう！

大学を卒業したばかりの塚森美沙は、友人たちと田舎の古民家でシェア生活を送ることに。心機一転、新たな我が家を探索をしていると、古びた土蔵の中で不可思議なドアを見つけてしまい……？　扉の向こうに広がるのは、うっすらと光る洞窟――なんとそこはダンジョンだった‼　可愛いニャンコやスライムを仲間に加え、男女四人の食い気はあるが色気は皆無な古民家シェアハウスの物語が始まる。

電撃の新文芸

異世界から来た魔族、拾いました。

うっかりもらった莫大な魔力で、ダンジョンのある暮らしを満喫します。

著／Saida
イラスト／KeG

もふもふ達からもらった規格外の魔力で、自由気ままにダンジョン探索！

少女と犬の幽霊を見かけたと思ったら……正体は、異世界から地球のダンジョンを探索しに来た魔族だった!?

うっかり規格外の魔力を渡されてしまった元社畜の圭太は、彼らのダンジョン探索を手伝うことに。

さらには、行くあての無い二人を家に住まわせることになり、モフモフわんこと天真爛漫な幼い少女との生活がスタート！　魔族達との出会いとダンジョン探索をきっかけに、人生が好転しはじめる――！

電撃の新文芸

ソードアート・オンライン　オルタナティブ

グルメ・シーカーズ

《SAO》世界でのまったり
グルメ探求ライフを描く、
スピンオフが始動！

「アインクラッド攻略には興味ありません！　食堂の開業を目指します！」

運悪く《ソードアート・オンライン》に閉じ込められてしまったゲーム初心者の姉弟が選んだ選択は《料理》スキルを極めること！？

レアな食材や調理器具を求めて、クエストや戦闘もこなしつつ、屋台をオープン。創意工夫を凝らしたメニューで、攻略プレイヤー達の胃袋もわし掴み！

著／Y・A
イラスト／長浜めぐみ
原案・監修／川原 礫

ハズレ姫は意外と愛されている?〈上〉
~前世は孤独な魔女でしたが、二度目の人生はちょっと周りが過保護なようです~

著/gacchi
イラスト/珠梨やすゆき

虐げられていた前世の記憶持ちの王女ですが、私……意外と愛されていた!?

ユーギニス国第一王女のソフィアは、九歳にして魔女の前世を思い出した。二百年前、孤独な生涯の最期に願ったのは「次の人生は覚えた魔術を使って幸せに暮らす」こと。でも今の自分は「ハズレ姫」と呼ばれ、使用人からも虐げられて栄養失調状態。魔術は使えるし、祖父である国王陛下に訴えて、改善されなかったら王宮を出て行こうと思っていたけれど……私、意外と愛されている?虐げられ王女の痛快逆転物語、開幕!

異世界のすみっこで快適ものづくり生活
～女神さまのくれた工房はちょっとやりすぎ性能だった～

著／長田信織
イラスト／東上文

転生ボーナスは趣味のモノづくりに大活躍――すぎる!?

　ブラック労働の末、異世界転生したソウジロウ。「味のしないメシはもう嫌だ。平穏な田舎暮らしがしたい」と願ったら、魔境とされる森に放り出された!?　しかもナイフ一本で。と思ったら、実はそれは神器〈クラフトギア〉。何でも手軽に加工できて、趣味のモノづくりに大活躍！　シェルターや井戸、果てはベッドまでも完備して、魔境で快適ライフがスタート！　神器で魔獣を瞬殺したり、エルフやモフモフなお隣さんができたり、たまにとんでもないチートなんじゃ、と思うけど……せっかく手に入れた二度目の人生を楽しもうか。

花の聖女と胡蝶の騎士
～ないない尽くしの令嬢ですが、実は奇跡を起こす青薔薇の聖女だったようです～

著／森 湖春
イラスト／whimhalooo

勘違いで追放された聖女、
移住先では「美貌」の従者に
甘やかされています！

『黒薔薇の魔女』の烙印を押された令嬢・リリアーナは、辺境の「いばらの城」へ追放されることになる。護衛は「毛虫の騎士」と呼ばれる青年・ハリーただ一人。道中、原因不明の病で倒れてしまったハリーのためにリリアーナが祈りを捧げると、思いもよらない“奇跡”が起こる。「ないない尽くし」の不遇な少女は、なんと伝説の『青薔薇の聖女』だった——!?　竜の舞う街で紡がれる、美しい花々に彩られた恋と奇跡の物語。

電撃の新文芸